上海文化发展系列蓝皮书
THE BLUE BOOK SERIES ON SHANGHAI CULTURAL DEVELOPMENT

上海文学发展报告
（2025）

ANNUAL REPORT ON LITERATURE DEVELOPMENT OF SHANGHAI(2025)

创意写作在上海

主　　编/郑崇选
执行主编/袁红涛

上海人民出版社　上海远东出版社

图书在版编目(CIP)数据

上海文学发展报告. 2025 / 郑崇选主编；袁红涛执行主编. -- 上海 ：上海远东出版社，2025. --（上海文化发展系列蓝皮书）. -- ISBN 978-7-5476-2112-7

Ⅰ. I209.951

中国国家版本馆 CIP 数据核字第 20251KH967 号

责任编辑 季苏云

封面设计 徐羽情

上海文学发展报告. 2025

创意写作在上海

主　　编　郑崇选

执行主编　袁红涛

出　　版 上海遠東出版社

（201101　上海市闵行区号景路 159 弄 C 座）

发　　行 上海人民出版社发行中心

印　　刷 上海新华印刷有限公司

开　　本 710×1000　1/16

印　　张 13.75

插　　页 3

字　　数 204,000

版　　次 2025 年 7 月第 1 版

印　　次 2025 年 7 月第 1 次印刷

ISBN 978-7-5476-2112-7/I·400

定　　价 98.00 元

摘　要

2024年1月，“中文创意写作”被增列为中国语言文学二级学科，中文创意写作教育和学科建设迎来了新的发展契机。多年来，复旦大学、上海大学、华东师范大学、上海交通大学、同济大学等沪上高校在创意写作教育和学科建制等方面大胆探索、不断开拓，参与了中国创意写作学科发生发展的历程，成为中文创意写作学科的领航者或重要贡献者，共同构成了中国创意写作版图的上海力量。而在创意写作理论探索和教学实践中，这些高校按照学校类型定位和人才培养目标，结合自身资源又走出了不同的发展道路，或注重接续作家培养传统，或注重文化创意人才培养，或将作家传统与新媒体创意写作相衔接，从而形成“复旦大学模式”“上海大学模式”等；同时，彼此之间也不乏对话的空间，以及亟待共同突破的问题。本书回顾和总结沪上各高校创意写作学科发展历程、经验和问题，既可为开展创意写作教育教学的国内高校提供较为翔实的个案参考，也有助于整体推动中国创意写作学科进一步发展。

王安忆、叶兆言、邓一光、范迁等人近年来的创作均涉及历史动荡、空间流转中的个体命运，而对个人史叙事与时代史叙事、当下生活与历史考掘、个体命运与空间化呈现等关系，不同作家又有各自的处理和把握。我们贴近地解读这些作品，会发现其中可能包含着更新城市文学的重要尝试。

ABSTRACT

In January 2024, “Chinese Creative Writing” was officially added as a sub-discipline under Chinese Language and Literature, marking a new opportunity for the development of creative writing education and discipline construction in China. Over the years, universities in Shanghai such as Fudan University, Shanghai University, East China Normal University, Shanghai Jiao Tong University, and Tongji University have actively explored and expanded in the areas of creative writing education and disciplinary establishment. They have played a significant role in the development of creative writing in China, becoming leaders or important contributors to the discipline, collectively forming the “Shanghai Power” in the Chinese creative writing landscape. In the exploration of creative writing theory and teaching practice, these universities have developed distinct paths based on their institutional positioning and talent cultivation objectives, leveraging their own resources. Some have focused on continuing the tradition of cultivating writers, others have prioritized cultural and creative talent development, while some have integrated the tradition of writers with new media creative writing, thus forming models such as the “Fudan University Model” and the “Shanghai University Model.” Additionally, there is room for dialogue and collaboration between these institutions, as well as shared challenges and issues that require joint breakthroughs. This book reviews and summarizes the development history, experiences, and challenges of creative writing programs in Shanghai's universities. It provides detailed case studies for domestic universities engaged in creative writing education and offers valuable insights to further promote the development of creative writing as a discipline in China.

In recent years, the works of writers such as Wang Anyi, Ye Zhaoyan, Deng Yiguang, and Fan Qian have involved themes of individual destiny amid historical turbulence and spatial mobility. Different writers handle the relationships between personal history and historical narrative, contemporary life and historical exploration, as well as individual fate and spatial presentation in distinct ways. A close reading of these works may contain important attempts at advancing urban literature.

目　录

总 报 告

上海创意写作发展

上海文学观察

城市文学空间

附　录

CONTENTS

General Report

Development of Creative Writing in Shanghai

Shanghai Literary Observations

Urban Literary Space

Appendix

总 报 告

从文学教育、文学原创到文学生产力解放
——上海创意写作发展年度观察(2024)①

刘卫东　王磊光②

摘　要　2024年复旦大学、上海交通大学、华东师范大学、上海大学、同济大学与其他院校、科研、作协等单位在创意写作教育走向、学科定位、学科建制、发展路径及其在创意城市、文化产业、社会功能等方面的拓展进行了新的探索,构成了中国创意写作版图的上海力量。王安忆、吴俊、何言宏、葛红兵、王宏图、张永禄、许道军、叶祝弟等学者从创意写作教育的理念、学科身份、作家培养机制、创意写作学科建制原则、培养目标、社会功能、研究范式以及创意城市实践空间多方面进行了新的思考。上海主要高等院校在创意写作方面的探索,除了注重接续作家培养传统,强调面向文化产业,注重通识教育方向的

① 本文得到国家社会科学基金重大项目“世界创意写作前沿理论文献的翻译、整理与研究”(23&ZD294)支持。

② 作者简介:刘卫东,文学博士,温州大学人文学院创意写作教研室讲师,《中国创意写作研究》编委会主任,主要研究领域为创意写作、创意城市与世界文学。王磊光,文学博士,江西师范大学文学院讲师,主要研究领域为文化研究、非虚构写作。

勘察之外,在推动文学原创力培育与新时代文学教育改革、文学生产力解放方面也有新的开拓,呈现了创意写作教育和研究在文学文化原创与文化生产机制中的重要性,展现出了中国创意写作上海力量的多元化图景。

关键词 上海高校 创意写作 学科建制 创意城市

2024年1月,中国学位与研究生教育学会官网公示的《研究生教育学科专业简介及其学位基本要求(试行版)》将创意写作增列为中国语言文学一级学科下的二级学科,中文创意写作教育和学科建设迎来了新的发展契机,沪上高校及部分机构、研究人员在既往基础上,迅速开始了学理、方法层面的深入探究。本年度以复旦大学、上海交通大学、华东师范大学、上海大学、同济大学等为代表的沪上高校、单位从不同方面开展创意写作教学和研究,具体从文学人才接续、文学教育改革、文学文化原创机制、数字时代的AI创意写作、创意写作与创意城市、学科建制等方面着眼,根本上都是在寻求作家培养的新路、文学教育改革的新声,聚焦新媒介、新大众文艺时代文学生产力的解放。王安忆、吴俊、何言宏、葛红兵、王宏图、王峰、张生、谭旭东、张永禄、许道军、叶祝弟等都有相应的论点推出。总体而言,上海高校本年度的创意写作教学和研究方面已经相当多元,各院校和机构的发展路径和基本理念也随着对话场域的打开而更加清晰。其研究和视域涉及创意写作与通识教育、创意写作的学科建制和社会功能、学科建设发展的使命和目标,以及创意写作的传统、现状与未来。特别是吴俊对作为学科的创意写作的定位、走势的论述,葛红兵对创意写作的学科建制和基础理论的勾勒,在该领域的教育与研究中具有引领效应。总体上,本年度上海高等院校及研究机构的创意写作研究在观念、方法和视野层面均有新的跨越,集中呈现了中国创意写作的沪上景观。上海高校和机构在该方面的探索兼有文学教育、通识色彩,也考虑了文化产业、城市文学和文化原创力培养等多个维度,从文学教育着眼,在文学文化原创方面有了新的尝试和探索。从文学生产力解放的角度观察上海创意写作教育和研究发展，可以提供一种在传统的文学与写作教育之外的视角，从而更好地从新时代文化原创、文化生产机制的变革层面认知它们探索的意义。

一、复旦大学：从作家教学范式到新时代文学人才培养

2024年复旦大学MFA创意写作专业成立15年暨文学写作教育高峰论坛召开，王安忆从2004年受聘于复旦大学中国语言文学系开设“小说创作研究”课程，与陈思和教授筹办创意写作专业，至今从事创意写作教育十五载，是本年度复旦大学乃至中国创意写作教育教学领域重要的学术活动。复旦大学的创意写作探索开始较早，某种程度上可以说它一方面是从中国创意写作与作家来主导的内部改革逐渐演变而来，另一方面也是新世纪作家进高校现象的大背景下，在大量借鉴美国爱荷华作家工坊和英国中学的教育教学理念基础上，以推动文学课程改革和当代小说的解读、创作实践为入手点。由于其探索历程较长，学科建设特点鲜明，因此它被称为创意写作的复旦大学模式或复旦大学路径。[①]

在关于复旦大学创意写作学科的定位认知中，一贯被强调的是它对美国爱荷华大学、哥伦比亚大学等作家工坊、小说教学的借鉴。但是，复旦大学的创意写作探索并不仅限于此，王安忆、王宏图、张业松、张怡微、陶磊等都有相关的思考。按照复旦大学官方网页发布的信息，“15年以来，复旦创意写作专业累计招收学生232名，开设课程130门次，产出作品100余篇，出版学生作品集10本。复旦创意写作MFA的毕业生，逐渐成为新生代作家的中坚力量。其中张凡、余静如、王侃瑜、伍华星、史玥琦等学生已经成长为国内‘80后’‘90后’作家群体的中坚力量”。[②] 2023年复旦大学还与北京大学、北京师

---

① 许道军：《创意写作的“他山之石”与“中国路径”》，《扬子江文学评论》2023年第5期。

② 《王安忆领衔，复旦创意写作MFA走过15年》，https://wmzx.fudan.edu.cn/56/f1/c20566a677617/page.htm。

范大学、复旦大学、华东师范大学、南京大学等院校发起了中国大学创意写作联盟，在人才培养模式方面初步建立了对话与联合机制，表明创意写作的教育探索已经进入系统的机制化阶段。

王安忆的创意写作教学理念是基于文学教育改革与当代文学新人才培养的视角展开的，并没有将学科目标设定在狭义的作家培养，而是注重在阅读与技艺训练配套传授的情况下展开。王安忆对创意写作教育中的阅读训练比较重视，她谈到“成为作家需要天赋，需要社会的环境，需要很多很多条件。比起出几个作家，我想我们就做好文学教育，哪怕多培养出一个好的读者，也是很好的事情”。① 王安忆在创意写作教育中高度重视阅读训练方法，基于阅读进行技艺层面的传授和阐释，在这个过程中，“学生与作品本身面对面”，对具体教学和创作训练都有专门的梳理。这类梳理是对创作方法与规律的反思性实践，与英语国家创意写作关注的“去神秘化”是一致的。张怡微已经在早先的文学对话中指出这类研究“不是想当然的创作谈，而是理性的探索”。② 基于创作实践基础上的反思性批判和总结，产出一种实践导向的知识，不同于文学理论和话语批评。青年批评家战玉冰也曾对此进行研究。③

从复旦大学创意写作 MFA15 年的发展总体情况看，创意写作教学和研究，特别是以王安忆为代表的作家的创意写作教学，至少有两个方面尚需学界进一步研究。王安忆的文学阅读方法意义不仅在于策略层面，更在于理念层面提供一种作家阅读范式。④ 这与 1891 年布兰德·马修斯在哥伦比亚大学开设“现代小说的进化”、1895 年耶鲁大学开设“现代小说”本科课程解读欧美文学经典类似。王安忆是从新世纪作家进高校开启作家教学，再到新时代

① 许旸:《AI 时代，创意写作这门手艺如何进化?》,《文汇报》2024 年 06 月 06 日。

② 何平、张怡微:《“创意写作不只是写作教育，也是广义上的文学教育”》,《花城》2019 年第 4 期。

③ 战玉冰:《小说家的小说课——以近年来几种“小说课”讲稿为中心》,《写作》2020 年第 6 期。

④ 参见笔者应邀为英国布鲁姆斯伯里出版社撰写的介绍中国作家创意写作教学的个案，Wang Anyi’s Fiction Workshop: Basic Methods and Principles — Liu Weidong (Wenzhou University) & Xiao Wenwen (Macau University of Science and Technology)，待刊稿。

文学创意写作不断建立新的方向。王安忆所做的探索不仅要置于作家进高校这一现象背景下理解，更重要的是它为当代作家的文学写作教学提供了新的范式和基本理念、方法。考虑到21世纪初期越来越多的作家选择进入高校，当时亟须建立作家在高等教育框架里的知识生产主体性和产出范式，这些探索尤为珍贵。某种程度上可以说，2005年复旦大学设立“复旦大学中国当代文学创作研究中心”开始了作家进高校执教的早期探索，那么十余年来作家王安忆的创意写作教学实践则是为当代中国作家进高校确立了作家教学的典范。

与阅读训练、作家教学方面的试验相比，王安忆创意写作教育理念中的另一特点在于对跨艺术类型方法和实践策略与文学创作的融通。王安忆以及复旦大学张怡微等人对文学与其他不同艺术分支的观点、融合的关注，其理论价值尚未被充分重视。创意写作作为一种创造性实践，它与其他艺术类型的交互，工坊模式的互化和整合，是欧美创意写作的重要趋势之一，它本身关系到文学教育与艺术教育的互动，也关系到文学话语与广义的艺术话语的统合。在真实的城市生活和文化环境中，二者本身就是高度结合的。王宏图、陶磊、张怡微等都在该方面有着力，在其中全方位融入艺术教育，在课程设置中嵌入了跨媒体艺术研究、艺术创作方法研究、艺术原理等。创意写作放在MFA艺术硕士的框架下不仅仅是因为它注重实践，本身创意写作这种以语言为媒介的实践就是一种创意实践。这两种教育都遵从创造性的艺术活动生产的规律。国内较多地考虑到将创意写作放置在MFA专业下，开设专业艺术硕士教育的便捷，但对相关的融入理路和学理探究并不充分。目前在教学法层面已经有所注重，但创意写作本身作为一种Creative Practice和Creative Art与艺术技艺、艺术工坊、艺术生产关系亟待深入。王安忆实际上已经指出：只有学习者充分了解每一种艺术语言，懂得它们的表达方式，才能明白文学创作的特点，看到彼此的优势和劣势。这一观念从表面看是顺便在MFA艺术硕士教育的学科框架下就近取材，将艺术创作方法融入课堂，而在深层关系到一种城市和新媒介时代的文学教育模式问题，是一种去文学写作方法、文学文本中心论的新尝试。关于这一问题，许道军谈到过19世纪80年代美国创意写作想恢复文学写作的艺术属性,①彼此观点之间潜在的共识是值得挖掘的。

从内在层面看,上述这一思维的核心在于打破文学文本与广义的艺术文本、拆除狭义的文学实践与艺术实践的区隔,将文学与艺术跨域整合,在方法论和经验层面贯通,本身是对传统的文学教育模式的一种克服和改进。其中蕴含的克服传统写作工坊模式化、导师主导过多等问题具有重要意义,值得重视。华东师范大学国际汉语文化学院、中文系联聘教授毛尖等对写作与影像艺术的联系的思考,何平提出的"将创意写作与其他领域结合,如文学教育、新闻和非虚构创作等"理念等,都已经注意到一种跨课程、跨门类和产业链的写作实践内蕴的学理问题。叶炜也曾将之称为创意写作的"游牧"。② 这一视角把小说等文类视为现代文化和艺术的一部分,从技艺的跨域互动、方法的跨界运用、作家的多方面经验构成着眼。本身也是潜在的文学研究方向之一。

作为复旦大学创意写作学科重要的代表人之一,王宏图在对上述问题思考的基础上,对创意写作的作家培养和面向文化产业的探索持有相对包容的立场。近年来,王宏图在该方面的研究主要体现在他提到的四个议题,具体包括创意写作与比较文学,创意写作与自我的发展,创意写作的摹仿研究,创意写作与文化产业等。作为少数较早能够敏锐认识到复旦大学与上海大学两个不同路径特点和潜在空间的学者型作家之一,王宏图对文学与文化产业的理解和认知是清醒的。王宏图认为,"通过培养实践性的创意写作人才,可以有效地弥补我国文化生态中的结构性缺失"。③ 这些思路表明,王宏图对创意写作的观察也是综合性的,在看到该学科对作家培养的支持同时,还结合比较文学与世界文学、创意写作与普通人的自我发展、经典作品的技艺与摹仿写作的实践,可谓较为多元化。王宏图还针对创意写作教学和研究中的

---

① 许道军:《中国创意写作兴起的背景、使命与愿景》,《广州大学学报(社会科学版)》2024 年第 1 期。

② 叶炜:《创意写作的分化:选择"游牧"还是"农耕"?》,《文学报》2023 年 7 月 28 日。

③ 王宏图:《创意写作在中国:复旦大学模式》,《写作》2020 年第 3 期。

“创作型导向还是批评型导向”的话题进行了深入思辨，指出了它是创意写作在当前教育机制内生存下去不可忽视的问题。[①]

与外界对复旦大学侧重作者培养和写作技艺训练的认知相比，王宏图、张怡微、陶磊等在学科理论层面的思考也有新的尝试。张怡微在《从“故事新编”到“追踪蹑迹”——“创意写作中国化”理论取径的可能性》中对现当代文学研究与创意写作理论本土化的创生进行了整合，提出了从现当代文学中鲁迅的“故事新编”的研究视野出发，将中国小说叙事中的改编、新编、演义等创作实践结合起来，并基于小说类型训练的策略设计综合性的方案，探寻其中蕴含的类型小说、创意写作类型训练的学理。张怡微认为，“辨析不同研究框架背后的创作发生论，可以为创意写作小说类别的训练方案提供有效的参考，并以此作为创意写作学科中国化、本土化的理论路径”。[②] 张怡微的研究着力从现当代文学研究的视域出发，结合创意写作实践与本土化理论创生，是近年来少见的能够充分考量创意写作理论本土创生复杂背景的成果。

2024 年张怡微、陶磊主编的《散文的变身》也得以出版，在该方面已经有比较广泛的探索，体现出了学科研究的凝聚力和辐射力。该论集收录有王安忆、张怡微、陶磊等关于复旦大学散文写作教学的相关论述。其中包括张怡微的《谈谈方法：当代散文文体的多元呈现》，陶磊的《复旦中文系创意写作专业的散文创作与教学传统》等。[③] 该论集的出版表明中国创意写作在散文教学和研究方面有了新的着力点。论集也阐述了当前专业中散文写作教学的特点，贡献了多个院校的相关散文写作教研的案例，是国内散文写作教学方向为数不多的集中式探究。

总体上，近年来外界对复旦大学创意写作的注意力较多集中在作家培养的方法与模式方面。复旦大学创意写作 MFA 在王安忆等人的带领下，经过 15 年的人才培养和教学探索确立了创意写作的复旦大学模式，这是当代文学

---

① 王宏图：《别让“写作”初心渐行渐远》，《文汇报》2024 年 4 月 20 日。

② 张怡微：《从“故事新编”到“追踪蹑迹”——“创意写作中国化”理论取径的可能性》，《当代文坛》2024 年第 2 期。

③ 陶磊：《复旦中文系创意写作专业的散文创作与教学传统》，见张怡微、陶磊主编《散文的变身》，上海文艺出版社 2024 年版。

教育改革和文学人才培养机制的重要成果。不过,虽然外界认为复旦创意写作主要是作家培养,但它对创意写作实践的理论意识一直都是探索中的重要组成部分。王宏图曾对创意写作与比较文学的关系进行过论述,张业松曾阐述过创意写作与文学经典的融合问题,张怡微提出创意写作与作品的续衍、改编等本土化的可能方向,陶磊也在创意写作与翻译方向的研究有所探究,这些探索都具有较强的学理性。未来,如何进一步关注创意写作的复旦大学模式,集中研究王安忆等人的作家教学、作家阅读理念,以及在创意写作教育教学中融入艺术教育的理念这三个问题,并加强该方面的国际对话交流值得期待。

二、华东师范大学:作家传统接续与新媒介时代的文学原创力

如果说复旦大学的创意写作课程教学改革立足于作家主导,那么华东师范大学的创意写作教学改革以及相应的创意写作研究院的建立则呈现了创意写作教育改革的另一个维度,即在接续作家传统的同时,探究创意写作如何面向新时代、新媒体、新的文学与城市。与复旦大学在创意写作教育领域的探索相比,华东师范大学更为侧重作家传统的接续和当代转化。由于学校发展历程中的华东师范大学作家群现象,该校的创意写作专业对作家传统的接续被广为重视。通常外界认为华东师范大学中国创意写作研究院和专业建设是对作家培养的回归,实际上从创意写作学科来看,它承担的责任和使命要更为复杂。关于这一点可以从孙甘露和黄平的作品中看到,其创意写作的理念容易被单一化地解读为传统作家培养,但这只是它所承担的使命的一部分。华东师范大学的创意写作专业一方面要接续传统,另一方面要开拓学科新的教育方向和增长点,同时兼顾教学人员本身的专业领域的整合与转向。

2024 年 4 月 20 日,聚焦新时代中文创意写作学科建设议题的“华东师范大学-分众传媒第三届‘未来文学家’大奖启动仪式暨‘二级学科视野下的中文创意写作发展模式’学术研讨会”在华东师范大学举行,这是继 2023 年“中国

大学创意写作联盟"成立大会之后的又一次国内创意写作教育与专业建设领域重要会议之一。华东师范大学以一系列着重创意写作和文学教育的会议、对谈、讲座、驻校作家为着力点，保持了每年在该领域相关话题更新与议题引领的节奏，不断对外界输出观点与理念。这些作为正如马文运在会上所指出，"为中国文学的发展和文化创意产业的繁荣提供了人才支持，推动了创意写作教育的深入发展"。① 孙甘露还与毕飞宇、李洱、东西、乔叶 5 位茅盾文学奖获得者本年度在南京大学文学院进行了关于创意写作的对话，认为在写作方面"很多部分需要细细地辨别，需要天赋也需要训练，就像飞行员，他需要对速度和空间感有所把握"。② 这类对谈与 20 世纪八九十年代媒体或作家对文学创作天赋论推崇不同，更多地指向一种技艺训练。这在某种程度上是作家直面媒体和听众的结果，在新媒体时代作家可以直接根据自己的经验发声，传递对创作的真切理解。在较早与李敬泽的对话中，孙甘露也指出"实际上，我觉得这些训练是帮助我们接受人生的方式"。③ 在写作训练的观念与认知方面，当代作家已经比从 20 世纪 80 年代以来的对个体人生经历、文化资源、文学接受、跨艺术门类的训练更进一步，有意识地开拓了技艺训练的维度。

华东师范大学的创意写作并不仅仅是在接续作家传统，而是包含了许多新的思考。在中文创意写作成为二级学科，亟须梳理和重新定义现当代高校作家教学与写作教育症候的背景下，黄平对当代文学史上的作家教学问题进行了分析，在《中文系能否培养作家？——创意写作的传统、现状与未来》中梳理了国内与国外两条不同的写作教育的传统脉络，即"清华—西南联大—北大等高校"等写作教育传统以及哈佛大学写作课为早期、美国爱荷华大学创意写作教育为主的国外线路。④ 黄平对"中文系不培养作家的传统"的追

① 《华东师范大学-分众传媒第三届"未来文学家"大奖启动仪式暨"二级学科视野下的中文创意写作发展模式"学术研讨会顺利举行》，https://zhwx.ecnu.edu.cn/ec/0a/c28386a584714/page.htm，2025 年 1 月 20 日。

② 《孙甘露、李洱、东西、乔叶加盟南大，五位"茅奖"对谈写作是一种"必须"》，上观新闻，https://sghexport.shobserver.com/html/baijiahao/2024/11/22/1465536.html，2025 年 2 月 10 日。

③ 《李敬泽对谈孙甘露：写作为什么是门手艺活？》，澎湃新闻百家号，https://baijiahao.baidu.com/s?id=1701976578780262997&wfr=spider&for=pc，2025 年 1 月 20 日。

④ 黄平：《中文系能否培养作家？——创意写作的传统、现状与未来》，《当代文坛》2024 年第 1 期。

溯,一定程度上弥补了当前关于作家培养争论场域中的考证缺失问题。回到具体的发生语境,才能更好地审视这一观念隐含的逻辑,以及它何以产生如此大的影响,但本身又是非常模糊。某种程度上,黄平对国外路线的梳理与D.G.迈尔斯、布里尔顿等人的观点具有共通之处,对国内相关情况的梳理也与学者洪子诚的观点构成了呼应。在这些勘察和追溯背后,隐含的是当代中国创意写作研究对20世纪本土的写作经验、写作传统积累如何与新的学科建设需求结合的考虑。

华东师范大学创意写作专业建设逐渐深入的过程中,也触及了创意写作学科的一些核心问题。例如:创意写作与其他文学专业课程的衔接,如何处理创意写作与文学批评、文学基础理论的关系等。项静在谈到创意写作的学习和教育策略时认为,"创意写作是换一种思维进入文学研究的世界"。[①] 项静还对研究与创作这组常被认为是矛盾的概念关系进行了解读,指出,"研究和创作的思维看似是相逆的,但好的研究和好的创作一定是相通的,创意写作作为一个专业出现,对中文专业来说是一个丰富的契机。写作需要一些摹本,需要一些基础理论、语言学知识和鉴赏常识,恰恰是对现有课程的对接"。[②] 这些问题不仅关系到中文创意写作学科建设者如何平衡、调整现有不同课程模块,而且涉及创意写作与文学批评、文学理论这三种不同文学知识生产的关系认知和再定位。

在创意写作的国外经验和态势方面,华东师范大学外语学院的甘露也对法国的情况进行了研究,聚焦创意写作的法国经验。甘露将乌力波文学实验视为法国创意写作的组成部分,以此为例探究"法国创意写作模式"。[③] 甘露注意到了以法国为代表的欧陆国家创意写作形态和发展历程方面与英语国家的差异性,认为艾克斯-马赛大学文学教授安妮·罗什(Anne Roche)于

---

① 项静:《项静自述:从评论到创作,更理解"真诚地表达"》,澎湃新闻,https://www.thepaper.cn/newsDetail_forward_29484306,2025年2月20日。

② 项静:《项静自述:从评论到创作,更理解"真诚地表达"》,澎湃新闻,https://www.thepaper.cn/newsDetail_forward_29484306,2025年2月20日。

③ 甘露:《世界文学视野下的当代写作:创意写作在法国的发展管窥》,《当代文坛》2024年第1期。

1968年在大学的教育框架内建立了“法国第一所大学框架内的写作工作室”，并就创意写作在法国的发展路径和特色进行了案例分析。甘露还谈到“创意写作在法国出现后，呈现出三种不同的发展路径，包括写作工坊的蓬勃发展、乌力波实验的兴起，以及大学框架内创意写作的制度化与理论化”。[①] 甘露对法国创意写作的介绍和阐释与近年来《中国创意写作研究》不断译介英国、美国、加拿大、新西兰、韩国、日本等国家和地区的创意写作个案和发展经验形成了呼应。

华东师范大学在新媒体与创意写作方面的探索是另一个并行的线路。与复旦大学注重艺术方法和规律方面的融入相对的是，华东师范大学旗帜鲜明地将创意写作与新媒体写作联系了起来，并在不同程度上强调创造性的转化。这一方面体现在创意写作与新媒体方向课程、专业的建设，另一方面体现在传播学院王峰团队的数字化写作探索实验。2024年10月27日，华东师范大学传播学院携手上海书城，推出了“灵咔灵咔”创意写作智能体(CWA)。[②] 华东师范大学传播学院王峰教授团队发布的近百万字的网络文学作品《天命使徒》，既是大模型与创意写作的联合探索，也是探究未来人机交互模式基础上的原创。这类“大模型+提示词工程+人工后期润色”的创作模式对既有文学创作的影响将会持续很长时间。不同的创作模式会有不同的批评策略和评价标准。在本年度关于“人工智能如何改变创意写作”的讲座中，王峰谈到“智能创意写作时代已经到来”与创意写作的数字化转向密切相关。王峰提到的计划在中文系结合人工智能开展写作课程，注重人工智能与文学教育的深度融合，恰好是一种实践和技术驱动的探索，它与传统的理论话语生产是不同的路径。该方面的研究对于相关的人机交互、互动叙事、跨媒介叙事、虚拟现实写作等都是配套的要求。它不仅是展望，同时也是未来亟待着手的方向。

---

① 甘露：《世界文学视野下的当代写作：创意写作在法国的发展管窥》，《当代文坛》2024年第1期。

② 王芊霓：《华东师大传播学院发布“灵咔灵咔”创意写作智能体》，澎湃新闻，https://www.thepaper.cn/newsDetail_forward_29169069，2025年1月12日。

从华东师范大学上述的相关创意写作探索来看,作家传统的接续是创意写作学科发展中的一项重要使命,但它也不仅仅是简单地强调作家培养,而是以作家传统接续为契机,重新从中探索未来文学教育和中文系在新文科语境中的出路。同样地,其中遇到的难点和瓶颈也是整个国内创意写作教学和研究方向中普遍面临的阈限,这需要不断地摸索,逐步加以解决。华东师范大学创意写作在本年度的探索表明,尽管它与复旦大学的理念侧重和教学模式有较大的不同,但两者仍旧有诸多议题和经验是共通的。新媒体时代,能否走出一条不同于传统的作家培养,在多种艺术类型的融合借鉴以及数字化创意写作的教研方面,针对这些创作人才培养的道路值得期待。

三、上海交通大学：创意写作教育观念的重要探索者

随着 2024 年中文创意写作增列为中国语言文学的二级学科,学科建设的理念和路径问题再一次成为讨论的焦点。上海交通大学的创意写作教学和研究方面的进展都比较快,该校于 2016 年在外国语学院设立了“创意写作、文学翻译与文化中心”。近两年则在创意写作研究和观念层面有新的引领。上海交通大学吴俊、何言宏分别从创意写作的学科方向选择、创意写作与文学教育机制、作家培养等方面进行了多维度阐述,对学科机制和学科身份进行了梳理。

上海交通大学讲席教授、人文学院院长、新文类和创意写作研究院院长吴俊在对文学院系借助创意写作进行作家培养的现象时指出,需要警惕创意写作的发展观念中的误判。他认为,“一大误判是将通识教育误为专业教育,比如因反驳‘大学中文系不培养作家’的传统说法,创意写作理直气壮地走上了培养专业作家的乌托邦之路。这种观念误会对创意写作的实践会是一种灾难”。[①] 吴俊注意到当前创意写作教育对作家培养的过度强调所隐含的问

① 吴俊:《“工科大学时代”的大学人文及人文通识课——兼谈如何认识学科意义上的创意写作》,《文艺争鸣》2024 年第 11 期。

题。创意写作作为学科被引入国内之后，在“写作能不能教”“作家是否可以培养”等议题方面曾有过多次讨论。随着创意写作论著被不断译介，相应的教学法和工坊运行机制不断明确的情况下，作家教学和作家培养逐步被接受。但是，创意写作工坊类型和作家培养方法论并不够明确，创意写作教育主要在作家培养方向探索，其专业定位和教学方向偏窄，多元化、自主化的发展策略不够清晰，新设立的创意写作课程或专业过度集中在作家培养和文学写作训练，对创意写作学科的多样化探索力度不足。

上海交通大学2024年度科技人文和创意写作两个新增专业方向，①某种程度上也表明了当前文学教育改革的一种动向，将科技与人文、原创实践与理论相结合。一方面担负起通识教育的新角色，另一方面在新文科语境下转向科技与人文的融通，探究新型文科教育的方向。这些举措与吴俊上述观点的内在理路是一致的，它所关注的不再是单一文体类型的精英作家培养，写作本身不再局限于文学教育范畴，而是走出专业限制，在新文科背景下主动进行知识融合、教法融合，培养适应新时代的新文科人才。这些实践某种程度上可以为创意写作的跨学科发展、“创意写作+”理念的拓展提供参考。

与吴俊对创意写作学科定位的论述相应，龙其林在谈到创意写作当前的走势时也注意到了它与传统的文学课程设定或教育理念的不同。龙其林支持，“学者的倡导、高校的实践，推动了创意写作学科的发展，深刻地改变了中国高校将研究能力作为培养重心的认识，大学教育开始逐渐培养学生的写作意识、创造思维与自我表达，以往那种将文学创作与社会责任、历史使命联系在一起的传统观念开始松动，创作能力向普通学生、社会大众进行辐射的趋势越来越明显”。② 龙其林的观点是开放式的，注意到了创意写作已经走出精英化的范畴，成为社会化、人民性、大众参与度较高的一种写作实践。

在2024年由北京大学中国语言文学系与高等学校文学国家教材建设重

① 上海交通大学人文学院：《人文学院召开2024年春夏学期院校教育教学督导交流会》，https://shss.sjtu.edu.cn/Web/Show/10293，2025年2月10日。

② 龙其林：《终身学习进行时|当创意写作走向普罗大众》，澎湃新闻，https://www.thepaper.cn/newsDetail_forward_27251554，2025年2月20日。

点研究基地共同主办的“高等学校文学国家教材建设重点研究基地调研项目启动会暨近代文学教材编写与教学研究论坛”上，吴俊已经指出，“中文创意写作为核心的学科发展及研究成果将成为近年与未来中文领域的高显示度聚焦热点”。① 在谈及如何理解作为学科的创意写作时，吴俊提出了四个不同分类的文学形态，即 1.0 传统创意写作(纸媒，经典文学传统)、2.0 网络文学(新媒介，新文类，新媒介文学类型)、3.0 人工智能(人机合作)，以及 4.0 版的“人的文学”。在这四种分类中，媒介维度是重要的考量参照。创意写作已经不再被简单地设定为原创性的或文学写作，而是被置于媒介变革、文学媒介和生产机制不断迭代、更新的语境中重新确认。如果说忽略国内外创意写作多样化实践图景的显示，将创意写作锁定在狭义的文学写作范畴是一种本质主义思维，那么对它承担的功能和价值实现的思考自然是集中在狭义的作家培养与专业本位，这会限制创意写作引领的文学教育改革向通识性、社会性的维度延伸。吴俊谈到，“创意写作发展的制度设计就以上述现实生态(叠代/迭代)为前提，因为技术标准划分的底层逻辑、技术支撑完全不同，对于文学写作的现象描述、形态和生态的观察视野、聚焦对象就完全不同，才能发现、看出文学现实生态的形成动因或文学生产的动力机制的关键所在”。② 在这一分类中，人工智能的文学并不是终点，最高层面是 4.0“人的文学”，也从侧面给出了当前人工智能写作讨论的回应。一方面是创意写作的通识属性得到强调，另一方面是对当前人工智能写作大行其道的情况下，文学与写作价值导向和本体层面再思考。

与吴俊的思考方向相应的是，何言宏从文学教育机制、作家培养的新途径来讨论创意写作的学科使命和前景。③ 何言宏观察到创意写作作为文学教

① 北京大学中文系:《高等学校文学国家教材建设重点研究基地调研项目启动会暨近代文学教材编写与教学研究论坛举行》，北京大学中文系官方微信，https://mp.weixin.qq.com/s?__biz=MzI0ODcwNjkwNw==&mid=2247500571&idx=1&sn=cc5dd84174b095c4e4654e9371a34f82&chksm=e8641b188dfad3b44392c9f522818c2778c3fd5e57e221d4d4d7427d267652f4b892ff257b8d&scene=27，2025 年 2 月 12 日。

② 吴俊:《“工科大学时代”的大学人文及人文通识课——兼谈如何认识学科意义上的创意写作》，《文艺争鸣》2024 年第 11 期。

③ 何言宏:《中国文学的“创意写作时代”?》，《文艺争鸣》2024 年第 8 期。

育机制，能够系统性、机制化地培养文学原创人才。何言宏认为这种“学科机制化”在全国范围内借助创意写作学科来大规模培养人才，是中国文学史上从未出现过的全新的文学生产机制。① 这类培养机制的特点与作家协会按照层级吸纳不同作家的模式相比，它更具有教育民主精神和大众化的机制力量。也正是这种新的学科机制化使得它可以进一步促生更多样化的作者身份，面向不同领域的作者培养。这类人才可以是李敬泽所说的，也可以是金永兵所提到的“创意写家”。② 当新的学科机制化能够系统地、专门培养人才，在效率得到提升的基础上，作家类型的多元化、培养模式方法的多样化才具备可能，文学和原创人才的发展空间也更广阔。从这个层面看，何言宏将学科机制化视为一种全新的文学生产机制是准确的，这种机制的建立对未来文学生态的更新也具有重要意义。

从上海交通大学 2024 年度的创意写作相关实践与研究中可以看到，一方面创意写作作为文学教育改革的路径被越来越多的院校接受，它承担起传统的中文教育向新文科教育转换的媒介，将新文科注重的跨学科、实践性等因素注入文学教育中，新学科机制化引领了这一轮的改革。另一方面，创意写作也进一步在新文科的视域中不断凸显自身的价值，成为通识教育中的文化原创思维、文化原创意识和文化创造力培养的重要驱动力。它的本意是要突破传统的文学知识传授模式、作家培养的阈限，将文学教育和中文学习作为新时代新文科人才的基础能力。文学和写作教育不再是专业内部的选择，而是在新文科、新媒介、新生产语境驱动下的普适性的文化能力源泉。

四、上海大学：当代中国创意写作学科建制开拓

与复旦大学从作家教学开始的创意写作课程改革相比，上海大学的创意

① 何言宏：《中国文学的“创意写作时代”?》，《文艺争鸣》2024 年第 8 期。

② 金永兵：《新文科与创意写作人才培养》，《中国大学教学》2021 年 Z1 期。

写作教学和研究呈现的是另外一条不同的路径。也正是由于这两条路线的差异,在近年的创意写作教学和理论的讨论中,它们多次被称为上海大学路径和复旦大学路径。目前,王宏图对以上海大学为代表的创意写作模式已经有过初步论述,认为这两条路径彼此之间并不是对立的,而是互相补充,各有侧重。①

作为中国创意写作学科建设的早期探索者,早在 2009 年上海大学建立了国内第一个创意写作研究中心,从一开始就旗帜鲜明地推进创意写作学研究工作。2024 年度是创意写作的“上海大学路径”取得重要突破性进展的一年。2024 年上海大学中国创意写作研究院葛红兵领衔的国家社会科学基金重大项目“世界创意写作前沿理论文献的翻译、整理与研究”是国内第一个聚焦创意写作前沿的重大项目,其学术意义不言而喻。上海大学与复旦大学的创意写作教学探索,都是在对义学教育改单、作家教学思考的基础上综合进行的,各自都在着力处有所奠基。

葛红兵在实践中强调创意写作的学科建制,力主走学科化发展路径,大力推动学科建制化发展。建制主义作为本年度上海大学创意写作学科和团队的关键词,它一方面是上海大学创意写作教研团队对创意写作成为二级学科之后的制度化思考,另一方面也是结合国际形势对本土化发展的定位和出路的探索。葛红兵、马兵对创意写作的概念、原理及建制化发展路径和方向进行了分析,认为创意写作重视的是将写作作为一种创意实践,创意实践作为人的一种本体性实践,是从本体论层面界定写作。葛红兵将创意写作视为个体的本体性实践,这是创意写作与传统写作学存在的根本不同。② 葛红兵与马兵还进一步明确了学科建制的三个主要原理,强调“创意写作是一种创造性精神活动,以文字表达为实现形式,它遵循普遍的创意和表达规律,通过文化创意产业和事业来实现社会价值,助力‘文化强国’和‘创意国家’建设,

---

① 王宏图:《创意写作的前世今生》,《文汇报》,https://www.whb.cn/zhuzhan/dushu/20190902/287022.html,2019 年 9 月 2 日。

② 葛红兵、马兵:《创意写作的概念、原理及建制化发展——创意本体论创意写作学的基本主张及其建制实践》,《当代文坛》2025 年第 1 期。

依此而形成三大原理和创意生成叙事论、创意生成抒情论”。①

葛红兵的创意写作研究在突出学科建制的三个基本原理基础上，进一步讨论了创意写作的功能论问题。其中，创意写作的功能论从疗愈等多个角度展开，目的是探究创意写作的社会化实践，在创意写作作家培养模式之外寻求新的实践方向。李枭银、葛红兵的《创意写作如何追求幸福——疗愈写作及其“四要素”的理论阐释》将疗愈写作的主体划分为“不知不觉”“知而不觉”以及有意识地通过写作实践获得疗愈的“自知自觉”的写作者三类，并尝试基于“自我表达”的实现整合疗愈写作与创意写作。该文还进一步在分析疗愈写作过程的基础上，借鉴了艾布拉姆斯的文学四要素理论模型，提出了文本生发和效用机理的“四要素”，初步对疗愈写作的内在机理从要素模型层面进行了构建。另一篇同类型议题的论文，葛红兵、李枭银的《疗愈写作：抵御创伤的文学实践》本身则可以视为对功能论的一种间接探索。不过，该文并没有直接将疗愈写作纳入创意写作的研究框架，而是提出疗愈写作与创意写作共同作为关注个体、呈现创作活动内在机理的“方法”。葛红兵、李枭银从文学研究中的创伤研究、创伤记忆议题开始，对疗愈写作的动力和起点进行了勘察，认为“具体而言，推动疗愈写作主要有三，即以精神分析为代表的心理学说的诞生、西方频繁发生的一系列战事催生的写作实践和心理咨询中写作治疗的发展”。② 他们通过提炼作者（创伤主体）、疗愈师、世界以及文本（作品）四要素，将之作为“疗愈写作中的文学四要素”话语模型，对疗愈写作的疗愈性机制也进行了阐述，给出了与艾布拉姆斯传统的文学经典文本解读不同的机理说明。该文对疗愈写作与创意写作实践的耦合问题并未重点阐释，但已经揭示了二者在对学科话语祛魅与个体关注方面的同一性。

谭旭东在本年度的创意写作研究中对人工智能时代创意写作的思考进行了辨析，并就创意写作与新文科的关系展开了论述。谭旭东主持了“人工智能与文艺变革”学术专栏，谈到了创意写作具有独特的文学逻辑、创意逻

---

① 葛红兵、马兵：《创意写作的概念、原理及建制化发展——创意本体论创意写作学的基本主张及其建制实践》，《当代文坛》2025 年第 1 期。

② 葛红兵、李枭银：《疗愈写作：抵御创伤的文学实践》，《内蒙古社会科学》2024 年第 1 期。

辑、语言特点和注重人文情怀、人文精神的价值取向四种特点，这使得人工智能写作虽然挑战了创意写作，但还无法替代创意写作。因为人工智能写作遵循的是算法逻辑，它受到学习模式和类型限制，且是一种程序语言，有着突出的大众化和市场化取向。但谭旭东也认为人工智能在观念、写作类型、技术和传播四个方面带给了创意写作相当大的挑战。① 在论述创意写作与新文科的关系时，谭旭东强调了创意写作不同于传统的文学批评和文学理论采取的话语阐释研究模式，而是更注重作者创造力培育，适应了时代对创造主体的需求，借此可以构建文学创意写作的理论系统。② 在另一篇论文中，谭旭东进一步明确了这一论点，认为虽然创意写作也涉及学理问题，“但创意写作既不是以知识构建为目标，也不是以理论阐释为目标，它强调的是创意本体认识论的构建和创作能力的培养，且更加趋向于对文学创造力的培养，为文化创意产业培养上游人才”。③ 此外，谭旭东还对中文创意写作作为二级学科的建构逻辑与文学教育改革关联进行了阐述。④ 谭旭东指出中文创意写作的二级学科身份确立改变了文学教育知识模块构成，文学专业区隔、知识积累方式也随之变化。谭旭东的考量主要具体从创意写作与文学教育改革、文学课程、文学知识生产、专业建设层次展开，较为注重的是可行性。这些维度的思考正是许道军等学者关注的创意写作与当代文学生态的关切点，二者具有潜在的共识。⑤ 这一潜在共识初步明确了创意写作与文学教育改革、文学知识生产、文学课程模块、专业建设之间的逻辑和联动关系，是上海大学在推动中文创意写作学科建制的有力探索。

与葛红兵、谭旭东的创意写作理论思考相应，张永禄对创意写作功能的研究与对学科建制化的思考也有新的深入，侧重的是一体两面，即以创意本

① 谭旭东:《人工智能时代创意写作面临的挑战及思考》,《河北师范大学学报(哲学社会科学版)》2024 年第 5 期。

② 谭旭东:《创意写作的学科属性与探索“新文科”之可能》,《广州大学学报(社会科学版)》2024 年第 1 期。

③ 谭旭东:《“中文创意写作”学科确立与初中创意写作思考》,《语文建设》2024 年第 3 期。

④ 谭旭东:《“中文创意写作”学科确立与高校中文教育变革》,《写作》2024 年第 2 期。

⑤ 谭旭东:《创意写作的兴起是否会重塑文学新生态?》,《文艺报》2024 年 3 月 4 日。

位的创意写作观来统摄创意写作学科理念和实践方法，注重创意写作在文学教育与社会实践两个分支方向的协调发展。张永禄的“创意写作功能论”聚焦创意写作的社会功能及其实现路径，尝试将文学教育的重心从文本与话语范畴转向更为广阔的社会空间。作为创意写作学科建制化探索的内容之一，张永禄对创意写作的学科特点和身份进行了阐述，他在《中文创意写作学科的社会功能》中指出，创意写作由于突出的实践性契合时代经济和社会发展，具有鲜明的新文科属性。张永禄认为创意写作的社会功能可以从公共文化导向、市场导向、意识形态导向和文化国家导向四个维度理解。① 张永禄对创意写作在高等教育中的存在形式也进行了梳理，提出将培养普通人的创造力作为创意写作在文学教育中的核心使命。② 文学教育从狭义的语言文学和理论研究走向更明确的社会功能论，文学教育向文学原创、普通人的创造力激发转型，中文教育开始承担文化原创和广义创造性人才培育的重任。文学已经从精英化、专门化、理论性的学习向大众化、民主化和实践性的文化创造靠近。

许道军2024年度的研究与上述探索相呼应，着重从创意写作的中国发展态势和未来图景着手。许道军在《中国创意写作兴起的背景、使命与愿景》中对中国创意写作的发展模式和使命进行了全面的陈述。许道军回顾了中国创意写作兴起的背景，并指出中国创意写作学科的使命在于服务于国家文化发展的战略、致力于文化繁荣、培养复合型写作人才，以及助力学科开拓四个方面。③ 许道军认为：“创意写作在中国的兴起与迅猛发展，是当代中国最重要的文学事实之一。十多年来，它在作家与写作观念、作家培养与生存方式、文学教育理念与方法等多方面悄然引发当代中国文学生态的系统性改变。”④许道军对当前创意写作发展中急于获得学科地位认同的现象也有所警

---

① 张永禄：《中文创意写作学科的社会功能》，《写作》2024年第2期。

② 张永禄：《创意写作在当代文学教育中的可能形式与实践途径》，《广州大学学报（社会科学版）》2024年第1期。

③ 许道军：《中国创意写作兴起的背景、使命与愿景》，《广州大学学报（社会科学版）》2024年第1期。

④ 许道军：《中国创意写作兴起的背景、使命与愿景》，《广州大学学报（社会科学版）》2024年第1期。

惕,注意到刻意迎合的现象,使得创意写作本有的改革活力变得消散。基于创意写作与当代文学生态融合的考量,许道军提出的愿景将创意写作从文学范畴推向文化原创力层面,创意写作作为一种文学实践被赋予了更丰富的文化内涵。值得注意的是,许道军 2024 年度的论文还就创意写作研究范式问题进行了探究,在《创意写作研究的兴起与创意写作研究新范式探索》中认为"创建以创意为本位的创意写作研究新范式势在必行"。[①] 许道军此论与葛红兵提倡的创意本位文学观下的创意批评,以及谭旭东论及的非传统话语阐释模式的文学研究有共通之处,旨在寻求创意写作视域下的新的文学研究和理论生产的可能路径。

与许道军讨论的创意本位的创意写作研究新范式相对应的是汪雨萌对创意写作工坊活动的观察与批评介入思考。汪雨萌聚焦创意写作视野下的文学批评,勘察了创意写作研究中的创意批评的生成逻辑和基本特点。汪雨萌认为与聚焦完成后作品的传统的流派、风格等批评实践不同,"在创意写作的工坊课程中,文学批评的活动是不断的、重复的、持续的。它并不会只以后置的方式出现在课堂的尾声或是课堂作品完成之后,相反,它将贯穿整个创作过程"。[②] 汪雨萌还把文学批评视为一种独特的创意能力,认为"除了主体的一致性,文学批评在创意写作中也逐渐成为创意能力的一个重要组成部分"。[③] 作为创意能力构成的文学批评,显然已经与创作活动高度一致,对创作的生成而言是异体同构的关系。在这组关系中,文学批评和文学原创、文学理论得到了弥合,彼此基于创作实践形成了一种新的合力,通过创意能力来表征和呈现,这也是未来文学教育改革视域中创意写作教学和研究需要加强探索的地方。汪雨萌的研究值得注意的一个观点还有,她指出部分学者在参与创意写作后,写出了出色的作品。同时汪雨萌也认为,"通过文学批评兼容更多的创作类型,理解更多写作内容的深层动机,也将有助于我们更好地实现创意写作工坊内部的民主化问题,使学生能够更自由地在课堂上进行创

① 许道军:《创意写作研究的兴起与创意写作研究新范式探索》,《文艺论坛》2024 年第 1 期。
② 汪雨萌:《创意写作视野下的文学批评》,《粤港澳大湾区文学评论》2024 年第 5 期。
③ 汪雨萌:《创意写作视野下的文学批评》,《粤港澳大湾区文学评论》2024 年第 5 期。

作的探索。但这无疑对创意写作的学科教师而言是艰难的挑战”。[①] 基于这一视野，汪雨萌同时还从过程写作的视野就散文写作进行了讨论。[②]

2024 年度上海大学创意写作研究团队除了上述探索之外，王海峰、范天玉等人也分别立足于创意写作的理论形态和创意写作学科史视域进行了发掘。2024 年上海大学创意写作方向的博士研究生王海峰首先对英美创意写作的理论形态进行了归纳，在博士论文《英美创意写作理论及其中国化研究》中从“创意写作本体论与认识论形态”“创意写作方法论与目的论形态”“创意写作创造论与实践论形态”多层面提炼，尝试从知识论层面为英美创意写作的基本形态建立话语模型。其次，王海峰还梳理了“英美创意写作理论中国化的历史轨迹”“中国创意写作与英美创意写作的对话”的脉络，在创意写作中国化语境中对二者的相遇、对话等展开了辨析。[③] 范天玉重新梳理了美国创意写作学科史，力图走出迈尔斯的叙事框架，勾勒了创意写作发展早期爱荷华大学、哈佛大学等教学和研究中的脉络，这是近年来基于美国创意写作学科史研究中少见的观点。范天玉突出了创意写作发展历程中哈佛大学的探索独特性，使得研究人员注意到爱荷华大学创意写作教育之外的另一个重镇哈佛大学。[④] 范天玉借助游群概念尝试重述 19 世纪末期以来美国创意写作的发展历程，将早期哈佛大学与爱荷华大学视为创意写作学科史上两大具有影响、融合的游群，并指出整个 20 世纪创意写作不断走向实践部落，并演化出学术城邦的途径，最后基于比较创意写作学的视角将中国创意写作学科的建制和发展视为一种“学术城邦”。王海峰与范天玉的创意写作研究对创意写作的形态类型与学科进程的演绎尝试了新的叙事，同时也都自觉立足于本土学科发展视域展开。

另外，2024 年上海大学创意写作团队还与江西师范大学、高等教育出版

---

① 汪雨萌：《创意写作视野下的文学批评》，《粤港澳大湾区文学评论》2024 年第 5 期。

② 汪雨萌：《小时代的抒情声音——浅论过程写作视野下的散文写作》，《当代文坛》2024 第 4 期。

③ 王海峰：《英美创意写作理论及其中国化研究》，上海大学博士论文，2024。

④ 范天玉：《美国创意写作学科史反思及其对中文创意写作学科的启示》，《当代文坛》2024 年第 4 期。

社上海分社联合举办了第九届创意写作大会,启动了第三届“何建明中国创意写作奖”评选,同时发布了《中国创意写作年鉴(2025)》的编撰倡议,对未来的创意写作教学和研究工作都具有促进意义。同时,上海大学主持的《中国创意写作研究》学术集刊也开始更多地引入创意写作前沿话题,并积极参与该领域的国际对话。上海大学中国创意写作研究院组织小组参与了英国第27届卓越创意写作国际大会,与欧美创意写作研究学者面对面,特设的“中国创意写作:理论与实践的发展”(Chinese Creative Writing: Theoretical and Practical Developments)专题小组由大会主席格雷姆·哈珀教授主持,葛红兵、谭旭东、许道军、张永禄等围绕创意本体论写作的构建与探索、中国创意写作学科的制度建设与经验、中国网络小说创作的全球成就以及中国创意写作发展与文学生态等主题进行了发言,对中国创意写作有了完整呈现。葛红兵对中国创意写作的基本理念和立场进行了阐述,许道军对创意写作与当代中国文学生态的变革问题进行了总结。上海大学创意写作教学研究团队在2024年度提出了创建创意写作的上海大学学派,正是基于与世界创意写作学界的对话考量。

六、同济大学等高校、作协、研究机构的创意写作

与复旦大学、华东师范大学、上海交通大学、上海大学等院校在创意写作方向的探索相比,同济大学创意写作2024年度也在稳步前进。作为沪上重要的高校之一,自2015年开始招收在职学生的创意写作专业,同济大学创意写作教学走出了另外一个独特路径。它在某种程度上与中国人民大学的创造性写作专业建设模式有一定的类似,但同时它又保留着自己独特的要求。某种程度上也可以说,同济大学创意写作的教育教学,是对前述几所院校的重要补充,走的是一条差异化的路线。

在2024年南昌举办的第九届中国创意写作年会上,张生重申了同济大学创意写作教育教学的理念。张生系统地梳理了2007年以来同济大学在写作专业方面的建设经验,将同济大学在21世纪初期的相关探索与当前的创意写作MFA教育理念进行了融合。张生谈到由于招收的是在职学生,其生源相

对于其他院校更加多元化。张生还概括了同济大学创意写作 MFA 的“三一制”教学方法：“一”就是以写作训练为核心；“三”，就是教学实施的过程，分为老师讲解，学生写作，师生讨论三个环节。① 目前同济大学创意写作的发展态势与早期的探索积累密不可分。同济大学也是国内较早的文学教育以课程的运作与实践为导向的课程的探索者，2007 年就在现当代文学专业开设了“新文学创作”方向。此外，喻大翔、马原等开设的相关阅读、小说写作等课程也都较为重视围绕作品原创本身来培养相应的人才，这些课程与理念都与传统的文学知识教育、文学理论人才的培养有较大的不同。

叶祝弟的研究聚焦的是创意写作与创意城市建设的关系，主要从城市研究和文化研究的视域探寻创意写作在当代城市空间、文化生活中的可能角色和基本意涵。在叶祝弟的研究中，创意写作是现代创意城市的一种基础设施，就是人人能表达，人人能思考，培养现代创意思考者的一种媒介和方法。这种理念无疑放大了创意写作在当代文学教育中的角色，并给出了新的可能性。叶祝弟在第九届中国创意写作大会主题报告《作为创意城市实践方法的创意写作》中对创意写作与创意城市的关系进行了进一步阐述，他从城市研究与文化研究的综合视角出发，提出“通过创意写作更快地‘加速文本’”“通过创意写作，个体可以更好地‘联结附近’”“通过创意写作更深地‘打开地方’”以及体会城市。② 创意写作不再是文学原创，而是一种自我经验的发掘与探索。这样就将创意写作与现代生活个体的自我认识联系起来。叶祝弟的研究切中的是城市研究、文学景观化时代创意写作与创意城市的关系。这对思考未来创意写作和文学的新形态具有启发性。

2024 年度创意写作与人工智能写作的议题也是沪上媒体工作者、学人关注的重点。许旸在《AI 时代，创意写作这门手艺如何进化?》中谈到，“在学界看来，与其哀叹‘文学的黄昏’降临，文艺圈更需警惕的，不是机器写得像人，

---

① 张生：《谈创意写作专业建设及教学的经验与问题——以同济大学创意写作专业 17 年发展为例》，第九届中国创意写作大会主题报告，江西南昌，2024 年 11 月 23 日。

② 叶祝弟：《作为创意城市实践方法的创意写作》，第九届中国创意写作大会主题报告，江西南昌，2024 年 11 月 23 日。

而是人写得太像机器,沦为单纯模仿追随某一种技艺或风格”。[①] 许旸的观点与前述上海大学谭旭东对人工智能写作特点的论断有相通之处,也间接点出了当前人工智能写作盛行的情况下创作者存在的瓶颈,受到的影响不可忽视。人类写作如果遵循算法逻辑,可以在类型提取、叙事的可能性发现以及框架借鉴方面有一定增益,但也可能会损害写作者本有的叙事风格和文本深度。目前,包括上海视觉艺术学院在内的沪上高校都开设了AI创意写作的专业应用模块,AIGC趋势下的创意写作数字化教育的新空间已经打开。在这个过程中,作家的教学、原创、批评和公共文化参与,其边界变得越来越模糊,相互的交叉和跨界也越来越频繁,新的文学生产力也不断被孵化。

华东政法大学高尔雅、叶文瑶还对世界范围内非虚构写作学科与课程设置进行了梳理,并对其人才培养目标和实施策略进行了总结,认为该方面注重培养高水平原创能力、多元实践与应用能力、职业化非虚构人才培养以及激发学生创造性和批判性思维等四个重要方略。[②] 他们还指出“非虚构写作具有包容性、创新性,跨越多个学科,包括新闻学、教育学、历史学、媒体艺术、科学、哲学、电影、美学等”。非虚构写作实践成为不同学科的应用能力拓展之一,而不再是狭义的文学非虚构写作,其应用和功能不再局限于传统的英语系的文学教育范畴。目前国内的非虚构研究较少有对非虚构写作工坊运行与学科教育的探讨,高校的非虚构课程较多,但类似于爱荷华大学那样将非虚构作为硕士层次专业的方向建设还有很大的尝试空间。高尔雅、叶文瑶的研究提供了非虚构写作学科建设和设计规划的有效参考,也呈现了非虚构写作作为课程或专业的跨学科、跨生产门类融合的前景。

上海政法学院高翔在《创意激发理论体系及其工坊应用刍议》中侧重借助斯坦福大学蒂娜·齐莉格总结的创意教育模型、美国创造力研究权威罗伯特·斯滕伯格建构的创意心理学模型与赖声川的创意金字塔模型为创意写作工坊的设计和潜能激发寻求学理支持,强调从主体情感情绪体验、创意人

① 许旸:《AI时代,创意写作这门手艺如何进化?》,《文汇报》2024年6月4日。

② 高尔雅、叶文瑶:《海外高校非虚构写作发展模式初探》,《中国创意写作研究》2024年第1辑。

格、创作动机等三个方面入手。高翔在对不同的创造力学说及理论模型、构成要素进行总结的基础上提炼了创意写作工坊的创意激发模块，认为“工坊的创意激发操作体系设计‘创意主体—创意过程—创意环境’三个模块”。[①] 高翔的研究在借鉴当代创造力理论研究成果的基础上，给出了简化版的创意写作工坊创意机制阐述，并对其中的核心元素进行了解释，为相应的工坊设计提供了实用的参考。

另外，2024 年度除了上述高校、机构研究人员的探索之外，高等教育出版社上海分社也在以专业知识生产的方式参与沪上创意写作发展的图景，推出了多部相关教材。由陈晓辉、安晓东、苏岑主编的《创意写作理论与实践》，还有张国龙的《文学创意写作理论与实践教程》、张慧瑜的《非虚构写作》都是 2024 年度的代表性教材。《创意写作学理论》的英文版也在 Springer 出版。华东师范大学出版社的《生活在写作之中：与契诃夫一同磨砺民族志技艺》则是“一本将民族志研读与创意写作巧妙并置的指南”。上海大学出版社的“上海大学创意写作丛书”也推出了叶炜的《作家何以养成：创意写作中国化实践研究》。这部作品系统地梳理了鲁迅文学院 70 余年的办学情况和人才培养机制，对中国作家协会作家教育的丰富和经验总结有新的发掘。作为上海年度创意写作发展图景的一部分，多部操作性较强的教材与聚焦中国本土作家培养机制研究的著作出版将经验和教学法系统地呈现。此外，《文学报》也呼应中文创意写作增列中国语言文学下二级学科的新动向，推出了《创意写作发展迎来新变，这些青年学生讲述如何攀登漫长的写作之旅》等话题文章。

上述上海高等院校、作协与部分研究机构、出版社等在创意写作领域的探索较为多样化，呈现出创意写作发展的丰富可能性。这幅图景表明，除了高等院校以外，创意写作的教育和研究事业参与主体是多元化的，类型化写作、创意城市、人工智能写作、创造力激发与出版社配套的知识生产初步形成了新的文学话语空间、实践空间，彼此之间借助媒介与知识生产不断地形成新的对话，这对未来新的文学文化原创力培育和人才发展都是基础层面的更新。

---

① 高翔:《创意激发理论体系及其工坊应用刍议》,《中国创意写作研究》2024 年第 2 辑。

结语：文学生产力解放与沪上高校创意写作的探索

上海高校对创意写作的探索可以追溯到2008年，乃至更早的时候。十余年来，这里已经成为中国创意写作教育教学和研究的前沿，也是重要的坐标之一。王安忆、葛红兵等人的创意写作领域探索也不断见之于英语国家媒体和学术期刊。世界范围内的创意写作研究人员格雷姆·哈珀、贾奈尔·阿德西特、安德鲁·考恩、克雷格·巴迪等人也对沪上创意写作有不同程度的关注。总体上，观察2024年上海高校及机构在创意写作教育教学学科教育教学研究方面作出的探索，在创意写作与创意城市、创意写作的学科发展方向、实践方法等都有较为全面的探索。这些探索已经不单是着眼文学教育改革，同时还面向新媒体、艺术实践、城市文学、文化创造力等多个维度，指向新时代文学生产力的解放。

如果单独观察沪上高校在2024年的创意写作教育教学探索，彼此观念与方法之间也不乏交叉点，为了突出某一院校的独特性而仅仅从概念层面进行定性，并不可取。院校之间与教学研究人员的观点虽然出发点不同，但潜在的对话空间依旧广阔。以沪上高校为例，中国创意写作的发展既有文学原创、文化产业和文化创新的面向，①也呈现出多种不同的形态，从不同角度探索新时代中国文学文化原创的机制化路径，文学生产力解放的可能性。沪上高校创意写作在一边快速修复20世纪被长期忽视的文学教育中作家培养的机制，一边也在面向世界，发掘中国经验，不断开拓新的方向。当然，近十年来沪上高校进行创意写作教育教学探索的，远不止于上述几个院校，包括上海纽约大学、上海第二工业大学等院校都有不同层面的探索。

上海高校近些年的创意写作探索成果中，复旦大学王安忆、王宏图、张怡微等人的探索提供了作家教学的典范与跨艺术类型文学教育的经验，华东师

① 刘卫东：《中国创意写作的三个路径：文学原创、文化产业和文化创新》，《山东青年政治学院学报》2019年第6期。

范大学孙甘露、黄平、项静等带来了接续作家传统和衔接新媒体创意写作的方法，上海交通大学吴俊、何言宏等则在创意写作的学科建设观念与未来走向层面有新的引领，上海大学葛红兵、谭旭东、张永禄、许道军等领衔的团队则在创意写作学科的基本理论、学科建制和本体论研究层面有较多的开拓。这些上海高校的创意写作探索也表明，它们所进行的实验不仅仅涉及文学教育方法的改革，也关系到当代中国文学生态、文学场域、文学生产机制的更新问题。其中包括吴俊谈到的“创意写作通识课的概念更新”，何言宏提到的“21 世纪中国文学批评的文体新变”“创意写作学科地位的获得及文学生产学科化机制的形成”，它的论域都远超出狭义的文学教育范畴，指向新时代文学学科的再定位以及创意写作在将来文学生产机制更新中的角色和功能。

上述上海高校在创意写作领域的探索，需要置于当代中国文学教育改革、文化生产力解放的宏观视野下观察。随着中文创意写作增列中国语言文学一级学科下的二级学科，它与文学研究、文学批评和当代文学生态的关系也在日渐清楚，互动和对话也不断深入。无论是朱国华指出的文学批评与实践的分离，葛红兵提倡的创意本位的新文科建设，还是张永禄提出的“创意写作的社会功能论”，它一方面是对当前文科教育的反思和展望，另一方面也是创意写作在接续作家传统之外基于实践本位和新媒介语境的自我革新，关系到对文学实践与学术话语隔膜的克服，以及文学话语生产方式的更新。它的逻辑在于将创意写作视为一种新的创意本位的文学和文化原创力培育的学科，注重借助创意写作从文学教育改革、文学原创和生产机制的更新，逐步走向广义的文学文化原创、文学生产力的解放。

目前，虽然沪上高校的创意写作的教学和研究已经初步具备了各自的特色，也提出了复旦大学路径、上海大学路径或华东师范大学模式等论点，但每个高校的探索都不能绝对等同于某个标签、概念，还需要从世界范围内创意写作发展的情况来加以观照。复旦大学在坚持作家人才培养的同时，以王安忆为代表的创意写作教学团队明确了作家进高校的范式，同时认同对艺术教育方法的提倡和引入，其理念和方法上尚未得到学界的充分重视。在英语国家，创意写作与艺术学科教育的融合工坊机制的相互借鉴，目前已经走得很远。只有在这个比较创意写作学的视野下才能更好地理解复旦大学创意写作教育探索的独特性和前瞻性。同样地,华东师范大学在面向自身的作家群传统,一方面努力接续,另一方面又力求在创造性转化的理念层面寻求新媒体写作的尝试,成为创意写作与新媒体作为成熟的方向和学科重要的探索者之一;上海大学在创意写作学科建制与基本理论问题、社会功能论、教学法的探索也需要在比较的学科视野中才能呈现它的重要意义。

当前,创意写作与当代文学教育的融合,还需要进一步加强对话。创意写作学科的发展与它是否是舶来品的身份并没有太大关系,更为重要的是它能够参与并在某种程度上解决当前中国文学学科转型和建设的需求。在这个问题面前,创意写作是不是舶来品,作家进高校的合理性问题都不是根本性的。最为根本的是,它实质是随着中国文化产业的高速发展,中国文学生态随之急速变化,中国当代文学话语生成模式遇到瓶颈,它是在学术话语与原创实践分离的现象情况下产生的,文学原创机制、文学生产机制亟待更新。文学教育进入了新的机制化时代,所谓作为文学教育改革的创意写作,只是它的表面。创意写作建设的风潮实际上是中国文学需要建立属于自己的文学文化原创发展机制,去服务于新世纪以来的文化原创人才培养需求,更要服务于新时代文学生产力解放,文化原创力培养,走向文学素养向创意素养转换的新理念。在这一问题中,蕴含了几个不同的层面。第一个层面,中国文学百年以来的原创传统的激活与再出发,不仅彻底解决了不能教的问题,而且引发了如何更好地机制化培养相关人才的思考。第二个层面,走出文学话语生产的模式,文学知识教育的模式,将之放在整个 20 世纪后半叶以来的语境中观察。第三个层面,文学从苏联模式、欧美话语资源中走出来,以原创和创造为旗帜,寻求中国的文学原创人才培养,发展本土文化,呈现本土的创意写作话语和立场。

同时,我们需要意识到,作为中国创意写作教育和研究领域的重要探索力量,上述每一所高校具有各自的特点和聚焦方向,但其彼此之间既有差异也不乏对话的空间,还存在亟待共同突破的问题。尤其是,其中有若干问题需要众多院校共同探索和思考,方能突破学科建制和观念层面、话语层面的制约。这些问题包括，如何在新文科和 DeepSeek 等 AI 大模型冲击下的文学教育和文学知识生产的思考中，结合创意写作学科改革的契机，从具体的文学教育教学制度的改革通往文学生产力的解放。文学生产力的解放是创意写作学科建设需要回答的重要问题之一。这需要对文学生产的主体培养、文学观念、文学功能、文学价值等多方面进行新的思考。某种程度上，创意写作的学科的基础理论研究也在努力尝试回答何谓 AI 时代的文学性，如何看待文学话语与文学实践的割裂和分离的局面。

从总体上看，沪上高校创意写作的方法、理念、学科和面向等差异化是比较明显的，这与各自的学科底蕴、教育理念和团队构成有关，也与外部的文化生产、媒介化、跨学科等有关。不同的传统、出发点和学科定位、学科使命，彼此之间的路径形成或路线都不是简单的规划问题，它们指向新的文化生产解放的不同解决路线，或者系统方案的不同拼图。在 2024 年上海高校创意写作方面的探索中，无论是复旦大学重视的跨艺术门类的艺术训练还是华东师范大学注重的新媒体写作人才培养，以及上海大学强调的各类面向文化产业的高级写作人才、服务型人才的培养，它们都已经超出了传统狭义的文学写作、文学教育范畴。葛红兵认为："'创意写作'无论是指写作实践、教育教学实践，还是针对上述实践的理论反思，其意义都应该从思想史、创意国家建设及中文学科发展史上来认识。'创意写作'的诞生在精神本质上意味着思想史国别独立的诉求，一种思想上的国家主义觉醒。'创意写作'，在塑造中国梦、抵抗西方文化霸权方面承担基础工作，是世界进入创意经济时代，文化产业化发展，创意强国、文化强国建设的重要支柱。"①创意写作虽然有作家培养传统的接续使命，有效仿爱荷华大学作家工坊的尝试，但它也不仅仅是写作技能、作家培养、作家教学，这方面目前已经逐渐成为新共识。张永禄倡导的创意写作社会功能论，叶祝弟强调的创意写作与创意城市的维度，都是当前创意写作学科建制和社会化实践的重要议题和研究方向。这些探索表明，上海创意写作的发展已经从狭义的文学本位走向广义的创意本位，未来创意写作

① 葛红兵：《创意写作的价值与未来》，《粤港澳大湾区文学评论》2024 年第 5 期。

驱动下的文学学科改革将在文学与文化生产力机制更新、生产力解放方面扮演更为重要的角色。

总而言之,沪上高校的探索从各自的资源、理念和路径展开,已经有了较为明显的差异性,这种差异既是生态和发展使然,也是中国创意写作发展图景多元化的体现,充满活力的体现。

创意写作作为一门学科,它包含的内容不仅仅是作家教学、工坊制度,还有创意阅读、创意批评,它本质上是一种不同的文学原创机制,一种不同的文学知识和话语模式,是为了寻求更好的文学价值实现。创意写作学科的发展所进行的是对文学观念、文化原创生产解放的探索。由于当前对何谓创意写作,创意写作的内涵和外延的讨论仍在继续,本文在撰写中并未将更大范围的实践纳入讨论。但有一点是可以确定的,上海创意写作的探索范围已经不再局限于传统的作家培养。某种程度上可以说,这些实践已经远超出创意写作学科建设早期中文系经常讨论的"作家能不能培养"的问题,它打开了创意写作教育和研究的新面向,直面当代文学教育改革,直面当代文学生产力的发展和解放问题。未来上海创意写作的探索将会是融合文学和文化原创人才培养、机制设计、学术话语构建的全面探索,既是新时代的新文化探索,也是新质生产力实现方式的探索。这些探索一方面是沪上高校创意写作教育教学的前景所在,另一方面也使它们面临着相应的挑战。如今,上海创意写作教育教学和学科建制化的帷幕已经拉开,未来中国特色创意写作学话语建设的风潮也为期不远。

上海创意写作发展

回顾与展望：复旦大学创意写作十五周年

王宏图　陶　磊①

摘　要　复旦大学是中国内地第一个获批设立创意写作专业硕士学位点的高校，如今已走过15个年头。通过十多年的教学实践，复旦大学创意写作专业形成了自己的培养理念、培养模式和课程体系，培养了一批创作型的人才，积累了不少经验，对写作教学的方法和规律也有了进一步的认识。但教学方面仍有很多挑战，特别是授课教师如何最大限度地激发学生的内在潜力，甚至发掘出他们潜意识世界的丰富创造力，这在教学方法和理念层面都需要进一步探讨。

关键词　复旦大学创意写作　培养模式　学术性　创造力

---

① 作者简介：王宏图，复旦大学中文系教授，博士生导师，创意写作学科带头人、项目负责人、专职导师。陶磊，复旦大学中文系副教授，创意写作专职导师。

早在1936年,美国爱荷华大学就正式成立了"创意写作"(Creative Writing)专业,让学生在高等教育中有机会接受文学创作技能的训练。此后80余年间,全美数百所大学相继开设以培养实际文学写作能力为目标的创意写作专业,英国、澳大利亚等国家也纷纷跟进。创意写作在英语国家生根发芽后,逐渐扩散到亚洲。之后,韩国、新加坡、马来西亚、印度尼西亚以及中国港台地区的高等学府,也启动了富有本土文化特色的创意写作课程。

复旦大学是中国内地第一个获批设立创意写作专业硕士学位点的高校,如今已走过15个年头。从筚路蓝缕的起步阶段,到如今形成完整的培养体系,其间建设之困难、经营之用心、师生之齐力,可谓一路坎坷却又步履踏实。

一、复旦大学创意写作的发展历程和培养模式

复旦大学创意写作专业,上承20世纪50年代以来本校的文学创作传统,而其在复旦的真正雏形,则可追溯到1994年著名作家王安忆受邀来到复旦讲授小说研究课程。1998年,王安忆出版课程讲稿《心灵世界》(后以《小说家的十三堂课》为名再版);2005年,复旦大学中文系正式聘请王安忆出任中国现当代文学专业教授,成立"复旦大学中国当代文学创作研究中心",开辟了作家进入高校执教的先河;2006年,复旦中文系在传统的学术硕士招生名录中新设"文学写作"专业,可看作中国内地创意写作学科建设的准备阶段;2007年,王安忆、王宏图等出任文学写作专业导师;2009年起,随着创意写作专业硕士学位点的成立,作为学术硕士的文学写作专业完成了使命,停止招生,复旦中文系于次年正式开始招收创意写作专业硕士——这也是教育部正式批准设立的内地第一个创意写作专业硕士学位点(挂靠"艺术硕士"下的"戏剧"方向)。

从学术硕士到艺术硕士,转变的契机来自海外创意写作培养模式的启发:原本的文学写作学术硕士,每年招生人数很少(仅1—2名),要求毕业生提交3万字左右的文学作品和2万字的学术论文。这在当时是一种尝试,美国爱荷华大学在创意写作专业正式设立之前,也经历过类似的阶段。时任系主任的陈思和教授决定借鉴美国大学的模式,招收创意写作专业硕士,每届

10—20人。算上作为"前身"的文学写作专业，复旦大学创意写作学科至今已有18年的历史。

本专业下设两个方向：一个是小说叙事研究与实践，另一个是散文与传记创作研究与实践。起初设定的学制是两年——包括英国东英吉利大学和澳大利亚墨尔本大学在内的许多英语国家，创意写作项目的学制多为一到两年。与学术硕士相比，创意写作专业硕士的课程不多，大量时间用于创作实践和研讨。后来，教育部对专业硕士培养的学分要求作出了明确规定，学生必须修读的课程数量有了更严格的要求；再加上我们原先设计的实践环节，要在两年内完成就相当紧张了。从2016年开始，我们把学制从两年改为三年，让学生可以相对从容地完成课程学习与创作实践；同时，我们也和国内外高校的同类专业进一步加强交流，给予学生更多交流切磋的机会。

教学方式上，我们选择了小班化模式。2012年曾有新闻报道，在美国教授创意写作、著有《小说写作教程》的杰里·克利弗(Jerry Cleaver)到中国各大名校讲学，某些高校的写作课堂却"惊到了这位从教二十多年的老师"："他们一堂写作课有180个人，我都吓坏了！这要怎么教呢？你要指导每个学生写作，改他们的作业，一个老师不可能忙得过来。"①而复旦创意写作从一开始就定位于精英化的培养模式，每届招生人数不超过20人。这就保证了在每一门专业课上，任课老师都能对学生进行一对一的指导。

每名学生除了配备一位校内导师外，还会有一位从事文学创作或文学编辑的资深校外导师，共同参与学生毕业作品的开题、指导、预审、预答辩和答辩等培养环节，形成了有效联动的"双导师制"。本专业要求毕业作品以小说或散文形式为主，选题应在第四学期前进行开题(创作主题报告)，经导师和本专业其他专家审核通过后，由研究生本人独立完成；毕业作品的实际工作时间不得少于1年；所有毕业作品一律送交"双盲"外审，通过后才能参与答辩(迄今为止，外审优良率超过90%，抽检均无异议)。

2012年，我们还和上海市作家协会联合成立了"复旦大学—上海作家协

---

① 《东方早报·文化版》2012年9月25日。

会专业学位研究生实践基地”,为学生提供了一整套软硬件条件兼备的实习空间,以此推进和规范专业实践活动。每年暑假,我们都会安排学生到上海市作协旗下的杂志社或文学机构进行为期三个月的实习。学生从事的具体工作虽然各各不一,但他们都通过实习开拓了眼界,熟悉了文学编辑部、文学网站和相关文学活动的组织工作流程,锻炼了自己的才干,为提高文学写作水平和日后从事各类文化工作积累了有益的经验。实习结束后,每名学生必须填写实践考评手册,将实习过程中的经验和感悟记录在案。

此外,我们还会为每一届学生出版一部作品集,由陈思和、王安忆教授担任主编,形成“MFA 创意写作”丛书。这套丛书,一方面是学生们学习生活的真实纪录和成果展示;另一方面也可以作为资料档案,供本专业的导师从中总结经验。

二、复旦大学创意写作的培养理念和课程设计

经过多年探索,复旦大学创意写作专业已经形成了相对清晰的培养理念:“第一个普遍期待的培养目标是培养作家、写作者、写手;第二个培养目标是培养一个文学爱好者,把他们培养成一个熟练、有资质的写作者。”①结合具体的教学经验,可以总结为四个方面,即:(1)注重“工匠精神”,推动原创;(2)通过原创,开拓文学教育的疆域;(3)提高学生的自我表达能力,充实人文教育内涵;(4)激发学生的内在创造力。

从当前中国大学教育的层面看,创意写作专业具有众多潜力,这主要体现在它对作品原创的重视。复旦大学创意写作学科带头人王宏图教授曾在会议上讲过:“通过培养实践性的创意写作人才,可以有效地弥补我国文化生态中的结构性缺失。”②创意写作之所以受到欢迎,首要在于它满足了大量文学爱好者学习写作技能、提高写作水平的希望。2019 年复旦大学创意写作专业成立十周年会议上,陈思和教授强调文学创作需要“工匠精神”,这种“工匠

① 王宏图:《创意写作在中国:复旦大学模式》,《写作》2020 年第 3 期。

② 王宏图:《创意写作在中国:复旦大学模式》,《写作》2020 年第 3 期。

精神”是创意写作的一大特点，是当前教育的需要，是其专业潜力所在。

创意写作以多元的原创实践拓展了文学教育的疆域。以往被视为无法教授的文学创作进入高等院校，成为知识性、理论性的文学研究之外一道亮丽的风景。就欧美高校来说，诺贝尔文学奖得主、日裔英国小说家石黑一雄，英国“国民作家”麦克尤恩等人，都出自创意写作学科。虽然创意写作无法简单地许诺培养出优秀作家，但是它借助现代教育机制，为创作型人才保留了发展和锻造的空间，使原创力量能够在当今的大学校园持续发展。

创意写作可以有效提高学生的自我表达能力；而基于文学性的表达训练，是人文教育中不可或缺的部分。在20世纪初，创意写作就以“自我表达”为核心理念，每个人都可以通过写作表达自己的内在情感和人生经验。2012年，王安忆与英国东英吉利大学创意写作主任安德鲁·考恩（Andrew Cowan）会面时说：“将来同学们毕业后，依然从事写作当然很值得欣慰；但即使不再从事写作，他们在校园中度过的几年依然有价值，他们受到良好的人文熏陶，拥有人生最美好的时光。”创意写作专业的毕业生，虽然不一定都以作家为职业，但通过这样的文学训练和熏陶，他们掌握了运用文学语言将内心的情感和想象进行转化和升华的能力，可以很好地激发他们的创造力，深度提升他们的自我表达能力。同时，自我表达能力的优化又能促使他们增进对自我的认识，从而更好地欣赏文学作品，以新的目光观察周围的世界。

就课程结构来说，目前复旦大学的创意写作教学中，文学创作训练是重中之重，全方位的艺术教育也实现了有机融入。以2020年修订的培养方案为例，相关课程设置正是上述理念的体现（见表1）。

表1　复旦大学创意写作专业硕士课程设置

类别Ⅰ	类别Ⅱ	课程名称	学分数
学位核心课	学位基础课	艺术原理	2
		艺术创作方法研究	2
		小说写作实践	4
		散文写作实践	4
		创意写作高级讲坛	3

续表

类别Ⅰ	类别Ⅱ	课程名称	学分数
学位核心课	学位专业课	中国古代文学概论	3
		中国现当代文学概论	3
		当代文学批评	2
		小说经典细读	2
		散文经典细读	2
		传记经典细读	2
		西方文学名著选读	2
		文学翻译实践	3
		非虚构写作实践	3
选修课	专业选修课	跨媒体艺术研究	2
		从小说到电影	2
		海外华人文学	2
		现代诗名著细读	2
		创意写作导论	2
		诗词格律和创作实践	2
		新诗写作实践	2
		文学与宗教叙事	2

其中,学生必须修完全部5门学位基础课,修读至少5门学位专业课、至少3门专业选修课和1门跨一级学科选修课。

以下,我们以"小说写作实践""艺术创作方法研究"和"文学翻译实践"三门专业课为例,做简单介绍。

1. "故事开始了":小说写作实践

王安忆开设的"小说写作实践"是复旦创意写作专业的必修课,这门课的任务是写一个虚构的故事。开课前的假期,她会先指定一个地方,要求学生实地探访。这些地方大多很有来历:由厂房改造的"田子坊"、曾为"远东第一屠宰场"的"1933老场坊"、上海第十七棉纺织总厂改建的"上海国际时尚中心”、福州路旧书店、鲁迅纪念馆……王安忆要求学生以该地点为背景，先写出开头，拿到课上讨论，回去修改和续写，下次课再讨论，如此循环往复。讨论环节通常以王安忆的“质疑”开始：这个开头有没有“生长”的可能性？如果有，你要怎样筛选和利用这些可能？如果没有，又可以增加哪些条件？用王安忆的话说，这叫“无中生有”“无端生是非”，就“像万花筒，略一转动，百花盛开；再一转动，千树万树；再再转动，繁花生锦，这就是我们要做的事情”。①

很多初学写作的学生，动笔前就先预设一个想要表达的“理念”，这个理念往往还很大，比如人生意义，比如城乡差异，比如工业文明对现代人的异化。但抽象的理念必须有一个合适的“壳”——也就是故事——来包裹。而学生们往往特别急于表达，迫不及待要和读者分享他们头脑中的睿智，于是故事每每被当作表达的工具。王安忆的做法是让这些学生先把自己的想法放一放，让他们在课堂上尝试描述自己的家乡，回忆成长的经历，通过一问一答，引导他们从切身经验里找素材。学生们很快发现，自己身边其实有很多可供创作的资源。于是他们利用假期回老家调研，采访当事人，编写年谱，查阅地方志，绘制地图……在王安忆的带领下，学生们学到的“第一招”就是从自己的实际经验里钩沉写作素材。

故事的开展依托人物。学生作业里每出现一个人物，王安忆都会巨细靡遗地询问细节：年龄、性别、长相、职业、婚姻、性格、家庭环境……就好像这个人是真实存在的。学生常常被问到哑口无言。在王安忆看来，作者在动笔前就应该对人物的“底细”了然于胸，故事方能自如开展；而人物的每个细节都可能左右情节的走向。但她很少主动告诉学生，应该赋予人物怎样的特征才能“生长”出故事——她只是不断地提问。很多学生挡不了几回合就败下阵来，因此课堂上常常有那么几分“硝烟味”。但正是在和专业作家你来我往的“唇枪舌剑”中，学生笔下的人物才从一个个“粗胚”满满变得眉目清晰。就像一张张人像底片，在反复的漂洗中逐渐显影。因此，学生们的另一门功课就

① 王安忆：《写作课程宣言》，见陈思和、王安忆主编《有诗的好日子》，上海人民出版社 2013 年版，第 5 页。

是为自己笔下的人物写“前史”：有了合理的“前史”，人物才会有故事。正是通过这种方式，王安忆一步一步把学生“推”向故事的起点，也“推”向写作能力的极限。

王安忆布置的题目看似宽松：只限定地点，情节任你调遣。于是学生们笔下的“田子坊”和“老场坊”便上演了各种光怪陆离的爱恨离别。但这些事为什么“必须”发生在“田子坊”或“老场坊”呢？当王安忆指出这一点时，学生们才意识到：原来，这道命题作文暗含了一个限制——故事情节应当和场景有所“关联”。“田子坊”是由六家弄堂工厂的厂房改造而成，空间逼仄，道路狭窄，于是有学生设计了一场火灾；“老场坊”原是大型宰牛场，内里遍布“牛道”，迂回曲折，宛如迷宫，于是有学员让他的人物在那里玩起了捉迷藏……情节一旦“嵌入”具体的场景，他们就会发现：地点的设定既是一种限制，也为情节开展提供了条件。

“小说的想象力来自现实生活的普遍规律，要合理合法。所以，这想象力又可称作是对现实逻辑的推理。”①学生们关于这“小说的想象力”常常走向两个极端：一个是他们摆脱可及的日常经验，写暴力，写凶杀；甚至完全脱离现实，写“穿越”，写玄幻。他们以为超越现实就可以随心所欲地编造情节。对于这种倾向，王安忆举过一个例子：古代神魔小说里，神仙可以上天入地，但必定乘风驾云，连无所不能的孙悟空都要踩着筋斗云——而小说要写的，就是这朵“云”。现实世界有现成的逻辑，基于这现成的逻辑，情节的推展自有依凭，只是我们未必意识到；而在超现实世界，写作者要人为建构一套严密的世界观，个中逻辑必得无懈可击才能服人，那简直需要上帝般的创世能力！可是，当学生们回归日常经验，把熟悉的人物或事件写进小说时，他们又很容易走向另一个极端——每当王安忆质疑某个情节不合理，学生的回应往往是“现实里就是这样的”：他们分不清小说、现实和逻辑的关系。现实无疑包含了逻辑，却也常常溢出逻辑的范围，正所谓大千世界无奇不有；而小说，恰恰

① 王安忆：《写作课程宣言》，见陈思和、王安忆主编《有诗的好日子》，上海人民出版社 2013 年版，第 3 页。

是要从杂芜的现实里提取那“普遍规律”。从这个意义上，我们甚至可以说小说比现实更符合逻辑。

在学生们完成各自独立撰写的故事后，“小说写作实践”课便进入下半程——“故事接龙”：王安忆先指定一个主题（比如“邂逅”），每个学生围绕主题各自编出一个故事开头，大家投票选定其中一个，然后在课上讨论，共同补充情节，让故事发展下去。在整个“接龙”过程中，王安忆不会轻易给出她的判断，而是尽可能让每个学生凭借在课程上半段积累的经验，为这个集体创作的故事发掘各种可能性。这个过程并不轻松，学生们往往要先吃几次“闭门羹”：学生们最先选出的开头，经过几轮——甚或只经过一轮“接龙”，便发现故事钻进了死胡同，无法继续下去，于是他们不得不退一步，或者索性另择开头。如此不断试探和修正，故事的发展虽然磕磕碰碰，却一点点有了起色，一点点壮大起来。

王安忆的这门“小说写作实践”课，归根结底就是要让学生明白什么是小说，学会怎样讲故事。

2. “创意写作是一门艺术”：艺术创作方法研究

“小说写作实践”之外，复旦创意写作的另一门学位基础课叫“艺术创作方法研究”。自 2010 年开课以来，王安忆和王宏图教授先后邀请了中国连环画泰斗贺友直、著名画家陈丹青、舞蹈家舒巧、作曲家金复载、滑稽表演艺术家王汝刚、美学家刘绪源、书法家刘天炜、音乐家林华、戏剧家荣广润、剪纸画家乔晓光等各艺术门类的顶尖专家为学生做演讲，并要求学生就每个专题撰写报告。他们在每次讲座后还会安排一场研讨，点评每一个学员的报告。这样的课程设计，源于复旦创意写作的核心理念：创意写作是一门艺术。

很多学生起初不理解：我们来学写作，为什么还要去了解音乐、舞蹈、绘画、戏剧？王安忆给出的解释，也是学生们后来在听课和写作过程中逐渐领悟到的：文学和其他艺术门类一样，都是为了表达人类的共同经验和思想，区别只在于艺术“语言”（即表现形式）的不同；而不同的“语言”，既对艺术创作构成限制，也提供了相应的载体和条件。只有充分了解每一种艺术“语言”的基本特征，才能真正明白文学创作的特点，亦即文学这一表现形式的优势和劣势。比如连环画艺术大师贺友直先生,在为学生讲课时举过这样一个例子:在绘制《山乡巨变》的连环画时,为了表现一个农民扛着锄头一动不动的画面,他曾绞尽脑汁。因为画面本身就是静止的,要表现静态反而困难。最后,他想到画一只鸟停在锄头上。——这便是成功利用绘画"语言"的绝佳例证。舞蹈家舒巧也曾感慨:人们往往以为中国有多民族的舞蹈,素材很丰富,但素材不等于"语言"。一点小素材可以形成一个舞蹈,生发和渲染出单一的情绪,却远远不足以构成情节丰富的舞剧;而舞蹈的"语言"只有手和脚摆出的几个动作,却要让情节不断发展下去。无论什么题材,都只能用这套"语言"去创作。这就需要一种内在的逻辑动力,否则便只能将一个个素材堆积起来。她用了一个很生动的比喻:"我们的舞蹈只有'字'和'句',没有严密的'语法'。"

3. "为了最好的文字":文学翻译实践

"文学翻译实践"这门课的教学目的在于"炼字"。

"仓颉作书,而天雨粟,鬼夜哭。"文字的发明代表了一种文明的飞跃,代表了人类与世界的关系发生了质的变化,这种变化足以令天地变色,令鬼神动容。汉字是全世界迄今为止持续使用时间最长的文字,也是上古时期各大文字体系中唯一传承至今的。当我们写下一个汉字时,其实是在动用一个经过数千年生长而形成的庞大复杂的意义网络,每个字都是这张网里的一点,点点相连,互依互存,"牵一点而动全身"。连字成词,连词成句,既遵从这个意义网络的成法,又潜移默化地改变着它。如此想来,下笔之时怎能不慎重一些呢?

王小波在他的杂文《我的师承》里曾指出文学翻译对于推动现代汉语臻于成熟的巨大作用。他说,翻译家查良铮和王道乾"对我的帮助,比中国近代一切著作家对我帮助的总和还要大","是他们发现了现代汉语的韵律。没有这种韵律,就不会有文学"。① 在那个特殊的年代,最好的文字不在小说里,而在翻译里。最纯熟、最优美的现代汉语是在翻译中诞生的。因为翻译和创作

① 王小波:《序:我的师承》,见王小波著《万寿寺》,译林出版社 2012 年版,序第 1 页。

的区别就在于前者已经给定了内容，译者所要做的便是用汉语重新表达一遍。于是，那些卓越的作家便化身译者，把全部的天赋与热情倾注到了文字上。

因此，对创意写作而言，翻译提供了一个再合适不过的培养语感、锤炼文字的机会：在现成的内容框架里，不用考虑故事情节，只要充分发挥自己的汉语能力，把所有的注意力聚焦于文字。调遣词语，斟酌字句，尽可能忠实、流畅地传达原意。在实际教学过程中，我们发现学生们往往表现出两个极端：一是译得太“硬”，过于注重字面忠实，不顾及汉语表达的流畅性。整篇译文充斥各种“欧化汉语”，最典型的就是把英语原文中的定语从句原封不动地译成冗长的修饰语。这说明译者的汉语能力不过关，无法用自然、流利的汉语表达原文既定的意思。还有一些学生则恰恰相反，他们不加节制地意译，将原本平实的语言装饰得文采斐然。这类学生往往比较热爱创作，翻译对他们来说倒像戴着枷锁跳舞，束手束脚，施展不开。于是，他们每每按捺不住创作的冲动，在译者和作者两种身份间游走，有意无意地越过翻译和创作的边界。这样的学生其实也没有足够好的汉语能力，因为他们同样无法用汉语恰如其分地表达原文的意思——只不过是在忠实和流畅之间放弃前者而选择了后者。德国汉学家顾彬（Wolfgang Kubin）因为批评中国当代文学而饱受非议，但他有一个观点我们非常认同：他说中国译者最大的问题不是外语不好，而是母语不好。无论译者还是作家，最应重视的理应是汉语素养，而这一点却常常被我们忽视。

三、复旦大学创意写作的经验与思考

1. “如同水在水中”：“可教”与“不可教”的辩证

相较于其他艺术门类，文学的表达工具就是一般意义上的语言，而关于文学创作的某些误解也恰恰与之有关：既然文学和美术、音乐、舞蹈、戏曲等其他艺术形式一样，有基本的内在规律和创作原则需要遵守，为什么还是有人以为文学创作不可教授呢？是否因为其他艺术门类的表现工具距离普通人的日常生活很远,看起来有很高的门槛——比如绘画线条、音乐旋律、舞蹈动作、戏曲唱腔等,似乎只有文学所仰赖的语言文字可以"无师自通"? 日益丰富的传播媒介也起到了放大作用,似乎只要会写字就可以"搞创作"。复旦大学创意写作学科带头人王宏图教授作过一个精彩而犀利的质问:我们经常听到一些快要退休的老干部说,这些年积累了许多素材,准备以后写本小说。可我们几时听说谁准备退休后写几支曲子,画几幅油画? ——"这简直是对文学的侮辱!"

王安忆曾坦言:"凡创造性的劳动似都依仗天意神功,不是事先规划设计所能达到的。"①但她也明确告诉我们什么是"可教"的,比如故事、情节和文字,这些都在"人力可为的范围":

> 既是人力可为,我们就要求至勤至优,做到可做的一切,然后等待神灵降临。倘命运不肯眷顾,不仅做不成作家,也许从此望而生畏,因是知道个中深浅。所以,说是教写作又其实只是告诉对写作的认识,并不敢负责诞生作家。好在,天才是在任何境遇中成就事业,但天才总是极少数人,大多数人都是铺路,我们就是培育铺路的石子。②

所谓"等待神灵降临",与其说是虔敬的祷告,毋宁视之为鞭策学生"至勤至优"的求学底线。

此外,毕业并任教于东英吉利大学创意写作专业的英国当代小说家安德鲁·考恩(Andrew Cowan)的一段话,也回答了"创意写作班到底在教些什么":

> 通过参与讲习班的集体点评环节,把我们的学生培养成最好的自我批评家——培养成最好的自我"控制仪表"——使他们在将来具有足够的能力判断自己的语句是"整齐"的还是"歪斜"的。他们获得了一种技术性的判断力,使他们在毕业后的日子里有所成就,那时候他们又将独

---

① 王安忆:《写作课程宣言》,见陈思和、王安忆主编《有诗的好日子》,上海人民出版社 2013 年版,第 1 页。

② 王安忆:《写作课程宣言》,见陈思和、王安忆主编《有诗的好日子》,上海人民出版社 2013 年版,第 5 页。

> 自一人，面临着——用普里莫·列维的话来说——被忧郁压垮、困顿终日、无法入睡乃至更严重的危险。①

不过，他也提出了一种担忧：

> 普里莫·列维用的比方是矿道里那种一旦超过负荷就咯吱作响、几近崩坏的梁木，而我的担忧是：当我们一丝不苟地点评彼此的作品、把自己培养成专注的自我批评家的时候，我们是否在防止某些矿道崩塌的同时，也阻挡了某些结构更特殊的、吱吱作响的巷道——那是一些遍布着露骨的接口和扭曲的棱角、总是显得"仓促嘈杂"的巷道——把我们领向不可知的矿层，那里有着另一种理解与乐趣。②

这种担忧显然是有其道理的：我们既要把握文学创作最基本的"规范"，同时又不愿看到科班出身的作者太过"整齐"。

十多年后，我们看到了一个格外美妙的答案，而它恰恰来自我们专业的一位毕业生：

> 所谓的文学教化，更倾向于将人的个性提升到所有人的共性——人是所有人类的总和。这并不是说要灭杀每个人特有的品质，而是照着人理想的形象塑造自己，自我培育，从自我陶醉到自我认知，而这一切都应放在社会的庞然幕布之下。在这点上，创意写作即是更广袤意义上的文学教化，是学习甘于将自我隐身于更广泛的文学传统与生活价值中去，如同学会游泳前必须先泅水，乍看毫无意义，却可从中习得与水共生的能力。这当中的"水"，于写作者而言，即是与文学生活相关的事事物物，是学习创造一整个"心灵世界"的原料所在；是他赖以生存的，也是他要摆脱的，如同水在水中。③

---

① ［英］安德鲁·考恩：《"一种有效的写作氛围"：东英吉利大学创意写作讲习班》，见陈思和、王安忆主编《有诗的好日子》，上海人民出版社 2013 年版，第 115 页。

② ［英］安德鲁·考恩：《"一种有效的写作氛围"：东英吉利大学创意写作讲习班》，见陈思和、王安忆主编《有诗的好日子》，上海人民出版社 2013 年版，第 115 页。

③ 伍德摩(伍华星)：《学徒及其漫长年代》，《中华文学选刊》2020 年第 7 期。

正是经过了三年的“文学教化”,他“回头对自己稍加审视,发现一个近乎奇异的‘事实’,那就是通过一些所谓‘可教的部分’,意外唤醒了体内某些‘无法教的部分’”。① 我们想,或许可以借用上面的话来回答:一个热爱写作的人,在创意写作专业中学到的,“是他赖以生存的,也是他要摆脱的,如同水在水中”。

2. 创造力、个体化和学术性:尚待解决的问题

通过十多年的教学实践,本专业培养了一批创作型的人才,积累了不少经验,对写作教学的方法和规律也有了进一步的认识。但教学方面仍有很多挑战,例如:叙事技巧等创作方法之外,作家的想象力和创作热情的激发,都是在教学中难以把握的。在复旦,工坊式的教学模式已经比较成熟,但在教学技术之外,授课教师如何最大限度地激发学生的内在潜力,甚至发掘出他们潜意识世界的丰富创造力,这在教学方法和理念层面都需要进一步探讨。随着创意写作的跨学科互动越来越活跃,这类教学法的重要性也日益凸显。但是,在创意写作如何全面激发学生的内在创造力这个方面,目前还没有太多可以直接参考的方法和例子。这是当下创意写作教学亟须开拓的领域。

目前,复旦创意写作的人才培养目标已经比较清晰。但在具体的培养过程中,怎样结合每个学生的特点进行有针对性的引导,这在实际教学层面还是有难度的。例如,我们对本专业毕业生的期待,不是必须成为众所瞩目的作家,也可以是具有出色的审美能力和鉴赏能力的普通写作者、文学爱好者和文学批评家,能够胜任艺术院团、剧场、院校、文化馆站、文艺研究单位、媒体、政府等相关部门的工作。那么,如何针对不同学生的个性化特点因材施教,同时又突出复旦创意写作的特色,这也需要进行深入的探讨和研究。

我们强调创意写作以实践为中心,但并非完全排斥学术层面的文学研究,特别是文学批评。因此,在培养过程中,创造性和学术性的结合是一大难点,亦即如何平衡创作实践和学术研究。按照教育部对艺术类专业硕士的培养要求,毕业生既要完成原创作品,也要撰写理论性的学位论文。因此,我们对本专业毕业生的要求是“具有良好的创意写作实践能力、艺术想象力和创

① 伍德摩(伍华星):《学徒及其漫长年代》,《中华文学选刊》2020年第7期。

造力”，同时又能用学术语言展现“对毕业作品及创作过程所进行的理论反思”。虽然在欧美国家的艺术硕士培养过程中，这也是常见的规定；但在具体实施中，如何把握实践和研究的关系仍然具有很大挑战性，这也是复旦大学创意写作教学和研究的重要方向。

四、余论：创意写作的潜力和限度

1. 危机中的潜力

在当下各高校创意写作专业兴盛的表象背后，也潜藏着诸多危机。最大的问题在于不断有人质疑创意写作作为一门学科的合理性和必要性。除了以上提到的文学创作是否可教，还包括：创意写作教学的实际效果如何？创意写作如果只是一门实践性的专业，它又如何能学科化？如果成功实现了学科化，被纳入严整的学科体制内，创意写作是否又走到了自身的对立面？创意写作专业之所以出现，正是为了打破传统文学教育的僵化体制，那么它的学科化又有什么价值或意义？这些问题都很值得我们思考。

在英语国家，由于大学创意写作专业的兴盛，从校园写作工坊中走出的作家比例不在少数，石黑一雄、麦克尤恩等著名作家都曾就读于东英吉利大学创意写作专业。而中国大陆高校的创意写作专业，开办时间尚短，目前培养出的有成就的作家屈指可数，但这并不能否定未来出现重量级作家的可能性，更不能成为否定创意写作专业的理由。

从大学教育的层面看，创意写作专业具有众多潜力。首先是它满足了大量文学爱好者学习写作技能、提高写作水平的强烈意愿，帮助其中的佼佼者实现深埋心底的作家梦。其次，创意写作专业确确实实地拓展了文学教育的疆域，将颇有神秘色彩的文学创作引入以往被学术研究牢牢“把持”的学院体制。虽然创意写作无法向世人允诺能够培养出多少杰出作家，无法量化地展示如何激发灵感、强化创作的内驱力，但它毕竟给日益“格式化”的高等教育带来了新鲜的空气。在整个人文教育领域中，文学无疑占有不容小觑的重要地位。试想一下：当人们不再单纯地欣赏和解读其他人的文本，而是自己动手实践，让自己从一个读者变成作者(哪怕只是片刻)，直接进入创作过程——这对于人们理解文学作品会起到莫大的功用。虽然只有极少数人最终能成为显山露水的作家，但即便只是过一把作家瘾，它对很多人来说已经具有强大的吸引力：将内心的情感和想象化为具体的形象，定形在字里行间，平时被压抑的创造力不同程度地被唤醒，自我表达的能力随之大大提升。有多少人内心积聚了丰富的情感和繁多的经验，渴望找到喷薄而出的机会，却苦于缺少有效的写作技巧。经过一段时间的课堂训练，他们中的很多人可以顺畅地叙述经验、表达情感——虽然距离成为一名真正意义上的作家还有很大努力空间，但自我表达能力的优化可以促进他们对自我的认识，从而更深刻地理解文学作品，以崭新的目光观察世界。

最后一点便是，创意写作对学生内在创造力的全面激发。从文学写作训练入手，但又超越了文学的层面；语词的运用、形象的组接和意念具像化的过程，刺激大脑深处蛰伏的创造力，使其处于跃跃欲试的境地。这个过程不仅有可能催生出优秀的文学文本，还会弥漫到人的整个生活领域。坊间时有传闻，不少诗人从商后取得异乎寻常的成功。人们往往会惊诧：这些满怀浪漫情愫的诗人怎么可能成为杰出的商人呢？——这种看法其实大大低估了文学创造力的巨大潜能。文学想象的创造力如果局限于文本之中，它还没有越出文学的边界；一旦它被移用到其他领域，常常会催生出意想不到的果实。

2. 从有限到无限

创意写作尽管蕴含了种种诱人的潜力，但它也有自身难以逾越的限度。文学创作从故事设计、人物塑造、情节安排、主题表达等方面确有一套有迹可寻的程式，但这些只能作为外部元素输入创作主体，经过系统训练得到强化，而课堂教学最大的困境在于无法“复制”出富有艺术气质的创作主体。我们可以在师生互动的工作坊中尽可能激发学生的创造潜力，但难以令他们始终保持强烈的创作内驱力。写出一篇出色的作品也许并不难，但要保持旺盛的创作活力，持续不断地写出好作品，这就不是教育能承担的使命了。大学以其博雅的人文教育熏陶学生的心灵，但终究无法为他们创造一种诗意的生活，无法为他们设置一个充满戏剧性的喜怒哀乐的“第二人生”。

承认创意写作教学有其限度，并不是缺乏自信，也不是妄自菲薄，而是对客观事实和自身局限的体认。和其他专业领域相比，文学创作具有更多不可控的因素，就像生命起源一般充满神秘，如《老子》所言，“玄之有玄，众妙之门”。也正是文学创作的这一特性，使其在可预见的未来成为难以被人工智能取代的少数领域之一。曾有人声称，可以开发出一款智能写作软件，将全世界古往今来的文学经典存贮其中，形成庞大的数据库。它可以根据使用者的需要，根据主题、情感、文体、结构以及修辞功能等，对既有的繁杂众多的文本进行拆分、重组，最终生成新的文本。而且据初步测试，它写出的诗歌还差强人意，甚至超出了不少初学者。随着不断完善升级，它生成的文本无疑将更趋完美，更具有灵性。和前些年为世人瞩目的 AlphaGo 一样，智能写作软件和人脑相比，有着后者难以比拟的知识储存和深度学习能力，它“创作”新文本的能力也是人脑望尘莫及的。那么，文学创作是不是真的濒临灭绝了？

清代有一部官修类书《佩文韵府》，共 444 卷，收录诗文、词藻、典故约 140 万条，供人写作时当工具书使用，以符合押韵、对仗等格律上的要求。该书可谓古典时代的巨型写作数据库，但人们从中寻章摘句，排列组合，是不是就能写出富于活力的好作品呢？当然不可能。如果写作者没有鲜活的个人感受和丰沛的情感体验，只会产生木乃伊般僵死的文本。它除了炫耀作者的“博学”，还有什么意义呢？

在获得独立感知外部世界的能力，并对外部信息进行整合之前，人工智能只能对已有的文学文本重新组合，无法依照亲历的生命感知进行创作。而文学创作的生命力恰恰在于一代又一代人不可复制的鲜活体验，否则便会沦为封闭体系中自我循环的表演。虽说“太阳底下无新事”，但任何时候我们都无法断言文学已然穷尽了人性的方方面面，就像俄罗斯作家陀思妥耶夫斯基早年给他哥哥的信中所言：“人是一个秘密，要识破它。如果你一生都在识察这个秘密，那你就别说你浪费时间。”①

① [俄]费·陀思妥耶夫斯基：《费·陀思妥耶夫斯基全集》第 21 卷，河北教育出版社 2010 年版，第 21 页。

文学创作所要面对的“秘密”,主要是人的内心——潜意识世界,它是与秩序井然、教条森严的外部世界迥然不同的另一个王国。它的法则与人们的常识每每处于不同的轨道。近现代不少思想家将人定义为有着精密算计的理性动物,人的所作所为都从其自身的利益和理智出发;而人之所以犯错,只是因为没有认识到利益之所在。陀思妥耶夫斯基在《地下室手记》中借主人公之口对这一功利主义的观点进行了反驳:

> 一个人,无论何时何地,无论他是何许人,都喜欢如他所希望的那样去行动,而绝对不想按照理智和利益所吩咐的去行动;他想要的可能违反自己的利益,有时候甚至是就应该这样(这已是我的观念了)。自身的、随意的、自由的意愿,自身的,即便是最野蛮的任性,自己的,有时甚至达到疯狂的想象,——这一切便是那个被遗漏的、最有利益的利益……①

人类生命的非理性特征是文学创作的一大源泉,人类的历史和个人的生活也因此不是某个理念模式的演示,不是已有的大数据的衍生组合,而是一次性的“生命活剧”。有人曾感叹:从古到今,人们没有从历史中吸取任何教训。——乍看之下,这是对人的警示;但知识之树不是生命之树,人类全体和个体的生命本就是不断试错的过程。如果因为畏惧重蹈覆辙而畏缩不前,那么整个社会难免陷入停滞乃至退化。正是由于人们随心所欲的行动,才使历史有了难以言说的活力,文学也有了源源不断的创作资源。

从这个意义上说,创意写作发展到今天,在培养目标、课程设置和毕业作品完成度等方面固然有待进一步细化;在技术层面之外,教师还应最大限度地激活学生的无意识世界,让那生命之泉汹涌澎湃,并引导他们用合适的手段加以表现。只有这样,创意写作才能永葆活力,在高等教育中开拓出一片无可取代的天地。

---

① [俄]费・陀思妥耶夫斯基:《费・陀思妥耶夫斯基全集》第6卷,河北教育出版社2010年版,第193页。

中文创意写作的“上海大学模式”①

张永禄　唐小瑜②

摘　要　中文创意写作的“上海大学模式”是天时地利人和的合力结果。上海大学创意写作学科全程参与了中国创意写作学科发生发展的历程，它以普通人创造力培养的学科信念和社会功能导向的新建制主义理论为指导，初步建立了本硕博贯通的学科体系、教学实践体系和人才培养体系，成为中文创意写作学科的领航者和贡献者。该模式在学科战略上，坚持新建制主义的发展之路；学科功能上，坚持以“创意”为核心的人才培养目标；理论建设上，从系统引进消化到本土化推进；学科路径上，实现了从课程到学科的教育发展历程；社会服务上，实现教学的社会化和创意写作教育推广的双翼齐飞。

关键词　中文创意写作　上海大学模式　创意本体论　人才培养体系　新建制主义

创意写作在新世纪第一个10年与中国文学第三次相遇，赶上天时地利人和，获得迅猛发展。短短20年，大约400所高校③先后开设创意写作课程、设立本科方向，打造创意写作微专业，或以MFA（创意写作）方式招收专业硕士，

① 本文系国家社科基金重大项目“世界创意写作前沿理论的翻译、整理和研究”（23&ZD294）阶段性成果。

② 作者简介：张永禄，博士，上海大学文学院教授，主要研究方向为创意写作。唐小瑜，上海大学文学院创意写作专业研究生。

③ 如果按照2019以来每年全国创意写作年会学者注册单位的统计，大约是500所；根据高等教育出版社近年来征订《创意写作教程》的单位来源，有400多所高校采用该书作为学生教材。保守来说，全国开展创意写作课程的高校在400所以上，而据笔者从各高校网站统计而得的数据，开设创意写作专业（方向）学位教育的共59所高校——笔者注。

或在中国现当代文学学科下,或以自主增设招收学术型硕士、博士研究生,初步形成了本硕博贯通的人才培养体系。以中国人民大学的创意写作书系、上海大学出版社“上海大学创意写作丛书”、高等教育出版社“大学创意写作系列教材”和上海大学、温州大学与香港都会大学联合主编的《中国创意写作研究》集刊(中英文)等为代表的出版物展示了对创意写作教育教学理论与实践成果的推介,以及创意写作本土化道路。特别是上海大学、复旦大学、中国人民大学、西北大学、华东师范大学、同济大学、中山大学、香港都会大学、香港浸会大学、澳门科技大学等高校结合各自学校的写作传统与人才培养目标开展实践,先后形成了比较有代表性的上海大学模式、复旦大学模式、中国人民大学模式、中山大学模式等。

上海大学着眼于普通人的创造力激发与提升,以直面我国公共文化事业和文化产业而培养会创意的人,率先在全国高校中初步形成了创意写作基本理论体系,本硕博贯通的人才培养体系和人才培养模式。上海大学通过成立世界华文创意写作协会(2013)、组织全国创意写作大会(连续 9 届)、出版《中国创意写作研究》集刊(2019)、成立上海大学中国创意写作研究院(2023)、发起“何建明中国创意写作奖”(2021)和上海大学生阅读与写作大赛(2024)等系列举措来推动和传播创意写作教育教学理念。在过去的 20 年里,上海大学的创意写作学科在理论引介、本土化探索、教育教学实践、教材开发、工坊实践、人才培养、国际交流与合作等方面都取得了一定的成绩,先后接待全国上百所兄弟高校的访问和调研,不少高校的创意写作本科与硕士的人才培养计划都参照上海大学创意写作学科,因而上海大学取得了“中国创意写作的井冈山”等美誉。

2024 年 1 月,国务院学位办发布的《研究生教育学科专业介绍及其学位基本要求(试行版)》将“中文创意写作”增列为中国语言文学一级学科下独立二级学科。该学位点的说明,对于学科目标、学科特点与人才培养要求等,与上海大学模式具有较大的内在一致性。因此,系统介绍上海大学模式,不仅有助于学科同仁从实践上更好理解“中文创意写作”“是什么”和“为什么”;同时,也为全国正在或即将开展创意写作教育教学的高校提供一个较为翔实的个案参考，回答创意写作学科建设“如何做”。本论文拟定从学科发展背景与发展阶段，学科的理论探索等几个方面呈现中国创意写作的“上海大学模式”，以求教方家。

一、创意写作学科建设背景及其理念

源于美国的创意写作在全球化传播过程中，先后与中国有三次相遇。一是 20 世纪 50 年代中国台湾地区以余光中、白先勇等为代表的一批作家去美国爱荷华大学攻读创意写作硕士学位，助力其创作进步和台湾地区的文学教育发展；二是 20 世纪 80 年代，在国际写作计划的推动下，中国大陆作家奔赴爱荷华大学交流，并影响了武汉大学等高校开办作家班；三是 2009 年以复旦大学和上海大学为首推行创意写作教育和研究，创意写作在中国高校落地，深远影响了中国高校的文学教育，推动了创意学科的中国发展。上海大学是中国创意写作学科的先发单位，其学科建设背景与理念具有较大代表性。

（一）上海大学发展创意写作的背景

按照上海大学创意写作学科创始人葛红兵教授的回忆，他筹办创意写作学科源于 2004 年的剑桥访学的感受与老校长钱伟长之问。2004 年葛红兵教授在剑桥大学三一学院做高级访问学者，①发现在英国已根本无法找到以文学研究为目的的机构与其研究对接。“英国传统意义上的文学系，比如教授文学史、语言等已经很少了，他们的文学系多数以 Creative Writing（创意写作）为主。”英国境内的大学已有 80 多个创意写作专业的事实，给了这位在现当代文学和文艺理论研究领域已深耕多年的青年学者很大的震惊。不久后，时任上海大学校长的钱伟长先生在会见葛红兵，问及上海大学的中文系如何快速发展时，葛红兵已清醒认识到上海大学的中文学科要想“弯道超车”，“一

---

① 路艳霞：《另类尝试：创意写作课颠覆老师学生对文学创作认知》，搜狐网，https://www.sohu.com/a/15926070_115402，2015 年 5 月 21 日。

定要有领先思维，要有文化产业思维”。但他的想法真正变成现实，已是2009年的事了——上海大学成立国内第一个创意写作中心。

如果说，葛红兵教授的积极推动是上海大学选择发展创意写作的直接原因，那其背后的根本原因还是中文学科的分化和传统中文在新世纪以来的市场经济大语境下遇到瓶颈。张永禄在考察中国写作学发展历史时指出：

> 在学科不断分化的大趋势下，中文学科发生过三次大的分化。第一次大分化是20世纪90年代，在高校专业大调整和学科细化语境下，新闻学、广告学、编辑学、公共关系学和秘书学等专业自立门户，那些具有直接上手性的技能不再属于大中文。第二次分化是本世纪初部分重点大学的中文系分家为文学系、语言学系，特别是对外汉语系也开始成立。第三次分化是2011年艺术门类从文艺学集体出走，获得教育部的护身符。艺术学获得和文学理论平等的身份，进一步削弱了文学的领地。事实上，经过三次学科分化，传统中文学科已经元气大伤，成为最没有专业特点的专业，不能直接和市场对接的专业。昔日的“香饽饽”成为最难就业的专业之一。麦可思(MYCOS)中国大学生就业研究课题组《中国大学毕业生求职与工作能力调查》报告指出，汉语言文学专业连续数年位列最难就业专业排名前十位之内。新浪网文章将汉语言文学专业排名在最难就业专业第七位，因为该专业“看起来什么都能干，其实什么都干不了”。①

这就需要对中文学科进行改革，以葛红兵、许道军和张永禄为代表的一些中国创意写作的倡导者认为，创意写作是中文教育改革的突破口。

上海大学发展创意写作学科另一原因来自葛红兵等对国家发展文化产业及其对创意写作教育需求的预判和信念，这种预判和信念引导了上海大学在发展创意写作过程中采取与其他985高校不同的人才培养目标和发展模式。

葛红兵、张永禄等在翻译和研究美国创意写作学科发展史后发现，美国

① 张永禄：《创意写作：中文教育改革的突破口》(上)，《写作》2013第Z3期(2013年第17期)。

创意写作的发展动力主要有两个。第一个是19世纪中后期年轻的美国的教育仍然处在欧陆教会教育的阴影下，文科教育基本是向古典致敬的修辞学、逻辑学和演讲学等。这些教育远离现实生活，忽略当代人的思想和情感。为了走出欧洲影响的焦虑，培育美国自己的国民性，“美国文明之父”爱默生“希望美国高校能够实现转型，成为真正致力于创意写作与创造性阅读的机构”。[①] 其后哈佛大学校长查尔斯·W.艾略特支持了希尔、温德尔、布利格斯和科兰普等人前仆后继地进行文学写作（创意写作的前身）教育教学改革实验，进而通过默恩斯、福斯特、安格尔等人发展了“写你知道的”“发出你的声音”等写作原则和工坊制教学模式，直到1936年创意写作在爱荷华大学成为独立学科。第二个动力则是在20世纪50年代，伴随美国社会的民主化运动与士兵写作计划，退伍军人、妇女、少数民族和各类亚非族裔等进入高校学习等运动，促进了创意写作学科的专业化发展与繁荣。其时美国报刊普及，电视走进千家万户，文化产业的发展与繁荣需要并吸收了大量创意写作人才，这也成为创意写作学科发展的外在社会动力。葛红兵指出：“创意写作学科的诞生与发展，改变了欧美战后文学发展的格局，也彻底改变了欧美文学教育教学思想体系，为欧美文化创意产业的发展和兴盛奠定了学科基础。”[②]进而认为，“中国文化创意产业的落后，其根本原因就在于高校文学艺术教育落后的观念和体制，发展文化创意产业需要强大而先进的文学艺术教育学科，但我们缺乏这个学科引擎”。[③] 2009年国务院《文化产业振兴规划》出台，首次确认了文化可以产业化发展的思路，此后各地各级政府对文化创意产业的重视为我国走向文化资源大国、文化创造大国、文化消费大国、文化输出大国创造了条件，也为中国创意写作学科的创生和发展提供了契机。

（二）上海大学创意写作学科的建设理念与思路

上海大学创意写作学科的信念、理论主张和教育路径可以简要归纳如

① ［美］迈尔斯：《美国创意写作史》，高尔雅译，上海大学出版社2022年版，第51页。

② 葛红兵、许道军：《创意写作教程》（第二版），高等教育出版社2023年版，第3页。

③ 葛红兵：《创意写作学理论》，高等教育出版社2020年版，第38页。

下。信念上：创意可以激发，写作可以教学，可以学习，作家可以培养；写作需要教学/学习，作家需要培养；创意写作对内面向个人，对外则面向文化创意产业、面向公共文化服务。[①] 理论上：坚持创意本体论、写作思维和表达的规律论和为公共文化与文化产业的服务论。[②] 思路上：以创意写作学科中国化为核心；以工作坊建设和工作坊教学为切入口；以坚持产学研一体化、实践与实战相结合为路线；以服务社会、培养人才为使命。鉴于信念与基本理论有专门论述，此不赘。这里介绍学科发展思路。

1. 学科建设目标是创意写作学科的中国化

中文创意写作和其他学科一样，要经过“学科理论与视域的消化吸收引进”—“学科基础框架及理论的建构”—“中国化学科化创生与创新”—“中国学派雏形渐显”等阶段和过程。中国有几千年的文学(文化)与文章学等写作传统，有与新文学及美国的创意写作同步发生的现代写作学，这都是我们吸收和消化创意写作理论的重要思想和艺术资源。中国当前进行的波澜壮阔的社会主义改革开放实践，取得了全世界为之赞叹的奇迹，这是我们面对的现实基础。创意写作前面所加的“中文”二字，决定了它不仅仅要体现地域和语言文化特色，更要实现社会主义文化强国的目标，从国家文化原创力上主动承当使命，走中国特色之路。

2. 学科建设以工坊制建设和工坊教学作为切入口

严格的现代学科应该有自己独特而稳定的研究方法，就像临床之于医学、田野调查之于人类学，创意写作学科的基本方法是作家工作坊。美国的创意写作学科经过近百年的发展，不同高校形成了自己的教学工作坊，如爱荷华作家工作坊；不同文学门类也有自己的工作坊，如创作戏剧的贝克 47 号等；还有创意写作教育的社会化教学模式，如哥谭写作工坊等。该学科经过 10 多年的尝试，摸索出在大学课堂开展工坊制教学的方法论，并在工坊教学的人员构成、教学目标、内容要素和运行机制上形成共识，即创意写作工作坊

---

① 葛红兵、许道军：《创意写作教程》(第二版)，高等教育出版社 2023 年版，第 10 页。

② 张永禄：《中国大陆创意写作理论探索检视》，《雨花》2015 年第 2 期。

成员包括教师、学生、助教、外聘专家等；以写作知识与技巧讲解、学生作品研讨和个人写作练习为主要教学内容；以写作知识获得、创意与写作能力提高、作品完成为其教学目标；组建工坊、调动成员积极性、遵守工坊纪律到完成教学内容、实现教学目标等形成工坊运行机制。[①] 目前，上海大学不仅有专门的夏令营写作工坊课程，在其他诸如故事写作、诗歌写作、非虚构写作、小说写作、影视剧本写作、微短剧写作、剧本杀写作等文体写作课程中，也都广泛采用工坊教学，这样既不断巩固和优化了这种教学方法，又深化了对文体的研究。青年教师们课外组织了以工坊为核心的系列读书写作会，如黄潇（肖水）主持的“上大·戴望舒新诗工场”、汪雨萌副教授主持的本科生嘉读书会、谢尚发副教授的“逸远学园·青年批评论坛”等，发现和培养了一些校园作家，在《诗刊》《上海文学》《北京文学》《青春》《文艺报》等报刊推出他们的作品，在全国形成较大的影响。上海大学创意写作的工坊制教学不仅仅是课堂教学的成果改革，也是人才培养模式的优化。

3. “坚持产学研一体化、实践与实战相结合”为学科发展路线

创意写作是一门以实践性为主的学科，和传统中文学科相比，其强调应用型、实践性和跨学科，因而具有了天然的新文科气质。上海大学的创意写作学科发展之初，就坚持了开门建设学科的思路，先后和中国作协、上海作协、阅文集团等文化事业单位和文化企业等合作，在公共文化服务、文旅规划等方面有所作为。

4. 坚持以服务社会、培养人才为使命

上海大学“认为创意写作是面向文化创意产业、创意本质和创意优先的写作，学科目标是为文化创意产业各个环节培养有创新、创意和创作能力的人才”。[②] 具体来说，就是培养包括艺术家、广告人、策划人、出版人、设计师、文化娱乐人和经纪人等创意师。[③] 这些人才推动创意在产业链上下游间的流

① 许道军：《“作家如何被培养”——作为教学法的创意写作工作坊探讨》，《华东师范大学学报》（哲学社会科学版）2020 年第 2 期。

② 许道军：《创意写作研究的学术科目视野及中国经验》，《湘潭大学学报》（哲学社会科学版）2020 年第 2 期。

③ 葛红兵、许道军：《创意写作教程》（第二版），高等教育出版社 2023 年版，第 11 页。

动,将是中国发展文化创意产业、建设文化强国过程中不可或缺的中坚力量。

二、上海大学创意写作发展三阶段

创意写作和中国相遇应追溯到20世纪50年代的余光中等作家求学爱荷华大学,但中国创意写作学科的正式建设则始于2009年,以复旦大学在戏剧与文学下开设创意写作方向的硕士点和上海大学建立中国创意写作研究中心为标志(事实上两校在2009年前各自有孕育期和准备期,从公开的资料看,复旦大学2007年就在中国现当代文学学科下设立了文学创作与批评方向来培养人才,而上海大学在2004年开始筹备创意写作教育)。2024年,国务院学位委员会把中文创意写作增设为独立二级学科,中国创意写作走过20余年,上海大学全程参与该历程,成为中国创意写作学科的发起单位和建设单位,其发展大体经过了如下三个阶段。

(一) 创意写作的引进与介绍(2004—2012年)

与中文创意写作学科引进同步,上海大学创意写作的引进工作的源头应追溯至2004年。这一年,葛红兵教授自剑桥大学访学归来,带回了英语创意写作的真实情况,也带回来一些创意写作的教材与著作,想在上海大学尝试开展创意写作教育。接下来的几年,葛红兵及其团队主要做了三件事:翻译创意写作著作,开设创意写作实验班和编写中国第一本创意写作本科教材。

为帮助国内中文教育界快速知晓国外创意写作的历史、现状与成果,让大家明白创意写作不是一般意义上的写作,它对文学教育、对英文系的成立和建设有重要作用,葛红兵团队着手引进欧美创意写作教材与专著。创意写作史上极为重要的书籍包括马克·麦克格尔《创意写作的兴起:战后美国文学的系统时代》与D.G.迈尔斯《大象教学:1880年以来的创意写作》(由于在联系版权途中,迈尔斯不幸离世而失去联系,导致后者直到2022年才出版,但翻译版以pdf形式在网上流传)。无论是麦克格尔对创意写作如何进入并改变美国当代文学史组成,以及对创意写作基本理论的阐释和反思，还是迈尔斯以进步主义思想从建构主义出发来详细剖析美国创意写作从19世纪中后期如何从流行的修辞学、语文学中发展起来，到20世纪70年代而成为家喻户晓的显学，这两本书作为创意写作史的经典，成为该学科的必读书目。

第二件事是在本科生中开设创意写作课程，进行工坊制教学实践。我们知道，在20世纪90年代以来的学科化过程中，写作学没能获得学科地位而迅速衰落，很多大学因没有任课教师或课程改革而把写作课取消。葛红兵团队经过多方申请，把创意写作课程作为一个创新课程首次在汉语言文学专业开设，摸索在中国本科课程中如何讲授创意写作。现在回顾起来，其时的创意写作教学还有比较浓郁的现代写作课的影子。同时，团队还利用上海大学独特的暑期小学期，以暑期社会实践课形式开设了工坊写作课程。

第三件事是出版专著型创意写作教材。由于国内其时并无创意写作本科教材，葛红兵团队决定将自己的上课讲稿等材料作整理修改出版，陈鸣的《创意写作：虚构与叙事》(2011年5月)与葛红兵、许道军的《创意写作：基础理论与训练》(2012年4月)在广西师范大学出版社先后正式出版。这是国内首次出版创意写作类教材。特别后一本是全面涵盖各文类写作教学的创意写作专著。它们的出版标志着上海大学在译介与教学实践后，在创意写作的学科建设方面踏出坚实的第一步，代表着上海大学创意写作的“引进与介绍阶段”走向尾声，准备进入“本土化阶段”。2011年，葛红兵与许道军发表论文《中国创意写作学学科建构论纲》，明确提出“中国当代文学创作新模式、中国当代文化产业化发展新需要、国际竞争新格局及中国高校文学教育教学体制改革的内在要求促使新型创意写作学学科的诞生”。①

(二) 学科自主建设期(2012—2017年)

这一阶段以上海大学在中国语言文学大类下自主增设创意写作二级学科为起点，而以学科带头人葛红兵发表《创意写作：中国化创生与中国气派建

① 葛红兵、许道军:《中国创意写作学学科建构论纲》,《探索与争鸣》2011年第6期。

构的可能与路径》为标志,表明上海大学创意写作已进入本土化学科建设自觉时期。这一阶段在学科建设上有三个基本特点:一是建立了本硕博贯通的人才培养体系;二是进行了创意写作基本理论的探索;三是教学改革与建设初见成效。

2012 年上海大学的汉语言文学本科教学课程模块初步形成,除了开设“创意写作”作为汉语言文学基础课程外,还提供了写作工坊作为本科生必须学习的暑期实践课程。此外,还开设了小说写作、散文写作、诗歌写作、非虚构写作、影视剧改编、网络文学与文化产业等专业选修课,在高年级开设了成为作家和创意写作理论前沿等高阶课程,合计十门课程,基本上建构了创意写作本科的课程系统(这种设置成了上海大学 2024 年开设创意写作微专业的基础)。在硕士教育方面,在研究生院的支持下,上海大学 2014 年首次在全国自主增设了创意写作硕、博学术学位,成为全国第一家以创意写作名义培养创意写作硕、博士的高校;2016 年设立“电影广播电视(创意写作 MFA)”专业硕士点;2017 年则与英国利兹大学签约,创办第一个中外合作办学的创意写作学位点,并派出硕士、博士、博士后赴利兹大学学习。这样一来,上海大学率先在全国形成了本硕博贯通的创意写作学科人才培养体系,团队在课程体系、教学模式以及实践实训上的经验为全国高校提供了参考。其后每年都有不少高校来上海调研创意写作教育教学。

为建设本土化的创意写作理论,上海大学创意写作团队反思了欧美创意写作“重实践轻理论”的弊端,在学科建设之初就开始了自觉的理论探索,先后进行了创意写作学科史、基础理论和创意写作的功能研究。学科史主要有:谢彩结合传统文章学与现代写作学,初步讨论创意写作的本土化问题,为建设中国化的创意写作做了资料准备;郑周明则研究了美国创意写作的发生发展的内外机制,为中国化创意写作学科提供了借鉴。基础理论上,葛红兵和张永禄主要用小说类型学理论讨论了艺术成规与创新的一般原理;雷勇和葛红兵则用中国传统的禅宗方法探讨了潜能激发理论、包括创意思维在内的创意理论等;刘卫东和葛红兵基于创意写作的出口问题,对创意写作的社会作用进行初步思考,提出创意写作和公共文化与文化创意产业的推动作用,介绍了创意写作与创意社区、创意城市和国家的内在一致性。①

创意写作的教学探索成效明显。一方面是系列教学教材出版，葛红兵、许道军主编的《创意写作教程》2017 年由高等教育出版社出版，该书主要涵盖了创意写作的核心概念与主要环节，并对主要文体进行讲解和训练；他们主编的《大学创意写作・文学写作篇》和《大学创意写作・应用写作篇》则于同年由中国人民大学出版社推出，主要是按文体要素讲授和训练；2016 年，陈鸣的《小说创作技能拓展》由中国人民大学出版社出版。另一方面是探索创意写作教学方式方法，葛红兵团队探索创意写作教学内容和方法，先后在《当代作家评论》《湘潭大学学报》和《江西师范大学学报》上推出其教学构想与实践，作为其最终成果，“上海大学创意写作学科教学改革与实践”获得上海市教学成果二等奖，葛红兵主持的“成为作家——文学创作五讲”入选国家级精品课程。

（三）学科建制化阶段（2018 年至今）

如果说，第二个阶段是上海大学的创意写作教育教学体系初步建成期，率先建立并打通了本硕博的专业体系、课程设置体系和人才培养模式，为我国高校开展创意写作教育做了有效的尝试；那么，2018 年则是上海大学学科队伍扩大，人才培养方向完善，理论建设成果的学科化建制阶段。其学科化建制主要体现在学科平台建设、理论体系化建构和国际化合作等方面。

1. 学科平台建设

在中国当前的学术语境下，学科建设的标志是大人才、大平台、大课题和大成果。新兴的创意写作要想在短时间内获得学科地位，也势必走这一条道路。上海大学创意写作学科在平台建设方面的努力主要是成立世界华文创意写作协会，创办《中国创意写作研究》中英文集刊，设立“何建明中国创意写作奖”，以及成立上海大学中国创意写作研究院。2015 年 6 月，上海大学牵头成立世界华文创意写作协会，每年举办一次全国性会议（第三届后和高等教

---

① 张永禄：《中国大陆创意写作理论探索检视》，《雨花》2015 年第 2 期；张永禄：《我国创意写作基础理论的初步探索》，《写作》2014 年第 12 期。

育出版社上海事业部联合举办),每年确定一个重点,邀请全国高校和科研单位、文化企业、中小学同仁探究创意写作的理论建设与创意写作教学教育及实践等问题。经过近10年的坚持,先后500多家单位参会,会议规模稳定200人以上,2024年已经超过400人,成为创意写作爱好者、研究者和教育工作者们的盛会。世界华文创意写作大会的会议论文集作为《中国创意写作研究》集刊的前身进入中国知网,2019年正式出版。为了进一步汇集各方力量和资源,2021年上海大学、温州大学和香港都会大学合作,对《中国创意写作研究》集刊改革,每年出版中文版两期(上海大学与温州大学负责各出一期),香港都会大学在Springer出版社辑出英文卷一期,这样中国创意写作就有了专门的成果展示阵地,同步向世界展示中国创意写作界的成果,引起国外同行的关注。2021年9月,由上海何建明文学研究院和何建明先生每年捐赠30万元发起设立"何建明中国创意写作奖"。该奖项立足于中国创意写作及创意写作学科的繁荣发展,激励优秀创意写作作品的创作,奖励对创意写作重要与前沿理论问题的学术研究,鼓励更多杰出的教育者与组织关注并参与到创意写作的建设与发展中来,从而推动中国文学事业的进步,何奖是中国第一个创作和理论兼顾的全国性奖赛,奖项包括何建明中国创意写作作品奖、何建明中国创意写作理论奖、何建明中国创意写作教学贡献奖三类,目前已经开展了两届,社会反响良好。2023年,上海大学创意写作研究中心升级为上海大学中国创意写作研究院,由何建明先生担任院长,葛红兵任执行院长,对上海大学创意写作资源和科研力量进行整合。研究院是上海大学校级学术交流平台,上海市"影视文学创意与资源转化"重点创新团队核心成员单位,世界华文创意写作协会主席单位,中国创意写作高校教育教学创始单位,中国中小学创意写作教育教学联盟发起单位,也是中国创意写作本科、硕士、博士系统课程创设单位。该研究院目前共有专职教授5名,副教授4名,讲师3名,兼职教授20多人,下设《中国创意写作研究》(辑刊)编辑部、"何建明中国创意写作奖"组委会、中国作协网络文学委员会上海研究培训基地、世界华文创意写作协会年会组委会、"创意写作研究"公众号及研究院网页编辑部、"中国创意写作发展白皮书(年鉴)"编辑部、"国家文学项目创作室"(在建)、中国高校创意写作教育教学联盟(筹)秘书处等机构及儿童文学研究中心、语文教育研究中心、逸远学园·青年创作批评论坛、上大·戴望舒新诗工场、港澳·内地创意写作联合读书会等学术平台。研究院还与阅文集团合作,创建了国内首个网络文学方向创意写作硕士培养点。为致力学科推广和产学研一体化,上海大学建设有"上海市华文创意写作中心",并且在西安、长春、三亚、玉林、黄山等多地建立了上海大学创意写作基地。

2. 理论体系化建设

上海大学创意写作学科深耕中文创意写作学科研究,在分体写作学方向全覆盖的基础上形成了中国特色的基础理论研究体系,完成和在研中国第一个创意写作教育部人文社科项目、第一个创意写作国家哲社项目、第一个创意写作国家哲社重大项目等,推出了一大批理论研究成果,特别以葛红兵教授作为首席专家的国家社科基金项目"世界创意写作前沿理论的翻译、整理和研究"和《创意写作学理论》为代表。前者对以往 10 多年来的理论进行整合,提出了"三功能"和"两互鉴"构想,即以实践理论、功能理论、范式理论"三论"结构收集、整理、翻译、研究创意写作国际前沿理论文献,以中国创意写作传统论研究、创新理论研究"两互鉴"文献结构整理、研究、外译中国特色互鉴前沿理论文献,在此基础上建目、汇编五大系列资料选,并进行中国特色创意写作知识理论话语体系的建构研究。①《创意写作学理论》作为中国创意写作学科理论研究的奠基之作,为中国创意写作学科提供了基本概念体系和论域框架。概述以创意本体论为核心命题,对文学和写作的本质进行了重新界定,在此基础上,论述了方法论、批评论等学科内部问题,也讨论了创意产业、公共文化服务和创意城市、创意国家等外部问题,对创意写作能力量化研究、教学法与人工智能写作基础前沿理论做了初步探讨。

3. 创意写作国际化

创意写作源于欧美,中国在发展创意写作过程中要保持开放姿态,获得

① 葛红兵:"世界创意写作前沿理论的翻译、整理和研究",国家社科基金重大项目申报书,2023 年。

国际视野，力争和国外同行保持平行交流。上海大学的创意写作国际化除了和英国利兹大学采用合作办学模式外，还和澳大利亚南澳大学进行合作，联合培养研究生。更重要的是上海大学国际化小学期，每年邀请2名外籍教师直接开设全英文创意写作课程，这些年主要邀请了耶鲁大学的苏炜、哈佛大学的麦克格尔教授、美国创意写作协会主席格雷姆·哈珀教授、加州理工大学洪堡分校的吉安奈尔·阿德西特教授、英国儿童创意写作教授莎拉·奥利弗、美国俄亥俄州立大学的迦勒冈·萨雷斯讲师等国际学者，分别开设了“创意写作理论”“创意写作的情节打磨”“疗愈写作”“旅游写作”“儿童创意写作”等课程。并聘请了斯考特·杜罗、哈珀、麦克格尔、苏炜、阿德西特等人为上海大学中国创意写作研究院兼职教授。

同时，该学科和美国创意写作研究学会(CWSO)、澳大利亚创意写作协会(AAWP)等建立起了学术联系，每年定期参加学会年会，向国际同行汇报中国创意写作理论推进和教育教学的进展。《中国创意写作研究》集刊有专门的《域外视野》栏目，先后刊登与国外学者的最新学术访谈，发表学者们的论文，还邀请哈珀教授主持《创意写作前沿》栏目；而《中国创意写作研究》英文版已经发行两期，让英语世界及时了解中国创意写作。此外，国外最重要的学术期刊《新写作》(*New Writing*)也邀请葛红兵和张永禄担任该刊物的特约编辑。而葛红兵教授的《创意写作学理论》也被 Springer Nature 出版社购买版权，将在英语世界发行。

三、创意写作的上海大学模式

据不完全统计，国内目前有200多所高校不同程度地尝试和推进创意写作教育。经过近20年的实践，不同高校按照学校类型定位和人才培养目标，结合自身资源走不同的发展道路，初步形成不同的模式。一般说来，中国当下的创意写作教育有四种代表性模式：第一种是以中国人民大学为代表的作家2.0提升版模式；第二种是以复旦大学为代表的专业作家(传统精英作家)培养；第三种是以中山大学的英语创意写作模式(“致力于培养学生用英语从中国人的视角讲述中国故事，这将弥补世界文坛缺失的声音，中心注重培养学生的创意能力，为学生提供各种创意表演、服务的机会”①)；第四种是以上海大学为代表的文化创意人才培养模式，因其较大的影响力被称为中国创意写作教育的“爱荷华”。②

比较而言，上海大学创意写作教育的重要特色是直面中国高校文学教育脱离市场和国家发展文化创意产业对创意人才的大量需求的矛盾，在系统引进并身体力行推广英语国家创意写作教育理念和教学教育方式中，逐步发展属于中国本土化的创意写作教育模式，成为华语界发展创意写作教育的领航者之一。该模式以培养面向文化创意市场的普通创意师和文学公民为基本目标，走新建制主义的中国创意写作之路，并设计了基本的教育框架：以创意写作学科引进与中国化为核心，以本科、研究生课程体系创建为依托，以教材建设为突破，以工作坊建设和工坊制教学为切入口，坚持产学研一体化、实践与实战相结合为路线，以服务社会、培养人才为使命，师资队伍建设作为关键点，以教学、教法理论研究为进阶。概括起来，上海大学模式具有如下特点。

一是在学科战略上，坚持新建制主义发展之路。2024 年 1 月，中文创意写作学正式由国务院学位办和教育部增列为二级学科。它是 2009 年中文创意写作在上海大学和复旦大学“诞生”以来，15 年建制化努力发展建设的一个阶段性成果。从国务院学位办《研究生教育学科目录及其学位基本条件(试行版)》对中文创意写作的学位基本条件的解释中，顶层设计和上海大学创意写作走功能导向的新建制主义路径不谋而合。为了和现代写作学“建制化努力”相区别，也为克服美国创意写作学科“长期缺乏系统的基础理论体系建构，学科技术发展路线也长期处于分散凌乱各自为战的状态，而学科教育培训实践一直在理论思辨、知识传授、技能训练三者间无法平衡，这些让美式创意写作学科一直被当作专业硕士、专业博士培养领域，而学术硕士、学术博士

① 戴凡:《英语作为外语的创意写作——从课堂到世界的距离》，见许道军主编《中国创意写作研究 2020》，高等教育出版社 2021 年版，第 133 页。

② 张永禄:《上海大学:中国创意写作教育的爱荷华》，《田家炳中华文化中心通讯》2021 年 3 月第 7 期。

的培养和设置一直是少之又少，乃至无法发展”的弊端。上海大学的创意写作学科把握创意写作的发展机遇，直面学科瓶颈，一方面吸取美国创意写作早期重视经验与技术训练而轻视理论建设的教训，坚定不移走学科化建设道路(反对经验主义和技术主义路线)；另一方面又能避免落入传统中文学科内部繁殖话语理论的“学术机制”和文学史学拘泥于历史而对现实发生无力的“泥古机制”的窠臼(反对纯文学主义、专业主义和旧人文主义路线)，走以直面公共文化事业和公共文化产业需要的社会服务为功能导向的新的学科建制发展之路。新建制的中文创意写作学科坚持文化的创新创意作为高质量社会发展的核心驱动力之一，坚持创作之道与应用之道的融合性以实现与新时代社会深度融合和镶嵌，凸显实践性、应用性和跨学科品格。这就客观上决定了上海大学创意写作模式以创意为本位，以写作为实现手段，以学校教育为起点，以公共文化和市场文化为拓展空间，实现审美经济和人的自由发展协调，学科发展逻辑与社会需要逻辑同一。

二是学科功能上，坚持以“创意”为核心的人才培养目标。上海大学创意写作坚持创意本体论，其人才培养越过了文学写作对于文学性的固守，坚持创意素养和创意能力的培育。学科在研究生招生中明确提出“上海大学创意写作始终以创建中国本土化创意写作学科为目标，致力于欧美现代创意写作学科的整体引进和中国传统写作学的现代化改造，改革中国高校中文教育教学培养机制，培养具有现代意识的专业创作人才和具有原创写作能力的创意产业核心从业人才及中国创意写作学科推动者和领导者”。这样明确告知报名的学生其人才培养目标有三个面向。第一个面向是培养“具有现代意识的专业创作人才”。研究生接受了创意写作的培训后，经过长期的写作实践，最终成为文学作家，就这个目标而言，该学科与传统文学写作的目标，以及其他高校的纯文学、精英主义文学培养目标并无根本不同，这也说明上海大学创意写作的人才培养目标具有较强的包容性。第二个面向是培养“具有原创写作能力的创意产业核心从业人才”。毕业生未来的工作应该是活跃在出版、广告、影视、游戏、新媒体等各行各业中。他们能够写作原创作品，生产“一度创意”(即“原始创意”)，也同样能担任一度创意的改编工作，即生产“二度创意”，最终是将包含但不限于文本形式的优秀文艺作品推向大众，丰富人民的精神生活；还能够担任新媒体策划等工作，用创意帮助各类产品更快更好地营销出去。第三个面向是培养“中国创意写作学科推动者和领导者”。作为中国最早开展创意写作博士点培养单位，上海大学培养的博士生和博士后陆陆续续分散到各大高校，从事创意写作教育教学。学科希望毕业生有志于投入中国创意写作的发展繁荣，秉承新建制主义的学科理念，身体力行带领并推动创意写作的教育教学。

三是发展思路上，从系统引进消化到本土化推进。上海大学除了率先翻译和出版了麦克格尔《创意写作的兴起：战后美国文学的“系统时代”》、迈尔斯《大象教学：1880 年以来的创意写作》（译本出版时以《美国创意写作史》为书名）、唐纳利《作为学术科目的创意写作研究》、沃尔克《创意写作教学：实用方法 50 例》、赫弗伦《创意作家手册》、大卫·莫利《剑桥创意写作导论》、普希曼《像作家一样阅读》、默恩斯《年轻的创造力》等影响较大的创意写作理论、创意写作教育和创意写作史等重要著作外，还协助中国人民大学引进了“创意写作书系”。上海大学在创意写作本土化理论建设上，先后推出了上海大学创意写作丛书 5 辑，出版创意写作研究书 18 本，重点探讨了潜能激发、小说成规、创意阅读、模仿写作、人工智能写作基本理论问题，和工坊制教学实践、创意思维训练、创意能力评估等创意写作教育教学理论，为系统建构中国本土的创意写作学先行打下基础。而葛红兵 2020 年出版的《创意写作学理论》较好归纳了如上成果，国家社科基金重大项目“世界创意写作前沿理论的翻译、整理和研究”则试图更进一步建立中国自主知识和理论体系，其“三论”（实践论、功能论和范式论）与“两互鉴”（中国创意写作学文献与中国现代文学、文论与写作学资源互鉴，与中国古代文学、文论资源互鉴）已经显示了新建制主义中国创意写作的恢宏体系。

四是学科路径上，实现从课程到学科发展。2009 年上海大学成立中国创意写作研究中心，2012 年该中心建立了独立的创意写作本科教学课程和教学体系，这包括成为作家、潜能激发、创意写作、故事工坊等基础理论课；推出小说、诗歌、散文、影视剧本、网络文学作和非虚构写作等具体文体写作课程，形成创意写作课程群。研究中心先后出版了《创意写作教程》《创意写作：基础理论与训练》《大学创意写作》《创意写作十五堂课》《故事工坊》《小说创作技能拓展》《儿童创意写作》《剧本杀：玩法与写法》《微短剧写作》等教材，这些教材开发对创意写作学科建设具有奠基性意义。《创意写作教程》作为本科类第一部中文创意写作概论性教材，奠定了对本科生开展创意写作教学的基本理论框架和知识体系以及文体范围，成为创意写作课程的通用教材，被全国400多所高校选用，不到10年便行销近7万册，后期其他创意写作类教材或多或少受到其影响。而已经或正在出版的《故事工坊》《剧本杀：玩法与写法》《微短剧写作》《网络文学写作》则具有文体写作的引领性，走出了文学写作的固化思维，大大开拓了高校开设各类写作文体的范围和经济社会的接轨，得到了教育主管部门的认可。比如《成为作家》成为国家教育部精品网络课程，"成为儿童文学作家"成为上海市一流本科课程，录制了"创意写作""网络文学创作理论与实践"等超星视频课程。这些课程设置、教材开发和教学内容的设计为普通高校把创意写作作为本科阶段汉语言文学专业的重要方向提供了基本的理论框架、知识形态、教学方法和实践路径等，为创意写作学科化提供了必要的基础设施。2014年，上海大学率先创建创意写作学术硕士点、博士点和博士后流动站；2015年创建创意写作MFA专业硕士点，设计了中国创意写作教育的基本理念和完整的人才培养方案、课程体系与实践框架。近10年来，上海大学创意写作中心先后培养了创意写作硕士近200名，博士20多名，接受访问学者多名。这些毕业生和访问学者基本进入高校和文化创意产业，为推动创意写作教育或文化创意写作活动发挥了积极的推动作用。

五是社会服务上，实现教学的社会化和创意写作教育双驱动。上海大学不仅和中国作家协会、上海作家协会等机构合作开展传统作家和网络作家培训，还和阅文集团与华文创意写作中心进行联合培养人才、开发智能机器人写作等产学研合作。此外，他们带领研究生走向社区工坊，开通培训网络，创办华文创意写作培训基地，把创意写作课程开设到监狱与养老社区，面向普通市民以及特殊人群开展创意写作培训，帮助学员作品公开，实现创意写作的提升，践行的是一种着力打造创意写作的大众化，实现创意写作教育的文学民主化、文化多元化等人文教育的大人文理念和理想。更为重要的是，上海大学创意写作学科能响应兄弟高校发展创意写作教育教学的要求，在西安、三亚、吉林、黄山、武夷山、玉林等10多个地区开设创意写作培训基地，为当地高校和中小学培训创意写作师资。为了实现创意写作教育的大中小学贯通，促进创意写作向中小学下沉，上海大学推动了全国中小学创意写作联盟成立(2024)，作为指导单位帮助中小学开展创意写作的教育教学工作，推出“小鲁卡的奥文创意写作课”(6册)和中学创意写作教材系列等，上海大学创意写作中心与上海大学基础教育处合作，在上海部分中小学成立教育基地，推出中小学创意写作教育教学成果论文集等，大大促进了创意写作的理念和教学方法迅速向中小学的语文教育渗透。

四、结　语

上海大学创意写作学得风气之先，在学科发展中探索出自己的特色，在学界产生了一定影响。这种初步的成功除了得益于学科带头人不凡的眼光和勇于实践的品格外，也和团队的团结奋进密不可分，有了团队成员的团结合作，学科保持持续的活力，才能走得快、走得远。更为重要的是，创意写作学科离不开上海大学开明的教育理念和鼓励创新的教育机制，好的教育理论和机制推动了创意写作敢为人先和跨越式发展。当然，创意写作能在21世纪中国大陆落地生根也和中国经济与文化飞速发展、推崇创意创造的时代氛围息息相关。用一句老套的话说，上海大学发展中文创意写作享受了“天时地利人和”。

上海大学的创意写作虽然初步形成了自己的模式，但也应清晰地认识到，随着2024年中文创意写作成为独立二级学科，越来越多高校加入创意写作学科发展行列，分享新兴学科发展红利。这对上海大学创意写作学科来说，既感受到更多同行者的欢愉，也意味着面临强劲的学科发展竞争压力。如何完善创意写作的上大模式，如何和同行们在竞合关系中，一起推动创意写作的中国学派建设,向世界创意写作的同行们讲述创意写作的中国故事,奉献中国智慧,而不仅仅是分享者和“搭便车”,这是一道任重道远的压轴题。

从这个意义上讲,包括上海大学的创意写作学科在内的中文创意写作的故事才刚刚拉开帷幕,精彩永远在期待的目光中。

“华东师大作家群”：华东师大创意写作的历史沿革与实践经验

王丽妍①

摘　要　华东师范大学自 2018 年设立创意写作硕士学位点以来，历经 6 年建设，已发展为全国规模最大的创意写作学科点。华东师大中文系根植于深厚的写作传统，其写作教育脉络可划分为三大历史阶段：20 世纪 80 年代“华东师大作家群”的繁荣时期、21 世纪初“华东师范大学新生代作家群”的变化时期、2018 年至今以“华东师大模式”为标志的创新发展时期。这些时段共同绘制着华东师范大学创意写作学科的发展图谱，彰显了不同历史时期写作教育的独特风貌与显著成就。本文系统归纳了华东师范大学 40 余年的写作教育经验，深刻剖析其核心理念与价值取向，旨在为中国高校创意写作教育的未来发展提供有益的参考框架与实践指南。

关键词　华东师范大学　创意写作　实践经验

自 2009 年创意写作学科在中国萌芽以来，它经历了从英美学科译介引进到中国语境下自觉探索创意产业融合路径的两大阶段，这一转向使创意写作成为近年文学研究与文创产业领域的热点议题，展现出其强大的话语影响力与蓬勃的发展态势。研究者鉴于创意写作学科的快速发展，对高校创意写作办学经验的总结与提炼，亟须引入一种历史化的维度进行观照。华东师范大学中文系自 1951 年建系以来，始终秉持学术研究与文学创作并重的原则，孕

---

① 作者简介：王丽妍，华东师范大学中文系创意写作研究生。

育了深厚的作家群传统。从20世纪80年代的“华东师大作家群”,到21世纪初的“华东师大新生代作家群”,再到2018年创意写作硕士学位设立后形成的“华东师大模式”,一系列发展历程不仅彰显了华东师范大学中文系在文学创作与教育研究领域的卓越成就,也为中国创意写作学科的发展提供了宝贵的实践案例。

一、“华东师大作家群”:20世纪80年代的写作盛况

考察华东师大创意写作的学科传统,需要回到20世纪80年代的文学“黄金时代”。这一时期文学与时代、社会、政治联系紧密,展现出鲜明的社会性特征,文学专业也是大学报考中的热门选项。彼时华东师范大学中文系的文学创作呈现出一派欣欣向荣的景象,在后续学科史研究中被多次提及,并作为重要历史节点加以探讨,其中标志性事件是“华东师大作家群”的诞生。

1977年高考制度恢复,昭示着大学教育在人才培养模式上的一次深刻变革。它结束了“文化大革命”期间推荐上大学的做法,重新确立了通过统一考试、择优录取的选拔机制,大学教育的侧重点转向对学生专业知识和技能的培养。“华东师大作家群”的诞生与这一时代背景和华东师大特殊的招生制度有关:“华东师大中文系80年代招收的学生中,有一批年龄大的,不是应届高中毕业生,但有一定的社会经验和写作基础。”①“新三届”丰厚的社会经验与求索钻研的文学热情,孕育了华东师大校园浓郁的创作氛围。1977级的赵丽宏、王小鹰、孙颙在学生时期即创作出大量作品,赵丽宏诗集《珊瑚》和王小鹰短篇小说集《金泉女和水溪妹》作为“文革”后恢复的第一辑“萌芽”丛书出版,孙颙在人民文学出版社出版了中篇小说《冬》,受邀赴京参加1979年中长篇小说座谈会。② 在1981年《文汇报》的一篇报道里,专门统计了华东师大中

① 钱谷融:《散淡的文学人生》,见汤涛主编《丽娃记忆:华东师大口述实录》,生活·读书·新知三联书店2015年版,第90页。

② 赵丽宏:《不老的大学》,见黄平主编《师大忆旧》,江苏凤凰文艺出版社2022年版,第37页。

文系 1977 级学生的作品发表量，一百六十名毕业生中有二三十人在全国报纸杂志上发表了四百一十多篇作品。[①] 仅在 1977 级、1978 级、1979 级（统称“新三届”）大学生中，华东师大就培养出了王晓明、刘观德、周佩红、陈丹燕、陈保平、方啸、戴舫、方克强、宋耀良、陈惠芬、陈洁、郑芸、乐维华、刘巽达、毛时安、嵇伟、沈乔生、李其纲等一系列作家。

不可否认的是，20 世纪 80 年代华东师大中文系学生的专业养成和创作风貌，得益于华东师大教师队伍的文脉传承：“当时别的学校出了很多作家，但没有形成‘群’的这样一个规模。华东师大形成作家群也是有传统的，华东师大的老师的精气神，这座学校里，一直都有这样一个传统源源不断地延续下来。”[②]创建于 1951 年的华东师范大学中文系，作为享誉国内外的学术研究高地与人才培养摇篮，拥有一支实力雄厚的教师队伍。其中，不乏乡土派作家许杰、现代派作家施蛰存等文学巨匠，以及程俊英、徐震堮、徐中玉、钱谷融、周子美、李毓珍、万云骏、史存直、林祥楣、王智量、陈子善、王晓明等知名学者，形成了独特的学术氛围与文化底蕴。

与“文学热”并兴的，是现代写作学的建制。1980 年 12 月 24 日，中国写作研究会（1983 年正式更名为中国写作学会）由武汉大学牵头成立，系国家一级学会，1981 年 7 月 10 日会刊《写作》创办，写作学科获得振兴。与之形成呼应的是，1980 年 12 月 18 日，华东师大中文系的许杰、徐中玉、施蛰存、钱谷融四位教授成为国际笔会会员。[③] 华东师范大学中文系的教师们高度重视写作教育，他们不仅致力于传授写作技巧，更注重培育学生的文学素养与创作思维，通过系统的课程设置与实践指导，强调写作教育的深度与广度，为创意写作学科的发展奠定了坚实的基础。1982 年 2 月至 6 月，华东师大中文系与中国写作研究会华东分会联合举办全国高校写作教学讲习班，邀请校内外许多

① 张自强：《华东师大中文系七七级学生中一批文学新秀正崛起》，《文汇报》1981 年 12 月 27 日。

② 谢冕、黄子平、王晓明、张志忠：《回忆与反思：20 世纪 80 年代的文学与批评》，《当代文坛》2020 年第 3 期。

③ 华东师范大学中文系编：《华东师范大学中国语言文学系大事记（1951—2021）》，内部刊物。

学有专长的专家、教授作家、诗人前来讲学。

可以说，在20世纪80年代的华东师大中文系，从学生到教师都有着创作实践的自觉，这一点在中文系培养策略和课程设置上可见一斑。徐中玉担任中文系主任时，旗帜鲜明地将“培养作家”列为中文系培育的重要任务之一：“我们伟大的社会主义祖国，迫切期望在新一代的青年中，迅速产生出一大批既有雄心壮志又谦虚好学的文学研究工作者、教师和作家来。”①他爱护学生的创作才华，积极扶持学生利用课余时间进行文学创作，并对中文系的人才培养大胆突破，提出“用文学作品代替本科毕业论文”这一极为大胆的培养方案，如作家赵丽宏的毕业作品是一本诗集《珊瑚》，②极大提高了学生的创作积极性。格非的大学辅导员、1977级留校任教的徐海鹰，为热爱写作的学生成立了八人左右的“萌芽小组”，以讨论作品为主，邀请上海作协的校友作家王小鹰、孙颙点评交流。③ 在中文系的专业课程中，专门设有写作课，作业要求是一篇小说、一首诗、一个电影剧本、一篇散文。④ 课上还会邀请高晓声、陆文夫等当红作家传授创作经验。⑤ 学生创作不仅要涉猎多种文类，还需具备古代文学、现当代文学、文艺学等理论视野，而从事文学理论、文艺批评的学生，同样需要有音乐、绘画、诗歌、小说等一定程度的艺术实践经验，以实现理论研究与创作实践的良性互动。

“华东师大作家群”的诞生，不仅得益于课堂内系统化、多样化的文学教育，更与20世纪80年代华东师大自由开放、兼容并包的校园文学环境紧密相关。格非在留校任教后，“像吸铁石一样吸引各地小说家前来，马原、余华、苏童、北村，以及《收获》杂志的程永新和上海社科院的吴洪森，几乎是三天两头

---

① 徐中玉：《中国语言文学专业》，《选准目标立志成材：科学家向青年介绍专业与志愿》，科学普及出版社1982年版，第101—103页。

② 赵丽宏：《不老的大学》，见黄平主编《师大忆旧》，江苏凤凰文艺出版社2022年版，第42页。

③ 褚云侠：《格非与华东师大——大学、读书及文学圈子》，《文艺争鸣》2019年第2期。

④ 谢冕、黄子平、王晓明、张志忠：《回忆与反思：20世纪80年代的文学与批评》，《当代文坛》2020年第3期。

⑤ 谢孝龙：《在人文清风中积习成性》，见华东师范大学中文系编《我们的八十年代：华东师范大学中文系校友回忆录》，华东师范大学出版社2021年版，第263页。

往华东师大跑”。张闳曾戏称之为“‘文化盲流’的集散地”，[①]与毛尖所回忆的“校园诗人”盛况相对应：“校园诗人非常多，而且有一半不是在册学生。宿舍管理不像现在这么严格一个寝室八张床，长期睡九个也正常。”[②]“幽光狂慧复中宵”是学生们的常态，在文史楼103通宵教室，下半夜常聚集着一批写小说的人。在课余阅读中，除了中外国文学名著，《小说月报》《小说选刊》《萌芽》《花城》等杂志也是抢手货。[③] 20世纪80年代的华东师大，是当代先锋诗歌、小说与评论的摇篮，文学活动的举办主要依靠三大学生社团：夏雨诗社、苑草小说社与散花社。1982年5月28日夏雨诗社成立，诗人宋琳为首任社长，李其纲担任社刊《夏雨岛》主编，聘请了王辛笛、袁可嘉等几十位诗人担任校内外顾问，有几百名正式登记入册交会费的会员。[④] 以夏雨诗社为载体，华东师大中文系举办了一系列诗歌朗诵会，并承办了多届上海市大学生诗歌朗诵会，供校内外诗歌爱好者交流学习。苑草小说社专事小说创作，由叶开任《苑草》主编，格非为指导教师，定期组织作品讨论会，邀请王安忆、格非、孙甘露、程永新等作家及杂志主编前来开讲座。散花社则以散文习作为主，社刊《散花》的主编是姚霏，格非为副主编，刊发散文兼及小说作品，举办散花奖等文学评奖活动，并于1985年协同市青年宫联合举办了“散文(小说)创作探索笔会”。

华东师范大学中文系为学生构建了多元化的创作发表体系，具体而言，这一体系涵盖了“壁报—校报—文学期刊”三大平台。中文系学生自发在文史楼走廊处印制壁报，吸引校内外文学爱好者前来观看。其上刊载的小说、散文、诗歌，后有不少被文学刊物和报纸副刊刊登，如赵丽宏诗歌《海上断想》《友谊》等在《人民日报》《诗刊》发表，孙颙的短篇小说《螺旋》在《萌芽》发表。华东师范大学校报的第四版是由祝文品老师担任主编的文艺副刊，长期征收

① 张闳：《丽娃河上的文化幽灵》，见周言、康凌主编《海上中文系》，广西师范大学出版社2013年版，第124页。

② 毛尖：《没有人看见草生长》，《上海文学》2010年第7期。

③ 谢孝龙：《在人文清风中积习成性》，见华东师范大学中文系编《我们的八十年代：华东师范大学中文系校友回忆录》，华东师范大学出版社2021年版，第261页。

④ 徐芳、李其纲：《岁月如歌：徐芳李其纲诗文精选》，华东师范大学出版社2001年版，第4页。

自由来稿,为中文系同学的小说和诗歌作品提供发表机会。[①] 1983年4月,华东师大校报编辑部还组织了一次全校性的“小说接龙”游戏,按照统一的题材与故事动机,由某位作家开头,随后十几个人依次接续,由校报分期连载,引起校园创作热。[②] 文学期刊编辑绕过作协与学校各级组织,与文学爱好者直接对话,为学生创作起到直接性的激励作用。格非回忆先锋文学处女作《追忆乌攸先生》的发表,是1985年《中国》主编王中忱与吴滨到访校园后的约稿,为其赢得了在1986年参加中国作协青岛笔会的机会,因此他结识了北村、迟子建等青年作者和牛汉、北岛、多多、徐星等诗人。时任《关东文学》主编的宗仁发也频频抵沪,格非的《陷阱》《没有人看见草生长》也是受他催促而写成的。[③]

扎实的写作教育、丰富的文学活动、开放的交流环境、活跃的创作热情,共同促成了20世纪80年代华东师范大学中文系作家群体的百花齐放。格非与苏童、余华并列为中国当代先锋小说代表,其作品《江南三部曲》荣获第九届茅盾文学奖,李洱的长篇小说《应物兄》紧随其后,获第十届茅盾文学奖。戴厚英的长篇小说《人啊,人!》聚焦知识分子在历史中的创伤性记忆,是新时期文学的代表作品。鲁光的报告文学《中国姑娘》与徐迟的《哥德巴赫猜想》一同成为新时期报告文学的代表作品。刘观德的《我的财富在澳洲》是与曹桂林《北京人在纽约》齐名的留学生文学代表之作。王晓玉的《紫藤花园》、陈丹燕的《独生子女宣言》《上海的金枝玉叶》、徐芳的诗歌、周佩红的《内心生活》、沙叶新《假如我是真的》话剧作品均在社会上产生了广泛影响……除了本科学位设置外,华东师大中文系在1980年招收了一批夜大学生,学制5年,吸引了一批供职于报社、出版社和政府机关单位的职工,据上海电视台总编室主任孙泽敏回忆,夜大5年来,同学们在全国各种报刊上发表小说、诗歌、散文、论文、通讯报道达2 000多篇,为社会企业、文化机构输送了大量人才。[④]

---

① 廖增湖:《校报和我的大学生活》,见杜公卓主编《我的丽娃河》,华东师范大学出版社2001年版,第207页。

② 华东师范大学中文系编:《华东师范大学中国语言文学系大事记(1951—2021)》,内部刊物。

③ 格非:《师大忆旧》,《收获》2008年第3期。

④ 孙泽敏:《嘤其鸣矣》,见《丽娃河畔月满时:华东师范大学(夜大)中文80级毕业三十周年纪念文集》,华东师范大学出版社2015年版,第144页。

除了纯文学创作蔚然成风，华东师范大学中文系同样关注文学向戏剧等文化资源的转化，开启了一系列跨媒介的积极探索。1978 级中文系学生张工与他人合作的大型话剧《三比〇》在《剧本》月刊发表后，获得在上海舞台公演的机会，并被上海电影制片厂改编为电影《飞吧，足球！》。在 1981 年 6 月的上海市大学生文艺汇演中，刘业雄创作的独幕话剧《生活的价值》获创作一等奖，在全国大学生文艺汇演中荣获二等奖，得到全国学联授予的奖状。在戏剧创作热潮的推动下，1985 年 4 月 4 日大夏剧艺社应运而生，张雷担任社长一职，剧艺社作为扬之水话剧社的前身，积极推动了文学话剧改编与剧本向戏剧表演的转化，积累了宝贵的实践经验。

二、赓续中新变：20 世纪 90 年代至 21 世纪初的写作教育

1995 年前后，华东师范大学出版社编辑阮光页在策划“校友作家书系”时，以“华东师大作家群”命名，陆续推出一组 20 世纪 80 年代中文系校友作品集，包含 5 本系列选集《人生韵味：赵丽宏散文 150 篇》《烟梦往事：孙颙散文 60 篇》《精神故乡：陈保平、陈丹燕散文 40 篇》《寻常情怀：王小鹰散文 80 篇》《阅世戏言：沙叶新幽默作品 50 篇》。钱谷融捕捉到这一可喜的文学现象：“新时期以来，华东师大中文系的毕业生中出了不少作家，颇引起人们的注意。师范大学本来主要是培养教师的，现在却涌现出了成批的作家，这的确是个很不寻常的现象。”①1996 年 1 月 25 日，华东师大举办校友作家大型签售会与“华东师大作家群现象”研讨会，将施蛰存、许杰、徐中玉、钱谷融、王智量等前辈作家囊括在内，凸显“华东师大作家群”的历史厚重感，彰显文学教育对创作的关键价值。会后，“华东师大作家群”迅速赢得文学与学术界认可，东方电视台随即制作了 20 分钟的专题片《丽娃河畔走来的作家群》，将这一概

① 钱谷融：《序》，见王小鹰著《寻常情怀：王小鹰散文 80 篇》，华东师范大学出版社 1995 年版，第 1 页。

念推向社会，产生广泛反响。后续十余年，华东师大出版社持续推出共4辑"华东师大作家群校友丛书"，涵纳徐芳、李其纲、戴厚英、格非、王晓玉、李洱、殷健灵、戴舫、朱晓琳、毛尖、刘观德、小饭、缪克构、姚霏等作家作品，彰显华东师大写作传统的历史赓续。

"华东师大作家群"概念的提出与相关书系的陆续推出，不仅是对20世纪80年代中文系文学教育成果的深度总结与巩固，更是面对20世纪90年代市场经济大潮下"文学热"退潮、文学影响力式微的一次心理提振。1993年6月，《上海文学》杂志刊载了王晓明与张宏、徐麟、张柠、崔宜明四位华东师大中文系硕博生的对话录《旷野上的废墟——文学和人文精神的危机》，以此为开端，中国文化界掀起一场为期两年多的"人文精神"大讨论。"人文精神"大讨论面对着严峻的人文环境：审美价值观遭遇挑战，文学领域陷入危机。夏志厚、宋耀良、李劼远赴美国，宋琳移居法国，胡河清自杀，格非调往清华大学，崔宜明、王晓明转至上海大学，夏中义加盟上海交通大学。陈福民、张柠、叶开、李洱、余弦等青年才俊，在毕业后四散于中国社科院、广东省作家协会、《收获》杂志社等机构任职。教师队伍长达十数年的人才流失，加之课题、项目等学术考评机制愈发严苛，华东师大中文系的创作氛围不可避免地遭受削弱。当马原、格非、李劼、吴亮重聚华东师大时，也只能发出一声文学价值失落的喟叹："作为文学家的肉体还在，我们在社会文化中的作用和精神已没有了，成为历史了，只能回忆了。"①

尽管20世纪90年代华东师大的文学写作热潮有所减退，但依然保持着写作的脉动。1998年10月，华东师大中文系与《萌芽》杂志达成意向，承办1999年该杂志的一个综合版面，既为系里师生提供了一个展示才华的舞台，同时也是对其创作能力的一次考验。② 1999年初，《萌芽》杂志社联合北大、清华、复旦、华师大等10家全国知名高校联合主办"新概念作文大赛"，众多"80后"作家借此机会在文学领域崭露头角。1999年、2000年，第一、二届全

---

① 马原等:《重返黄金时代:八十年代大家访谈录》，吉林出版集团2016年版，第35页。

② 华东师范大学中文系编:《华东师范大学中国语言文学系大事记(1951—2021)》，内部刊物。

国新概念作文大赛一等奖获得者为全国著名高校关注并得到破格录取，进入华东师大的获奖者人数位居第一。① 吴笛、蔺瑶、刘莉娜、许佳、王艺、刘骎、小饭、葛圣洁、项斯微、吕约等成长为有代表性的青年作家，一批作品如许佳的《我爱阳光》，蔺瑶的童话《安娜小姐》、王艺（笔名苏德）的《沿着我荒凉的额头》《钢轨上的爱情》，获得了广泛的社会关注，形成独具特色的“华东师大新生代作家群”现象。2006 年 10 月 11 日，华东师大校报和党委宣传部主办“华东师大新生代作家群创作生态与走向”研讨会，邀请许佳、苏德、蔺瑶等学生与校友作家赵丽宏、王小鹰、王晓玉交流写作经验，提升创作水平。② 在十多年的文学培养中，华东师大中文系学生取得了显著的创作成就，除通过作文大赛崭露头角的青年作家外，还有如 2012 级系友林棹凭借《潮汐图》荣获第五届“宝珀理想国文学奖”首奖，充分展现了华东师大作家文脉的延续与传承。

与此同时，文学发表平台以及校园文学活动获得进一步丰富发展。在中文系内部，1996 年创立的《银杏》系刊，设置了《古体诗歌》《现代诗歌》《小说续写》等多个栏目，为学生提供了广阔的创作空间。自 2008 年起，华东师大携手上海市作家协会与上海市教育委员会，每年联合举办一届原创文学大赛。至 2017 年，该大赛以徐中玉、钱谷融两位文学大家之名，更名为“中融华语原创文学大赛”，迄今已成功举办十六届。大赛涵盖小说、现代诗、古体诗、散文四个组别，参赛范围从首届的中文系学生逐步扩大至全校各年级学生及海内外文学爱好者，并在校内举办多场系列文化沙龙、主题论坛等活动，邀请孙甘露、李洱、赵丽宏、苏童、张翎、韩少功、毕飞宇、甫跃辉、文珍等作家举办讲座，激发学生创作热情。2017 年，“中融华语原创文学大赛”与“上海大学生华语原创文学大赛”双轨并行，后者专注于上海地区在读大学生的文学创作，至今举办了八届，成为华东师大中文系的重要文化品牌。在学生社团方面，除历史悠久的夏雨诗社外，1999 年 1 月和 9 月，停云文学社和扬之水中文话剧社相继成立。停云文学社以“小说接龙”的形式汇聚文学爱好者共同进行小说

① 严明：《丽娃河畔走来的作家群》，《新作文（高中版）》2014 年第 6 期。

② 姜澎：《华东师范大学举行新生代作家群座谈会》，《文汇报》2006 年 10 月 12 日。

创作,并针对接龙成果举办线下改稿会,定期举办读书会。被誉为上海高校戏剧“三驾马车”之一的扬之水中文话剧社,则依托年度大戏、短剧节、开年大戏、毕业大戏四大特色活动,将剧本创作与舞台演出紧密结合,孵化出一系列优秀的原创话剧作品。其中,《蚁穴》《生于弄堂》《裴楠的幸福》等剧目在上海市大学生话剧节荣获一等奖,有力推动了戏剧文化在校园内的繁荣发展。

三、“华东师大模式”:新时代创意写作学科发展

在21世纪文化产业繁荣发展与多媒体融合的背景下,“文学性”概念不断扩充,不再拘囿于传统文学范畴,而是广泛渗透至影视、游戏、动漫等诸多领域。面对短视频、信息流等新媒体形式的强烈冲击,传统文学读者正经历着大规模的换场。文学教育在探索新的路径,以更好地应对文学事业与文化产业的变化。在教育部2024年公布的《研究生教育学科专业简介及其学位基本要求(试行版)》中,对中文创意写作学科,有着“新兴的交叉学科”的定义:“通过理论与实践相结合的系统教育方式,有效促进创造性写作能力的提升。”①

自2009年复旦大学设立中国第一个创意写作专业硕士培养点、上海大学成立文学与创意写作研究中心以来,中国大陆创意写作学科的发展态势如雨后春笋般迅猛,呈现出生机勃勃的景象。2018年,华东师范大学中文系响应时代潮流,发出“华东师大作家群‘再出发’”的号召,增设广播电视(媒体与创意写作)艺术硕士学位(MFA),成立中国创意写作研究院。该研究院的首任院长由上海作协副主席孙甘露、中文系系主任朱国华担任,2020年起,因中文系领导换届调整,院长变更为孙甘露和中文系系主任文贵良。2022年7月12日,经国务院学位办公布,华东师大的“创意写作”专业增列为硕士专业学位授权点,是全国首家创意写作硕士专业学位授权点。这标志着从2023级起,华东师大创意写作专业不再挂靠艺术硕士,而是成为全国第一家文学专

---

① 中国学位与研究生教育学会:创意写作,https://www.acge.org.cn/encyclopediaFront/enterEncyclopediaIndex。

业硕士学位点，为未来发展提供了独立且广阔的平台。

历经六载春秋，华东师大创意写作专业已成功招录六届学生，每一届招收人数稳定在 40 人左右，逐渐发展为国内规模最大的学科点。在此期间，该专业的课程设计与学科体系日益完善，形成了独具特色的“华东师大模式”。

在师资配置上，华东师大创意写作研究院设有驻校作家机制，聘请李洱、徐则臣、石一枫、马伯庸等拥有深厚文学造诣和广泛社会影响力的作家入驻，通过授课、讲座、工作坊等多种形式，与校内师生分享文学经验，传授文学技法。在课程体系方面，华东师大创意写作专业充分汲取欧美国家的教学理念，引入工作坊等培育方式。专业核心课程包括“创意写作入门”“文学鉴赏与批评”“经典名作研习”“现当代名作研习”“影视文学研习”“类型文学名作研习”“创意写作工作坊”，并提供涵盖古代文学、现当代文学、文艺学、比较文学与世界文学等多个方向的专业选修课。课程要求学生广泛研读古今中外的经典文学、类型文学及影视作品，他们通过持续一年的工作坊以及小说作品盲评会、改稿会，具体讨论写作中的优势与不足，实现理论知识与创作实践的深度融合。在学制要求上，学生需至少修满 42 个学分，提交 3 万字以上的小说、戏剧剧本、影视剧本或非虚构类作品作为毕业作品，并完成不少于 4 个月的实习，自由探索个人兴趣与发展方向。每年毕业季，中文系会精选创意写作学生的优秀作品，由上海人民出版社、上海文艺出版社等知名出版单位集结出版，目前已推出《信与花记》《百年好合》《孤星连线》三本。

华东师大创意写作专业同样高度重视网络文学等类型文学发展。2019 年 6 月，研究院举办以“网络时代的文学创作”“网络时代的文学教育”为主题的研讨会，深入探讨网络时代背景下的文学教育和创意写作教育实施路径。2022 年 10 月至 11 月末，研究院进一步邀请清华大学赵月枝、北京大学吴靖教授、卡内基梅隆大学沈虹、维吉尼亚理工大学倪湛舸等学者，开展为期一个月的“网络文学与文化研究系列讲座”，多维度剖析网络时代与当代文学、文化之间的紧密联系与深刻影响。在理论学习外，华东师大创意写作专业注重社会实践的调研。2023 年 9 月，创意写作硕士生赴阅文集团总部，实地参观“阅文 IP 小宇宙”展览馆，并与阅文集团著名网络作家卓牧闲、现实频道主编林潍克座谈交流。同年3月，米哈游文案策划校园行活动(华东师范大学站)成功举办，有效促进了文学写作与游戏文案策划产业之间的转化与融合。

华东师范大学创意写作专业积极探索文学的跨媒介转化路径，将此视为推动学科发展的新锚点。2024年10月，中文系邀请在影视化改编领域具有丰富经验的作家马伯庸担任驻校作家。此外，黄平老师的小说《鲁迅遗稿》获西安电影制片厂“讲好中国故事　点亮光影梦想”全国中短篇小说征文大赛奖，获评“影视改编潜质小说”；2020级毕业生水笑莹的小说作品《百年好合》成功入围“青鸟”作家导演起飞计划；由文贵良、叶杨莉指导的创意写作专业“神话织梦者”团队的《神话绘宇——中国神话宇宙的现代创构与交互演绎》项目作品在第一届中国研究生“文化中国”两创大赛中荣获全国二等奖，彰显了创意写作专业人才培养在产教融合方面的显著成果。

华东师大创意写作在面向社会培养青年作家方面成效显著。2018年，分众传媒董事长、1991级系友江南春捐资成立“分众”中国未来网络文学家项目，经过一年的评选，班宇、唐四方、薛蕹乐、徐平、栗鹿、魏思孝、哥舒意、吟光等八位分别代表网络上纯文学与类型文学写作的青年作家，获评2019年中国网络文学年度新人，参与华东师大一年驻校培养和两年校外跟踪培养，享受专项奖学金支持。项目培育实绩显著，班宇成为“新东北作家群”领军人物，魏思孝小说集《土广寸木》获得第七届“宝珀理想国文学奖”首奖，栗鹿斩获2022年人民文学奖新人奖等荣誉。2021年，由中国创意写作研究院院长孙甘露领衔的“上海书写”工作室，入选上海高校高层次文化艺术人才工作室项目，推动青年写作人才的发掘与培养。同年6月，“未来文学家”大奖在原“分众”中国未来网络文学家项目基础上启动，张怡微《家族实验》、袁野(笔名爱潜水的乌贼)《诡秘之主》获得大奖。2024年4月20日，华东师范大学-分众传媒第三届“未来文学家”大奖启动，同期召开“二级学科视野下的中文创意写作发展模式”学术研讨会，来自中国作协、上海作协、分众传媒、出版社与全国各高校的专家齐聚一堂，共商二级学科视野下中文创意写作学科的发展路径。2024年下半年，华东师范大学中国创意写作研究院与萌芽杂志社在

2024年“新闻晨报·周到”杯第二十七届全国新概念作文大赛中，共同发起、首次设立X组别，邀请在校大学生（包括各高校专本硕博在读学生）参赛，激发大学校园内的写作热情与创作活力。

得益于强有力的平台建构与发表机制，华东师大创意写作人才辈出，涌现出余凯（笔名广奈）、成昊勍、水笑莹、邓倩倩、王幸逸、姚偌姿等优秀的青年作者，作品被《上海文学》《十月》《萌芽》《小说界》等知名文学杂志刊载，并相继荣获新概念作文大赛、上海大学生原创文学大赛、全国大学生野草文学奖等多项重要奖项。其中余凯、邓倩倩等创意写作专业同学，凭借出色的文学才华和创作实绩，入选上海作协2024年青年写作者“光焰计划”，成为上海作协重点培养的青年作家。此外，众多毕业生广泛分布在语文教育、文学出版、影视创作、游戏制作等多个领域，影响力遍布全国各地。

华东师大创意写作致力于营造多样化的文化活动环境，邀请校外知名作家分享创作经验。自2019年起，中文系精心策划并举办“名家创作谈”，邀请石一枫、路内、大卫·范恩、小白、走走、张怡微、甫跃辉、唐颖、徐敏霞、文珍、张定浩、黄昱宁等作家就写作心得与技巧深入交流。历经十一期后，该系列讲座取施蛰存先生笔名，更名为“北山讲堂”，汇聚了李敬泽、李浩、弋舟、李洱、赵松、李修文、张悦然、王占黑等茅盾文学奖、鲁迅文学奖获奖作家与青年作者，以及何同彬、刘汀、徐晨亮、卫毅等杂志主编，实现了多领域、多层次的交融互通，成为华东师大文化建设的一张闪亮名片。在此基础上，中国创意写作研究院与国际汉语文化学院远读批评中心携手承办了一系列高水平名家讲座和文化活动，包括2023年3月王安忆与余华的对谈、6月《漫长的季节》主创团队的交流、12月戴锦华的电影专题讲座，以及2024年8月电影《刺猬》路演活动等。这些丰富多彩的文化活动，极大拓宽了中文系学生的视野，提升了校园文化的整体素养。

值得一提的是，华东师范大学的创意写作教育并未局限于研究生培养层次，而是更为广泛地拓展至本科生教育乃至中学教育领域，展开深入的教育合作与实践探索。2024年8月11日至17日，由华东师范大学中国语言文学系与华东师范大学中国创意写作研究院联合组织的“新现实·新写作”本科生创意写作国际暑期学校成功举办，汇聚国内外顶尖学者、文学名家和来自名校的 58 名优秀学子。它通过专题讲座、创作研讨、上海文化研学、作品改稿会等活动，为学员提供了一个深入了解和体验创意写作专业前沿动态和发展前景的平台。黄平老师则在 2024 年秋季学期面向全校各专业本科同学开设了通识课“文学写作入门”，这是时隔多年来写作类课程重新在面向全校的课程体系中出现。黄平老师从类型、题材、开篇、结构、视角等核心写作要素出发，系统教授文学写作技能。课程中特别设置 45 分钟的即兴写作环节，与英美名校创意写作课程的模式相似，锻炼学生的写作能力。更进一步，中国创意写作研究院设立“基于新文科拔尖创新人才培育与选拔的高中高校衔接实践研究”项目，已在济南外国语学校等著名高中开设第一期创意写作大师班，由汤拥华、方笑一、黄平等老师领衔。该项目采用专家讲座与授课相结合的方式，布置每月一题的小说写作任务，旨在构建高中与高校之间的有效衔接桥梁。该培养方式尤为注重创意写作与中学作文教育变革之间的关系和融通，充分发挥创意写作对当前语文教育在教材、教法、考试和作文教学方面的积极作用，以期实现语文教育领域的创新与突破。

四、结　语

创意写作作为当代中国文学教育改革创新的关键领域，其重要性不仅体现在文学创作资源的转化与利用，更在于搭建起一座弥合文学理论与实践鸿沟、调和艺术性与商品性矛盾以及修复文学想象与文化创新逻辑断裂的桥梁。华东师范大学的创意写作学科，在接续 20 世纪 80 年代“华东师大作家群”写作传统的基础上，历经 6 年的不懈探索，已构建起一套兼具理论深度与实践广度的创意写作教研体系。这一体系不仅注重文学经典研读与创造性转化，还通过工作坊等形式提升学生创意能力，组织多元文化活动，培植综合文化素养，形成了相对稳固的人才培养框架与价值标准。在此教育框架下，创意写作专业培育出一批优秀的青年作家，并向社会输送了大量在文化产业、政府及事业单位等领域具有广泛影响力的应用型人才。随着“华东师大模式”的日趋成熟完善，华东师范大学创意写作专业亦积极面向社会寻求新的角色定位，探索文学的跨学科融合与跨媒介改编路径。这一实践举措有效地将文学从学科化束缚中解放出来，成为培育公民文化素养、推动文化产业繁荣发展的一股重要力量，展现出前所未有的蓬勃生机与活力。

附录：华东师范大学创意写作专业2019—2024年师生获奖与发表情况汇总

一、获奖情况

中国创意写作研究院孙甘露院长小说《千里江山图》荣获第十一届茅盾文学奖、“五个一工程”优秀作品奖等。

文贵良老师论文获《南方文坛》2023年度优秀论文奖。

黄平老师获华东师范大学优秀研究生导师奖，论文获第五届《扬子江文学评论》奖、《中国现代文学研究丛刊》年度优秀论文奖，小说《鲁迅遗稿》获西安电影制片厂“讲好中国故事　点亮光影梦想”全国中短篇小说征文大赛“影视改编潜质小说”奖。

项静老师获华东师范大学优秀研究生导师奖，论文获《小说评论》2023年度优秀论文奖。

甫跃辉老师《云边路》获得第四届三毛文学奖散文集“新锐奖”；《锦上》获第八届《芳草》文学女评委奖最佳审美奖；散文《老兵不死》获第33届上海新闻奖一等奖。

2019级余凯获“中版国教”杯第二十一届全国新概念作文大赛一等奖；入选上海作协2024年青年写作者“光焰计划”。

2019级成昊勍获“中版国教”杯第二十二届全国新概念作文大赛一等奖。

2019级赵玉清《超人》获第二届全国大学生原创文学大赛小说戏剧组金奖，《梨园之皇》获第三届“金熊猫”网络文学奖中短篇单元提名奖，全国大学生第七届“野草文学奖”散文组优秀奖。

2019级宋英宁获“长江文艺”杯第二十三届全国新概念作文大赛二等奖。

2019级陈斯婕诗歌《茑萝的意义》获第六届上海市民诗歌节暨第十四届

上海市民诗歌创作活动二等奖。

2019级黄晓莹诗歌《来自一次连祷》获第五届上海市大学生原创文学大赛三等奖。

2019级刘从文获2020年上海市"青年学子品读文学经典大赛"入围奖。

2020级张芯栩短篇小说《留仙洞里没有春天》获第七届上海市大学生原创文学大赛三等奖。

2020级水笑莹中篇小说《狸花猫》获第七届"青春文学奖"中短篇小说奖。

2020级徐雯见(笔名徐闻见)诗歌《咚》获第六届上海市民诗歌节暨第十四届上海市民诗歌创作活动二等奖。

2020级曹嘉楠短篇小说《南方的女王》获第十五届中融华语原创文学大赛入围奖。

2021级王幸逸短篇小说《胧月夜》获第二届"京师-牛津'完美世界'青年文学之星"提名奖;评论《〈神圣祭坛〉与王安忆1990年代的"情理现实主义"》获"启典阅新"上海市大学生阅读与写作大赛文学评论组一等奖;短篇小说《惊鸟》获2024年"真金·青年文学新秀选拔"年度十强。

2021级邓倩倩散文《香江捞针》获2023年"新南方·鼓浪杯"文学创作与评论大赛研究生文学创作组三等奖;入选2024年上海市作家协会会员及青年写作者"光焰计划"。

2021级杨咏、姚偌姿获得中国现代文学馆第二届(2023年度)"《青春之歌》奖学金"。

2021级张艾祺短篇小说《纸鱼》获第七届上海市大学生原创文学大赛三等奖。

2021级姚晓宇小说《伊河两岸》获第六届上海市大学生原创文学大赛三等奖。

2022级蒋月获"新闻晨报·周到"杯第二十五届新概念作文大赛二等奖,短篇小说《暴力家园》获"真金·青年文学写作选拔"全国十强。

2022级刘子玥、蒋月获"中信出版·元宇宙故事设计邀请赛"金奖与组委会大奖;2020级徐闻见、2022级张芷昕荣获新锐作品奖。

2022级王雨珂获“新闻晨报·周到”杯第二十五届新概念作文大赛二等奖。

2022级彭琳(橘子)短篇小说《大悲水》获第十五届中融华语原创文学大赛三等奖。

2022级陈明散文《正午的工人》获“启典阅新”2024年上海市大学生阅读与写作大赛“散文/非虚构创作”组三等奖。

2023级朱霄短篇小说《归舟》《好像是真的》获“新闻晨报·周到”杯第二十六届全国新概念作文大赛二等奖。

2023级石嘉童话《没有嘴巴的鹿》获北京文学期刊中心《东方少年》年度重点作品扶持奖。

2023级李莎莎短篇小说《分离》获第九届“朝菌杯”一句话科幻故事评委奖。

2023级毕如意诗歌《写在七宝古镇附近》外二首获“启典阅新”2024年上海市大学生阅读与写作大赛二等奖；短篇小说《一生的假期》获“启典阅新”2024年上海市大学生阅读与写作大赛入围奖。

2023级麦维欣短篇小说《蛾蠓与喜鹊》获第十一届全国大学生野草文学奖优秀奖。

2023级惠忆短篇小说《海上》获“启典阅新”2024年上海市大学生阅读与写作大赛三等奖。

2024级邓文清获第十届“朝菌杯”高校科幻征文大赛剧本一等奖。

二、发表情况

黄平

小说《松江异闻录》,《中国作家》2023年第1期。

小说《大地之歌》,《大家》2023年第3期。

小说《鲁迅遗稿》,《上海文学》2023年第6期,《长江文艺·好小说》2023年第8期全文转载。

小说《英魂阵》,《作家》2023年第8期,《小说月报》2023年第10期全文转载。

小说《不可能的任务》,《雨花》2024 年第 1 期。

小说《我,机器人》,《天涯》2024 年第 2 期。

小说《千禧年》,《长城》2024 年第 3 期。

小说《马大帅往事》,《特区文学》2025 年第 1 期。

小说集《松江异闻录》,上海文艺出版社 2024 年版。

项静

小说集《集散地》,安徽文艺出版社 2018 年版。

《见字如面》,《人民文学》2019 年第 9 期。

《叔叔的故事》,《天涯》2019 年第 5 期。

《壮游》,《文学港》2019 年第 11 期,《中华文学选刊》转载。

随笔集《徽章与证词》,2019 年 7 月版。

短篇小说《清歌》,《当代》2020 年第 5 期。

散文《祖母的粮食》,《山东文学》2020 年第 1 期,《散文选刊》转载。

小说集《清歌》,山东画报出版社 2021 年 8 月版,入选百道好书榜,探照灯好书榜,2022 年图书商报年度影响力图书等。

《三友记》,《人民文学》2021 年第 2 期。

《宇宙人》,《文学港》2021 年第 3 期,《长江文艺 · 好小说》转载。

《韩少功论》,作家出版社 2021 年 5 月版。

短篇小说《西皮流水》,《大家》2023 年第 3 期。

《不系之舟》,《万松浦》2024 年第 5 期。

甫跃辉

长篇小说三部曲《嚼铁盾》,江苏凤凰文艺出版社 2023 年版,入选腾讯好书 6 月文学原创好书、春风书单 7 月榜、文学好书 7 月榜、中国出版传媒商报 7 月好书、中华读书报 8 月月度好书、中国作家网文学好书 2023 年第四期(7—8 月)、南京鼓楼区图书馆 9 月新书推荐、文艺联合书单 9 月榜、文学报 10 月好书榜、深圳特区报 2023 年第三季度中文长篇小说十佳、2023 年度“凤凰好书”、2023上海市作家协会会员年度作品奖励。

《广阔之地》,《十月·长篇小说》2023年第2期,《长篇小说选刊》2023年第5期、第6期转载。

《广场》,《长篇小说选刊》2023年第5期、第6期转载。

《危楼》,入选2023年平遥国际电影展“迁徙计划·从文学到影视”。

诗歌《大风(六首:大风、水仙、冬天、老鹳鸟、搏斗者、漫游者)》,《绿洲》2023年第1期,《诗选刊》2023年第9期转载。

散文《大命(三篇:大命、捉鱼去、给外婆的信)》,《美文》2023年第2期。

诗歌《我是在梦中(七首:阿公、花园、大蛇、佛头、葬礼、故园、兔子)》,《万松浦》2023年第2期。

散文《时间早埋好伏笔(散文〈九十九〉补记)》,《新民晚报》2023年3月20日。

诗歌《霍山组诗》,《诗歌月刊》2023年第4期。

散文《锦上》,《新民晚报》2023年4月8日。

《有酒食》,《文汇笔会》2023年4月15日。

诗歌《六种梦(六首:石象山、野生动物园、樱花树、惘然记、麦田旧井、巨雉)》,《十月》2023年第3期。

《高考日》,《文汇笔会》2023年6月7日。

《屋顶》,《文汇笔会》2023年7月20日,《青年文摘》彩版2023年9月上半月刊转载。

诗歌《想远方(五首:想远方、初冬、瓷杯、你的名字、醒头梦)》,《诗词报》2023年第14期。

《老兵不死》,《文汇笔会》2023年9月3日,《老年文摘》2023年9月7日转载。

散文《坚持不下去的写书与骑行,都完成了(原标题:所有的路都在轮子底下)——写在一人一车33天骑行3600公里之后》,《新民晚报·星期天夜光杯》2023年10月1日。

诗歌《杂草》,《扬子江诗刊》2023年第6期。

散文、诗《生命中的大河·危楼诗(〈嚼铁屑〉尾声第二章、第三章)》,《云南都市时报·大象文艺》2023 年 10 月 27 日。

散文《如果生命如大河(〈嚼铁屑〉尾声第二章)》,《新民晚报·夜光杯》2023 年 11 月 16 日。

《怒江》,《文汇笔会》2024 年 1 月 18 日。

散文《朝着鲜花去》,《人民日报》2024 年 2 月 12 日。

《与龙》,《文汇笔会》2024 年 2 月 24 日。

长篇散文《所有的路都在轮子底下——一人一车,三千六百公里,从上海松江骑行到云南保山》,《作家》2024 年第 5 期。

诗歌《漫游者(悖行者、漫游者、搏斗者、独唱者、日落之声、夏夜)》,《广州文艺》2024 年第 6 期。

《澜沧江》,《文汇笔会》2024 年 7 月 1 日。

散文《古城漫步》,《人民日报》2024 年 7 月 22 日。

《我们不是一个人活着》,《新民晚报》2024 年 9 月 19 日。

诗歌《两手空空走向山冈(甜、亲人、一把斧头、一截树桩、一年、时间来到九月、九月玉兰)》,《大益文学 2024·秋》,云南人民出版社 2024 年 9 月版。

诗歌《诞生与消亡(玉米地、小张云、旧街、写一首诗)》,《上海文学》2024 年第 11 期。

叶杨莉

《鹰厦线》,《青春》2019 年第 1 期。

《凉水泡茶》,《萌芽》2019 年第 1 期。

《阿斯巴甜之味》,《萌芽》2019 年第 10 期。

短篇小说《班达》,《青年文学》2020 年第 3 期。

散文《选一》,《萌芽》2020 年第 3 期。

短篇小说《同舟》,《当代》2020 年第 3 期。

短篇小说《搭伙》,《青年作家》2020 年第 6 期。

短篇小说《抽丝》,《福建文学》2020 年第 8 期。

短篇小说《折叠椅》,《特区文学》2021 年第 9 期。

短篇小说《鱼鳞云》，《福建文学》2022年第9期。

短篇小说《蛛媒》，《小说界》2022年第5期。

短篇小说《笼狐》，《上海文学》2022年第12期。

短篇小说《水鬼》，《人民文学》2023年第4期。

中短篇小说集《连枝苑》，上海文艺出版社2023年版。

短篇小说《蓝痣》，《百花洲》2024年第2期。

短篇小说《不肯去》，《萌芽》2025年第1期。

2019级余凯(广奈)

《大师离去》，《萌芽》2019年第4期。

《上海碎片》，《萌芽》2019年第6期。

《名词残片》收录于《少年游:“中版国教杯”第21届全国新概念作文大赛获奖作品选》。

《收集者》发表于豆瓣阅读。

中篇小说《蓝格子街》，《花城》2022年第4期。

短篇小说《西湖街》，《上海文学》公号“微·虚构”栏目，2023年5月。

短篇小说《你说的爱与时间是什么?》，《青年文学》2023年第8期“灯塔”栏目。

散文《流逝与不安》，《椰城》2023年第8期。

短篇小说《公园小路上的正方体》，《西湖》2023年第11期。

散文《赫尔辛基的陌生人》，《上海文学》2023年第12期。

小说集《行者拉班·扫马的收集与爱情》，四川文艺出版社2024年版。

2019级成昊勍

短篇小说《劈海》，《萌芽》2020年第10期。

短篇小说《成为潮汐的人》，《萌芽》2021年第12期。

短篇小说《继承》，《萌芽》2022年第3期。

短篇小说《埃贡的情人》，《西湖》2023年第1期。

中篇小说《比海更远》，《萌芽》2023年第10期。

散文《拟人态》,《萌芽》2023 年第 4 期。

短篇小说《鸟人》,《上海文学》公号“微·虚构”栏目,2023 年 10 月。

2019 级宋英宁

短篇小说《博斯普鲁斯海峡的蓝色日出》,《小鸟文学》卷三。

2019 级熊愸琪

短篇小说《孤鸟》,《延河》2022 年第 1 期。

2019 级赵金燕

中篇小说《飞鸟》,《长江文艺》2022 年第 1 期。

2019 级陈斯婕

散文《厨娘》,《新民晚报》2020 年 6 月 6 日第 11 版。

《黎明不燃灯》,《大家》2020 年第 12 期。

短篇小说《钟摆》,《福建文学》2022 年第 1 期。

2019 级刘从文

小说《辞年》,《上海文学》公号“微·虚构”栏目,2020 年 4 月。

2020 级宫放羽

短篇小说《脱轨》,《萌芽》2021 年第 8 期。

短篇小说《躲藏游戏》,《萌芽》2021 年第 11 期,参加上海-台北两岸文学营获二等奖。

2020 级水笑莹

短篇小说《百年好合》,《上海文学》2021 年第 12 期。

短篇小说《湖心暴雨》,《青春》2022 年第 3 期。

短篇小说《世纪大道的夜樱》,《特区文学》2022 年第 3 期。

短篇小说《洄游》,《萌芽》2022 年第 6 期。

短篇小说《紫河车》《去迪士尼》,《十月》2023 年第 3 期,《去迪士尼》被《长江文艺·好小说》2023 年第 9 期全文转载。

短篇小说《鸟居》,《雨花》2023 年第 12 期。

2021 级姚偌姿

短篇小说《红海》，《香港文学》2022 年第 5 期。

短篇小说《无相佛》，《青年文学》2023 年第 5 期。

短篇小说《碧绿之湖》，《胶东文学》2023 年第 7 期。

短篇小说《到招摇山上去》，《儿童时代》2023 年第 5 期。

剧评《评〈人世间〉：让远处的历史抵达近处的人们》，《东方教育时报》2022 年 4 月。

短篇小说《白海豚》，《上海文学》公号“微·虚构”栏目，2022 年 12 月。

2021 级杨咏

短篇小说《而立》，《北京文学·原创阅读》2023 年第 1 期。

短篇小说《燃烧的月亮》，《西湖》2023 年第 1 期，收入《南方蝶道》（里程文学院系列书籍），上海文艺出版社 2023 年版。

书评《〈关于告别的一切〉：蓝色的爱情与怀旧人生》，中国作家网，2022 年 6 月。

散文《奔跑》，One·一个，2023 年 5 月 1 日。

评论《跟随王跃文〈家山〉进行一场“打卡”之旅》，中国作家网，2023 年 12 月。

2021 级姚晓宇

短篇小说《白鹰》，《青春》2022 年第 11 期。

短篇小说《阿勒玛斯》，《特区文学》2023 年第 1 期。

短篇小说《白石羊群》，《特区文学》2023 年第 7 期。

2021 级王幸逸

诗歌《断章》（外二首），《青春》2023 年第 6 期。

短篇小说《登仙》，《作品》2024 年第 1 期。

短篇小说《异闻》，《作品》2024 年第 1 期。

短篇小说《胧月夜》，《作品》2024 年第 1 期。

短篇小说《罗马玫瑰》，《作品》2024 年第 1 期。

短篇小说《忽闻歌古调》,《作品》2024 年第 1 期。

短篇小说《菁莪篇》,《中国校园文学·青年号》2024 年第 7 期。

评论《幸存者的回答》,《长江文艺》2023 年第 7 期。

评论《忍耐还是冒险:暧昧的大江健三郎与日本》,《四川文学》2024 年第 3 期。

评论《〈千禧年〉:在类型与先锋之间,为记忆与想象辩论》,《长城》2024 年第 3 期。

评论《如何在数字时代讲好中国故事——以网络文学改编剧〈庆余年〉为例》,《文艺报》2024 年 8 月 2 日。

评论《收藏家的享乐——评陈子善〈识小录〉》,《北京日报》2024 年 9 月 27 日。

论文《弄堂怀旧:城市记忆共同体与网络版〈繁花〉的诞生》,《北京文艺评论》2024 年第 1 期。

2021 级邓倩倩

散文《沪上南柯梦录》,《黄河》2022 年第 5 期。

散文《岭南梦华》,《青春》2023 年第 3 期。

散文《鹏程咏叹调》,《延河》2023 年第 6 期。

散文《香江捞针》,《创作》2024 年第 2 期。

散文《西部食徒》,《草原》2024 年第 6 期。

散文《鄂西二三事》,《青春》2024 年第 5 期。

散文《我在绘本馆兼职》,《中国校园文学》2024 年第 3 期。

散文《最后一个开学季》,《新民晚报·夜光杯》2024 年 3 月 10 日。

散文《杀年猪》,《新民晚报·夜光杯》2024 年 1 月 31 日。

评论《不忘梦归处,年轻人何以亲近我们的节日》,《新民艺评》微信公众号,2023 年 12 月。

评论《富养自己》,《新民晚报·夜光杯》2023 年 11 月。

评论《小城女性的狂飙式精神历险》,《收获》微信公众号,2023 年 4 月。

人物稿《在上海的屏风上》,《新民晚报》2022 年 9 月 26 日。

2021 级曹婷婷

短篇小说《精卫》，《朔方》2024 年第 4 期。

2022 级林永康

短篇小说《虾蟹成林》，《上海文学》2023 年第 12 期。

散文《老林的烟》，《上海文学》2024 年第 12 期。

2022 级张冉

短篇小说《色斑》，《湖南文学》2023 年第 12 期。

小说《家猫》，《萌芽》2024 年第 1 期。

小说《退化》，《萌芽》2024 年第 4 期。

散文《热水用光之前》，《萌芽》2024 年第 10 期。

小说《夜鼠经过》，《萌芽》2024 年第 12 期。

2022 级王雨珂

散文《大雾》，《萌芽》2023 年第 5 期。

小说《家宴》，《青春》2023 年第 6 期。

小说《冰箱食谱》，《胶东文学》2023 年第 7 期。

散文《知返》，《萌芽》2023 年第 7 期。

散文《锚点》，《萌芽》2023 年第 8 期。

小说《鼠患》，《十月・长篇小说》2024 年第 1 期。

2022 级戚颖

小说《我的赛博格朋友》，《十月》2024 年第 5 期。

小说《遗迹》，《十月》2024 年第 5 期。

2022 级赵诗晴

小说《月月盛开》，《西湖》2024 年第 4 期。

2022 级方辰娟

小说《鱼侧躺在水洼里》，《海燕》2024 年第 7 期。

2022 级陈明

散文《慢慢走也来得及》,《城市季风》2024 年 8 月第 4 期(总第 60 期)。

2023 级石嘉

短篇小说《摩天大楼》,《湖南文学》2023 年第 12 期。

童话《帽子熟了的时候》,《小学生导刊》2023 年第 3 期。

2023 级李莎莎

短篇小说《故事公司》,《中国青年报》2023 年 7 月 10 日。

短篇小说《火星烟花》,《中国青年报》2023 年 12 月 25 日,《小小说选刊》2024 年第 2 期。

2023 级朱霄

短篇小说《鼠》,《青年文学》2024 年第 5 期。

评论《海洋性:异质经验、空间拓展与边界重塑》,《广州文艺》2024 年第 5 期。

短篇小说《蝴蝶长青》,《西部》2024 年第 5 期。

短篇小说《喜丧》,《广州文艺》2024 年第 10 期。

散文《童稚时光》,《光明日报》2024 年 6 月 21 日。

2023 级麦维欣

小小说《侦探》,《小小说选刊》2024 年第 6 期。

小小说《一个毕业生的自白》,《百花园》2024 年第 7 期。

小小说《造物》,《台港文学选刊》2024 年第 4 期。

散文《流淌的音乐,心灵的触动》,《广东公共文化》2024 年第 2 期。

散文《上海之春》,《中国校园文学》2024 年第 10 期。

2023 级胡巧

短篇小说《喜丧》,《牡丹》2014 年第 9 期。

2023 级郭伊格

微型小说《十六难圆》,《微型小说选刊》2024 年第 18 期。

2023 级毕如意

新诗五首发表于周瓒、翟永明主办的《翼》女性诗刊，2024 年总第 10 期。

采访文字稿《夜空穿透伤》，“澎湃新闻·翻书党”2024 年 9 月 27 日。

2023 级惠忆

短篇小说《泊城》，《大观·东京文学》2024 年第 3 期。

微型小说《过山》，《微型小说选刊》2024 年第 11 期。

短篇小说《月河》，《小说界》2024 年第 5 期。

短篇小说《孔雀鱼》，《延河（下半月刊）》2024 年第 9 期。

散文《不老》，《星火》2024 年第 6 期。

2024 级钟耀祖

评论《临界性：地域文化与新南方临界美学》，《广州文艺》2024 年第 9 期。

2024 级邓文清

小说《老贵的哲学》，拟刊发于《微型小说选刊》。

2024 级王丽妍

评论《与短视频的叙事之战　以写作叩问存在与虚无》，《北京青年报》2024 年 10 月 25 日。

评论《〈繁花〉的空间地景》，《北京文艺评论》2024 年第 1 期。

评论《地方·海岸·群岛——“新南方文学”视野下的林森海洋题材小说》，《粤港澳大湾区文学评论》2024 年第 3 期。

同济大学创意写作学科的发展与思考

朱崇志①

摘　要　本文深入探讨了同济大学创意写作专业人才培养的发展历程、现状以及未来展望。通过对同济大学创意写作教育的历史脉络、课程体系、教学方法、师资队伍、实践成果等方面的系统分析，结合当前全球化背景下的文化需求、数字技术革新以及文化产业发展的趋势，详细阐述了同济大学在创意写作领域的独特优势与创新实践，旨在为国内外高校提供有益的借鉴，共同推动创意写作教育的繁荣发展。

关键词　同济大学　创意写作　人才培养

一

同济大学作为一所以工科见长的综合性大学，其文学传统源远流长。学校在新文化运动时期就涌现出了一批杰出的文学家及诗人，进入 20 世纪三四十年代，同济大学又涌现出了冯至、陈铨等文学大家，他们的作品在文学史上具有重要的地位和影响。回溯往昔，宗白华先生 1918 年毕业于同济大学，曾在此留下足迹。他不仅是中国现代美学的先行者，其诗歌创作也别具一格，以独特的审美视角和细腻的笔触，将对宇宙、人生的深刻感悟融入诗篇，展现出一种空灵、深邃的意境。革命诗人殷夫 1927 年就读于同济大学，求学期间积极投身革命事业，以笔为武器，创作了许多激昂的诗篇，充满了对革命的坚

① 作者简介：朱崇志，同济大学中文系教授，研究方向为中国古代文学、戏剧戏曲学。

定信念和对理想的执着追求，激励着学生们在文学创作中关注社会现实，肩负起时代赋予的使命。冯至被鲁迅誉为“中国最为杰出的抒情诗人”，1936年至1939年间担任同济大学教授及同济附中主任。他的诗歌情感真挚深沉，语言质朴而富有韵味。其代表作《十四行集》以独特的形式和深刻的内涵，展现了对生命、自然和人性的思考。20世纪40年代后，陈铨、穆木天等学者作家在同济文学院任教，同样为同济大学的文学传统增添了浓墨重彩的一笔。陈铨1946年的文学创作与学术研究紧密结合，展现出对时代问题的深刻洞察；穆木天则以其独特的诗歌理论和创作实践，为学生们带来了新的文学观念和创作思路。杨益言与罗广斌合作的《红岩》成为著名的“红色经典”，影响了无数人，以真实的历史背景和生动的人物形象，展现了革命先烈的英勇事迹，却很少有人知道他曾在1944年考入同济大学。进入21世纪，“先锋派”小说家马原的到来，为同济大学的文学氛围注入了现代与先锋的元素。他独特的叙事方式和对小说形式的大胆探索，启发学生们突破传统的创作模式，勇于尝试新的文学表达，开启同济大学文学创作的新篇章。当代作家张永胜、喻大翔、万燕等多位同济中文教授率同众多青年学者不仅在学术研究上成果丰硕，文学创作也独具特色，为同济大学的文学传统踵事增华。

百年以来，同济大学的文学传统，形成了独特的“哲理性、独创性、学者化、跨学科性”特征。深受德国文化与文学的影响，同济作家如宗白华的《流云》小诗、冯至的《十四行集》均以哲学思考为底色，作品都具有深刻的哲理性。同时，同济作家群致力于努力突破文体和题材的窠臼，不管是陈铨的谍战剧，还是马原的小说叙事变革，都展现了强烈的独创性，引领一时风骚。许多作家不仅是创作者，还从事翻译和学术研究，宗白华、冯至、陈铨都是各自学科领域的著名学者，大学教师的背景使得他们的创作更具书卷气和思想深度。此外，同济大学的文学写作传统还具有跨学科的特点。许多作家和学者在文学创作的同时，还涉足哲学、美学、历史等多个领域，这种跨学科的视野使得他们的作品更具综合性和立体感。同济大学的文学传统不仅为中国现当代文学史增添了浓墨重彩的一笔，也深刻影响了同济大学创意写作专业的发展。

二

在人类文明的长河中,文字始终是传承思想、抒发情感、记录历史的重要工具。随着全球化的推进和数字技术的迅猛发展,文学创作的形式与传播方式发生了深刻变革。创意写作作为一种融合了艺术性与实用性的写作形式,逐渐成为连接文学、影视、游戏、新媒体等领域的核心纽带,受到广泛关注。创意写作的起源可以追溯到国外高校的探索。在早期,它源于一种将文学创作理论与实践紧密结合的尝试。传统的文学教育往往侧重于文学批评和理论研究,而学生的实际创作能力未能得到充分培养。创意写作应运而生,旨在为学生提供一个实践平台,以便在创作过程中深化对文学的理解,实现理论与实践的有机融合。在全球范围内,创意写作教育已成为高等教育领域的重要组成部分。国外高校在创意写作教育方面起步较早,积累了丰富的经验,形成了各具特色的教育模式,美国高校普遍设有创意写作硕士(MFA)项目,注重实践性与个性化培养,通过工作坊教学、一对一辅导等方式,帮助学生提升写作能力,培养了大量职业作家和编剧。相比之下,国内创意写作教育起步较晚,但发展迅速。自 2009 年复旦大学开设首个创意写作硕士点以来,多所高校相继跟进,逐渐形成了具有中国特色的教育模式。此后,各高校纷纷积极推动创意写作的发展。众多高校相继开设了创意写作课程或专业,为学生提供了更多接触和学习创意写作的机会。到了 2023 年,包括同济大学在内的九所高校联合成立了"中国大学创意写作联盟",称为"C9 联盟",标志着中国创意写作教育进入了一个新的阶段。同济大学的写作教育即在此背景下发展起来。概而言之,同济大学的写作教育构建了分层教育框架、创设了非全日制专硕的"同济模式"、组建了优秀的学者型作家教师团队,并在多年的教学实践中摸索出科学性、创新性、实践性的课程与教学体系。

同济大学中文系自 2003 年复建,即着力发掘及重构文学写作传统并使其发扬光大,先后在本科课程中设置包含诗词、散文等各种文类的写作课程,先锋小说代表作家马原的"阅读大师"课程极受欢迎,多位教师撰写的《模式写作》一书作为基础写作教材，以引导和加强学生的写作能力。同时，将面向全校的“大学语文”课程改为“大学语文与写作”，将写作人才的培养向全校各专业学生开放和辐射。为加强写作理论的研究，2007 年在中国语言文学学科一级硕士点下开设“新文学创作”研究方向，招收硕士研究生，同济大学因此成为上海乃至国内高校中最早开始进行写作方向研究生培养的学校。2015 年，学校开始正式进行艺术学 MFA 创意写作专业方向的招生，同样也是上海乃至国内最早进行创意写作专硕教育的学校之一。至此，同济大学中文系形成了本科生—学硕研究生—创意写作专硕研究生这一完整的创意写作人才的培养体系，并培养了众多创意写作人才，产生了广泛的社会影响。

同济大学创意写作专业非全日制专硕的“同济模式”具有显著特色。该模式主要面向社会在职人员，强调实践与市场对接。通过周末集中授课、线上研讨与线下采风结合等方式，该模式为在职人员提供了灵活的学习机会，促进了他们的职业发展。在生源选择上，同济非全日制专硕的就读者主要来自社会在职人员，涵盖广告、传媒、教育、政府部门等多个行业。这种多元化背景不仅丰富了课堂讨论的视角，还为学生提供了跨行业的交流机会。通过与企业合作开展实习实训项目，学生能够深入了解行业需求和创作趋势，提升自身的实践能力和市场适应能力。在教学形式上，同济专硕采用周末集中授课的方式，方便在职人员参与学习。同时，学校还通过线上研讨和线下采风相结合的方式，拓展学生的学习空间。组织学生参观历史文化遗址、体验民俗活动、采访社会人物等，丰富他们的创作素材和灵感来源。毕业设计要求学生完成一部具有较高艺术价值的创作作品，并附上不少于 1 万字的理论阐述。这种“创作 + 理论”的双轨呈现方式，不仅确保了学生的创作成果具有较高的艺术价值，还提升了学术研究能力。

秉承身兼作家、教师、学者多重身份的优良写作师资传统，同济大学一直注重创意写作教师团队建设，建立了一支兼治文学编创、文学评论、文学研究的优秀教师队伍，20 余位教师中，既有资深作家和文学评论家，也有年轻的学者和创作者，形成了老中青相结合、风格各异的梯队结构，为学生提供了综合性视野和专业指导。张生教授的研究著作和小说作品展现了对时代文学脉络的精准把握,为学生理解文学发展轨迹提供了清晰路径,他善于引导学生从宏观视角审视文学作品,培养学生敏锐的文学感知力,启发学生挖掘作品深层内涵,助力学生构建扎实的文学理论基础。万燕教授深入剖析女性文学作品中的性别意识与文化内涵,为学生打开了研究女性文学的新窗口,引导学生关注文学作品中的性别议题,培养学生从多元角度解读文本的能力,使学生在文学研究中拓宽视野,丰富创作维度。年轻一代的胡桑、陈昶等教师在诗歌创作与研究领域成绩突出,注重培养学生的诗歌创作技巧和审美能力,通过对诗歌意象、节奏、韵律的讲解与实践,引导学生探索诗歌创作的奥秘,提升学生的诗歌创作水平。此外,同济大学还邀请了程德培、程永新等知名学者及作家担任兼职教授,为学生带来前沿的文学动态和创作理念,指导学生如何使作品更贴合市场需求,为学生的创作之路指明方向。这些优秀的教师组成的师资团队,以其丰富的学术背景、卓越的创作成就和独特的教学特色,为同济大学创意写作专业的学生带来了全方位、多层次的指导,助力学生在创意写作领域茁壮成长。除学术研究之外,他们近年来发表长短篇小说、散文、诗歌等文学作品,以及各类创作评论150余篇(部),获得各类奖项近30项。同济大学也非常重视这支教学队伍,在人才引进、教研评聘、教学实践中均重视文学编创、文学评论、文学研究三位一体的多重标准和要求,有力地支撑了创意写作的人才培养工作。

完整成熟的教学理念、课程体系是创意写作人才培养得以成功的基石。同济大学的课程结构贯彻科学性标准,分为写作实训课程和写作辅助课程两类。写作实训课程中,“小说写作”“散文写作”“剧本写作”属于虚构写作,非虚构写作则以传记为主;同时,设置文艺批评写作课,对文学、影视以及相关的文化现象进行解读和评论,这样不仅可以让学生比较深入地理解文学作品或艺术现象,也可以培养学生对创作的批评能力,更好地促进个人写作质量的提升。鉴于非全日制招生必然吸纳不同专业背景的同学,所以同济大学专门开设了写作辅助类课程以提高其文学艺术修养,包括“影视专题”“当代文学研究”“外国文学专题”“美学与文论专题”等,为其文学写作训练提供了坚实有效的基础。在教学过程中,培养学生的创造性思维是重中之重。为了帮助学生突破传统思维的束缚，大胆尝试新颖的表达方式，摆脱既定规则与框架的限制，在课堂上，教师会鼓励学生分享看似荒诞离奇的想法，采用组织热烈的讨论、开展头脑风暴活动、进行生动的角色扮演、布置开放性的写作任务等多种教学方法，激发学生的想象力。写作不仅是一门理论性的技能，更是一种创造性的艺术活动，学生只有在不断的实践中才能窥得奥秘。因此，教师积极组织学生参与实际的写作项目，预设组团或结伴进行讨论、设立竞赛活动等，让学生有机会展示自己的作品，并接受来自不同角度的建议和批评，能够激发学生的创作热情，不断提升创意写作能力。

创造性构设的培养方案、培养目标与过程，“教-学”的互动课程体系，适用于纯文学写作和商业化写作社会需求，同济大学创意写作教育体系在培养方式、教学实践、社会化应用等方面的一系列探索表现出明显的创新特色，形成了良好的社会效应。

国内创意写作方向硕士研究生的培养方式共有三种：一是最新进入教育部学科目录中国语言文学一级学科所属的“中文创意写作”，一般是全日制培养方式；二是归属于艺术学学科的创意写作专硕全日制培养；三是归属于艺术学学科的创意写作专硕非全日制培养。其中，非全日制专硕的培养模式相对于其他两种在招生、教学、实训、毕业作品设计等方面都存在较大区别。同济大学创新探索了将社会工作人员转化为创意写作人才的培养方式，被 10 余家高校效仿，形成良好联动效应。2016 年西北大学开设了创意写作专业学位班，2018 年东北师范大学在广播电视专业下招收创意写作方向硕士生，2018 年华东师范大学中文系增设广播电视（媒体与创意写作）艺术硕士学位（MFA），2018 年南京大学文学院也开始了戏剧艺术硕士（创意写作方向）招生。

首先，专硕人才培养必须强化实践性，同时又应该坚持学科性要求。同济大学采取实践性与学科性并重的方案，在教学过程中以写作实训为主，在互动研讨中渗透学科规范意识，并在毕业设计要求中提出，除文学创作外应有不少于 1 万字的理论阐述，并应达到与学术学位硕士论文同等学术规范标准。作为全国率先进行非全日制创意写作硕士培养的学校，同济大学成功探索出了一条培养路径：招生方面，以社会工作人员而非在校学生为主要生源；教学方面，以非工作日集中授课为主要学习时间；实训方面，以结合本职工作、考察社会现象、参与社会生产为主要实践方式；毕业作品设计，兼顾纯文学创作与商业化创作两方面为主要呈现内容。

其次，根据非全日制培养形式的教学实际，同济大学打造了全新的写作课程教学体系，结合 AI 写作的时代背景，探索设计了线上学习与线下研讨相结合、文类写作理论与创作实践相结合、课内共学与课外采风相结合的“教-学”互动方案。校内采用“写作工作坊”模式，每门课程均要求学生进行相关的写作练习；并为学生校外实习创造有利条件，鼓励学生到报社及新媒体从事写作工作，在实践中逐步完善自己的写作能力。

另外，培养人才是为了有益于当世，同济大学非常注重社会文化应用方面的培养效果。教学过程中实施专业文类写作人才培养与文化产业编创人员培育相结合的培养理念，在传统写作之外，又针对文化创意产业、公共文化服务、新媒体等领域的需求进行了系统专业的写作训练，使学生就读时和毕业后都能够发挥个人写作特长。近年来，学生发表诗歌、散文、小说、影视剧本 110 多篇(部)，获得各种奖项荣誉 40 余种，部分影视剧本被采纳拍摄并播放于优酷、腾讯等影视平台。同济大学在创意写作专硕人才培养及参与社会文化建设方面，取得了优异的成绩。创意写作专硕已经有 10 届学生毕业，很多人成为有影响的作家，发表了大量作品，参与了高校写作人才培养、企事业单位文化管理建设、商业市场文化产品编创等工作，有同学担任了当地市级作协副主席；有的同学成为有影响的青年学者和编辑；有同学的作品成功进入国内顶流影视平台。

三

创意写作作为一门新兴的综合性学科，打破了传统学科的界限，融合了文学、心理学、社会学等多个领域的知识，具有独特的学科特点，而在人工智能技术应用席卷全球的当代社会，人类写作、机器写作、人机协作三种创作模式并行于世，创意写作学科的发展必然要面对机会与挑战并存的境遇，同济大学的创意写作人才培养自然也不例外。技术与人文融合、多样化培养模式、文化市场对接等，都将成为同济大学创意写作发展的新方向。

随着人工智能、大数据等技术的不断发展，技术与人文的融合成为迫在眉睫的要求。同济大学将注重培养学生的技术素养和创新能力，通过开设相关课程和培训项目等方式，帮助学生掌握先进的技术手段和方法，提升他们的创作效率和质量。同时，学校还将加强与科技企业的合作与交流，共同推动创意写作领域的技术创新和发展，积极探索 AI 写作、跨媒介叙事等前沿技术在创意写作中的应用，为学生提供更加丰富、多元的创作工具和平台。

相较于传统写作而言，创意写作更强调在社会文化应用方面的实践。因此，同济大学创意写作专业将进一步加强实践与市场对接，通过校企合作、国际交流等方式，学校将为学生提供更多的实践机会和就业渠道，促进他们的职业发展。在校企合作方面，同济大学将继续推进、完善与阅文集团、优酷等企业的合作和交流，通过共同开展实习实训项目、合作开发文化产品等方式，实现资源共享和优势互补。同时，学校还将邀请企业专家和行业专家来校进行讲座和授课，进一步打造双师型队伍，扩大创意写作实习基地，帮助学生了解市场需求和行业动态。学校与社区的合作是又一个可拓展的领域，同济大学将加强创意写作社会培训课程的开设并进行数字传播，融入社区文化建设，为社区民众和特定人群提供写作指导和文化服务。在国际交流方面，同济大学将继续拓展与国际知名大学和研究机构的合作与交流。学校通过组织学生参加国际文学节、创意写作比赛等活动，提升学生的国际视野和创作能力。同时，学校还将邀请国外知名作家和学者来校进行讲座和授课，为学生提供与国际接轨的学习机会和平台。

技术工具的创新必然会引发知识的更新和迭代，因此，进一步完善学科生态与终身学习体系是大势所趋。未来，同济大学将通过增设创意写作学硕方向、新增全日制专硕招生、引进优秀师资力量、开设在线微专业等方式，为学生提供更加丰富、多元的学习资源和发展空间。在引进优秀师资力量方面，继续加大人才引进力度，吸引更多具备丰富创作经验和教学经验的教师加入创意写作专业团队。同时,学校还将注重教师的培训和发展,为他们提供学术交流和出国访问的机会,帮助他们拓宽国际视野和提升学术水平。在开设在线微专业方面,同济大学将充分利用互联网技术和在线学习平台,为学生提供便捷的学习途径和丰富的学习资源,通过开设创意写作基础课程、进阶课程和实践课程等,满足不同层次学生的需求和学习兴趣。同时,学校还将建立在线学习社区和论坛,促进学生之间的交流与合作,形成良好的学习氛围和教育生态环境。

总之,同济大学在创意写作人才培养方面进行了诸多有益探索与实践,形成了独特的人才培养体系与模式,取得了显著成果,并在一定范围内推广应用,对推动中国创意写作教育发展、文化繁荣与传播起到了积极作用。然而,面对新时代的挑战,同济大学仍需不断改革创新,以培养出更多适应时代需求的高素质创意写作人才,为文化事业发展持续贡献力量。

上海文学观察

历史的秘辛

——评王安忆长篇新作《儿女风云录》

贾艳艳①

摘　要　王安忆长篇新作《儿女风云录》，以追踪主人公的个人命运为主线，在个人史叙事和时代史叙事之间刻意营造和保持着微妙的平衡。由于对历史的书写越来越不满足于单线条的逻辑演绎，《儿女风云录》中个人和历史每每出现错位，社会史与个人史的断裂处常常并不重合。小说设定的城市空间，都兼具公共性与私密性，连接起主人公的一生，这既是个人历史的空间化呈现，也是对全球化时代如何讲述"上海故事"与"中国经验"这一宏大命题的探索与回应。

关键词　王安忆　"上海故事"　个人史　大历史

---

① 作者简介：贾艳艳，文学博士，上海社会科学院文学研究所副研究员，主要研究方向为中国当代文学、城市文学。

2024年,王安忆完成长篇小说《儿女风云录》,发表在《收获》2024年第5期。这是王安忆的第16部长篇,荣获2024年“收获文学榜”长篇小说第一名和亚洲周刊“2024十大小说”第一名。这部小说的时间跨度从20世纪中叶到21世纪初,围绕一位上海舞场“老法师”瑟跌宕起伏的人生轨迹,串联起“老娘舅”阿郭、柯柯、阿陆头、“黑三”“埃塞俄比亚”“啧啧”等浮沉在这座城市中的男女,勾勒出一幅跨越60余载的上海历史长卷。

一、“反典型”的“风云儿女”

小说中的主人公“瑟”是一位上海弄堂里的“老爷叔”,作为资产者后代的他看似脱离主流,是一个“异质”的存在,而大时代的波澜从未放过他。同时,他的软弱与被动也使得自己一再错过成长契机,不断失势。从家族的兴衰起伏,北上的求学之路,到婚姻的破裂、舞厅的生计,再到远赴海外的漂泊,辗转回归故土后以为迎来新的繁华,却在意外中锒铛入狱。对于瑟,叙述者在小说中直接评价道:“他这一辈子,都是在浮泛中度过,浮泛的幸和不幸,浮泛的情和无情,浮泛的爱欲和禁欲,他就是个浮泛的人,不曾有深刻的理性的经验,险些儿开蒙,方要下脚,又收住,滑过去,回到水平线上。”不仅瑟是一位“浮泛”的失意者,围绕在瑟周围的柯柯、阿陆头、黑三(大麦)、阿郭等,他们的人生也都各有残缺与无奈,都是这座光怪陆离的大都市里边缘化的小人物与失意者。小说的标题“儿女风云录”很容易让人将小说想象为一个气势磅礴的群像故事,但小说对于主人公瑟周围人物的描写,尤其瑟的父母、家庭以及女性人物柯柯、阿陆头、黑三以及新一代的描写,都没有占据太多笔墨,关于瑟的家族生活也远没有《天香》中那样庞大与细致,“风云”所带有的动荡感,在很大程度上被王安忆对于日常生活细节的铺陈所掩盖。

如果说“儿女”代表的是微观视角,个人的无常际遇,“风云”则表征着宏观视角,社会生活的整体节奏与集体记忆。小说在叙事的同时嵌套了两种历史与时间,凸显出“大历史”与“小历史”的彼此映衬。小说中不乏对历史大事件的列举,如“文革”、上山下乡、回城、平反、“三中全会”“1992邓小平南方视察”“加入 WTO”，但是这些宏大历史线索在小说的叙事里只是展现人物命运的时间框架，并没有浓墨重彩、惊心动魄的大场面，真正的写作重心依然在个人生活的层面。小说的叙述正是通过弄堂小人物的沧桑，去触摸和重新读解这座城市的历史。王安忆通过小说所反复重现的人与事，其实是作家认知里具有历史代表性的事件节点，比如下乡和回城后的境遇，生计的难易、婚姻的变局、阶层的沉浮、出国的热望、物的得失……这些生成于整体历史与社会氛围里的个人的悲欢，比高层会议和国家决策更具个人性和真实感，宛如一座以个体命运为内容样本的城市历史博物馆。在普遍性讲述之外，个体命运对普遍性大历史的补充才是叙事的重心。

《长恨歌》之后，王安忆的多数作品都在持续书写上海，但其实并没有哪部作品像《儿女风云录》一样让人重回《长恨歌》里的上海。《儿女风云录》中的“瑟”宛然是一个男版“王琦瑶”，一样是有着好看皮囊的弄堂儿女，一样的“浮泛”，“不曾有深刻的理性的经验”，在上海几十年的风云际会中浮沉直至湮灭。至于俯瞰的视角、航拍纪录片式开场、生活细节铺陈、弄堂八卦穿插、人物小传式介绍法等，在《儿女风云录》里也都有充分体现。除了《长恨歌》，《儿女风云录》其实还能看到很多王安忆以往作品的影子。下乡与回城的故事，早在王安忆第一个长篇《69 届初中生》里有过讲述；文工团的故事，在《小城之恋》中早有原型；“老法师”的面影最早出现在 2003 年的《发廊情话》；瑟在感情上的被动、软弱以及在父母妻子面前的表现颇似《红豆生南国》中的主人公；学体操的阿陆头与《桃之夭夭》里的郁晓秋也有几分相像；《儿女风云录》里写到“小花园里补丝袜女人的小姑娘，向来不大规矩，叫做‘拉三’，锦江饭店大堂搭识外国人，去到美利坚合众国”，主人公“瑟”的婚外情对象古灵精怪得像只狐狸，小名直接就叫作“三”，俨然《我爱比尔》中“阿三”的翻版；瑟居住的上海老建筑的笔墨，令人想起《考工记》；孤悬海外的情节中家族史与社会史的交织，又很像《一把刀，千个字》。《儿女风云录》像是王安忆写作的集中展演，以细密、灵动的互文性，连接起王安忆不同时期的上海叙事。

尽管与《长恨歌》一样存在着人与城市的双重对位描写，但写作于 20 世纪 90 年代的《长恨歌》的叙事明显更偏重个人史，小说所讲述的人物、空间、时间及社会风貌显然都不如《儿女风云录》的跨度广。后者无论是写阿陆头与小瑟同住的弄堂,还是民工与老法师都会光顾的舞厅,都从各个阶层的混杂处下笔,从更具总体性的意义上叙述整个时代,并不由于角色所处阶层的不同就将叙事切片。与《长恨歌》那种工笔画般的精细描摹稍有不同,《儿女风云录》的笔法整体感觉上也更趋向于写意,对上海城市生活的精妙描写并不靠一笔一画的明晰线条,而是块状的色彩氤氲、堆叠而成。

在表露出"总体性"追求的同时,王安忆的笔力又避免了《儿女风云录》成为彻底的时代纪录片,还是以追踪主人公瑟的个人命运为主线,在个人史叙事和时代史叙事之间刻意营造和保持着微妙的平衡。小说有意选取了一个具有时代意义的传奇性人物作为主角,小说从一开始就强调"瑟"的独特性:"话再说回老法师。按常理,他的形体样貌是有特殊性的,一眼就可辨认。"这显然区别于《长恨歌》中的女主角王琦瑶:"每间偏厢房或者亭子间里,几乎都坐着一个王琦瑶。"瑟作为主人公,虽然在时代裹挟中命运几度盛衰浮沉,在小说的叙事里却又始终与时代保持着一定距离。小说由此得以绕开对历史大事件的直接叙述,不间断地专注于个人命运的描写,同时又完整地勾勒出半个多世纪上海的风云变迁,避免让过于琐碎的细节消解了宏大的时代背景。

在谈到《儿女风云录》的写作时,王安忆说:"小说让我着迷的是有足够的时间描写'蜕变',它需要极大程度地调动阅历和想象,从方法论说,是炫技,境界上则是思想的赛跑。"①越是追求"历史总体性",就越是要选择游离于"典型人物"之外的人物,所谓"历史的残余"。在小说中,瑟一家人与社会历史是脱节的,他们被动、颟顸,对历史趋势和社会事件全无了解与兴趣,只能依靠阿郭去了解社会与时代的变迁。汽车夫阿郭是瑟一家人得以与宏大历史产生关联的中介,他们依靠阿郭才能在宏大历史中生存下来。阿郭本是新社会的主流,却又是旧时代的受惠者,有着左右逢源、上下贯通的绝顶聪明,和瑟一家邂逅在他们的下坡路上,像义仆,又似新主,困难时期黑市交易,邻里纠

① 《王安忆:小说让我着迷的是有足够时间描写"蜕变"》,王安忆、钟红明对谈,《文汇报》2025年2月10日。

纷担任仲裁，家庭龃龉充当“老娘舅”，危机将至通风报信，藏匿私物，是动荡时日的中流砥柱。看起来，阿郭才是更符合“儿女风云录”这个主题的字面意义的人物，完全具备游走于社会变幻之中、为自己谋划前途的行为能力。之所以阿郭一直勉力为瑟一家提供支撑，是因为阿郭“除了生意经，还有一份忠诚，老派人的伦理”“自小在外国人府上做事，秉承的传统”。阿郭尽管具有敏锐的历史嗅觉，同样对“大历史”不感兴趣。小说中多次写到阿郭对革命历史兴趣了了，就连听故事都喜欢听家长里短而非社会历史。这些都意味着，阿郭是一个消极“介入”历史的人，一切仅仅是为了自我和小瑟一家人谋划。只不过，其他人物比起阿郭而言，与时代的联结是更加消极的。就此而言，《儿女风云录》通过瑟呈现出了“反典型”的风云儿女。

小说结尾阿陆头和阿郭的对话，瑟的“反典型”特质尤其凸显出来。在阿陆头看来，瑟和她是两种人，这一划分是依据两人所处的不同阶级。阿郭则认为“世界上的人，只有两类，一类旧，一类新”，时代的指向成为判断的标准。而瑟的特殊之处在于，他既不是完全的旧人，也不是新人，在两种标准中都是无法被除尽的“余数”，被叙述者称为“历史的秘辛”，还不够成为历史的真相。但或许历史得以发生、推演的某种“机密”，就潜藏在这个未“开蒙”的、游离于时代历史的人物身上。在此意义上，瑟成其为“风云儿女”。从如此式微人生的展开抵达“总体性”的历史，确实极考验作家的叙事功力，是否能将其中潜藏着的思辨的动能赋予具体而微的人物以鲜活的质感。

二、“大历史”与“小历史”

王安忆早在谈到“四不原则”的小说观时，就说独特性“容易把个别的东西无限止、无根据地扩大，从而忽略掉经验的真实性和逻辑的严密性”“具有使人迷恋、强调、发展与扩张局部的危险，它忽略了总体性所能达到的效果”。① 所谓总体性、经验的真实性和逻辑的严密性，就是王安忆执着追求的

① 王安忆：《我的小说观》，见王安忆《情感的生命》，中国文联出版社 2008 年版，第 183 页。

普遍、抽象,只有上升到普遍、抽象之域,她才会认为自己的精神跋涉是有效的。“不管是面对一个人、一件物、一件事,还是一种心情、氛围,王安忆都有着穿越具体直抵普遍的冲动。”①如此,王安忆的笔力须穿透人物所遭逢的所有世象,对他们骨子里所存有的相反相成的两极一一展开分析,而后“允执厥中”,寻找、建构自己的“度”。由于“度”从来不在对立项的一端,王安忆渐渐形成相对稳定的打开对象、塑造人物的方式,瞄准一个对象,穿透它,发现它根子里存在着的对峙的两极,并在回旋、往复于两极之时,取得一种均衡。

具体到《儿女风云录》中,细节、场景与人物的塑造,一如王安忆以往的小说,随处可见这样的方法和句式,渗透着两极之间的回旋与平衡。比如,小说写作为舞场老法师的瑟经历曲折复杂,履历却一片空白,“无为有处有还无”——王安忆实在太偏爱这句话了;写30岁的瑟的形象“最傲娇,也最安静,最得意,也最谦逊,低头垂目,且目无下尘”;写老年瑟的样貌:“年轻人也比不上他的挺拔紧致”,然而稍微换一下光线角度就显出松垂老态,“分明是张老人的脸”;寄居于徐州黑三家的一方宅院里,他“领悟了天地的大”,知道“虚空也是物质的”;至于瑟与黑三之间的短暂情缘,“爱情这东西,是占两头的,就看哪一头起事。从形发端,就要达到无形,反过来,无形出发,就是有形”;写动乱时世:“最危难的世事里,也有安平道,就像风暴的眼。”比之于王琦瑶,瑟展露出的独特性,盖因他作为历史“残余”的特质更充分,无法像王琦瑶那样直接对应于意识形态的“上海”。《长恨歌》的叙事中,王琦瑶得以在物质普遍困窘的20世纪60年代,无须顾虑生计,安享了一段“不知今夕何夕”的“太平世”;到了《儿女风云录》中,瑟与历史每次都是擦肩而过,他的人生际遇每次“都是断头河,汇不成大江大流”。② 小说中的主要人物都被安排了人物小传式的介绍方式,两极之间的回旋与平衡同样结构着微观历史的复调叙述。

小说中,与黑三的徐州安居,曾使瑟短暂地感受过星空与爱情,这段情缘的终结看上去是因为妻子柯柯请阿郭出面斡旋。小说对此有一段富有意味

---

① 翟业军:《具象的,或者抽象的上海——重勘王安忆〈长恨歌〉》,《小说评论》2024年第6期。

② 《王安忆:小说让我着迷的是有足够时间描写“蜕变”》,王安忆、钟红明对谈,《文汇报》2025年2月10日。

的描写:“即便阿郭不出马,他和她也到了收尾。说是人事,更可能是天道,而天道最终又落回人事,所以,他们草芥般的琐碎,说不好也是一点成因。要不,只是顺着走,怎么就到了历史的节点?”从徐州返回上海的火车上,听闻领导人离世的消息,瑟难得流下的眼泪已然是“大历史”和“小历史”不多的交汇,抑或割裂。紧接着国葬大礼,“文革”结束,一切“比先前更活跃有生气”。小说显然并没有采取类似“新历史小说”的路数,即以对“小历史”的书写解构、取代“大历史”;与此同时,小说对个人命运的描写或许仍存有宿命论的因素,但已然冲出历史决定论的逻辑框架。应当追问的是,这一除了形式上的突破,如此两极之间的回旋与平衡的结构原则和叙事方式,对于个人与历史的关系,究竟还可能提供什么思想上的启示?

当代文学的历史书写自 20 世纪八九十年代以来,一直偏向于建构个人史。王安忆对“独特性”的否弃和对“总体性”的追求,使她更倾向于探求个人史的限度,从而开启另一种历史书写。如果说《长恨歌》中,“大历史”与“小历史”、时代风云与个体命运之间更多地表现为“合力”的关系,其中的包容性则足以安放两极之间的循环往复。故事一开始,16 岁的王琦瑶在片场看到的第一幕,便预言了故事的结局。《长恨歌》的叙事因而可以专注于过程的铺陈和推理,超越对宿命论了悟式的、一次性完成的简陋思维。到了《天香》《匿名》,再到《考工计》《一把刀,千个字》《五湖四海》,尤其《儿女风云录》中,王安忆对于历史的书写越来越不满足于单线条的、缺乏精微层次以及某种深刻悖论的逻辑演绎。《儿女风云录》中,长达半个多世纪的时间跨度里,几乎所有重大的历史事件都或明或暗地写到了,但个人和历史每每出现错位,社会史与个人史的断裂处常常并不重合。看似充满机会的时代,却并非每一个人都有资本去把握机会。人物偶而蹭上历史快车道边缘,比如瑟“文革”中进入文工团,“埃塞俄比亚”和“啧啧”在新时代来临之际一朝抓住商机,却又很快不了了之,敷衍而仓促,并不曾为个体的命运带来根本的转机。而更多的时候,则是与历史擦身而过。

小说有一处写阿陆头的男朋友被传出是“缅共”,阿郭向大家发布这一消息时,小说写道:“全称缅甸共产党,由共产国际直接领导的社会主义联盟成员。在座的人像被施法,定住了。稔熟的阿郭也变陌生了,他是谁,从哪里来?”“上海市井里的政治,总是隔壁的隔壁,邻居的邻居,这样,阿陆头的传奇又变回到日常生活,大家都松下一口气,危险解除了。”新的时代语境下,宏大修辞与日常生活之间的紧张感油然而现。小说其实并不回避对于革命语词、宏大修辞的使用,诸如“阶级”“世界革命”“做一颗永不生锈的螺丝钉”等都会出现在人物的日常交流中,但脱离其诞生时所依赖的宣传机制,这些语词不再具有串联起个人与集体,在历史中赋予个人意义的功能。在宏大修辞失效的情况下,个人与历史再度契合的叙事是否还有可能?

小说的叙述里有一组词反复出现,即“形而上”和“唯物/现实”。旧时上海的屋顶之间显露的天空是“形而上”的,那时瑟对白俄学校、校长夫人和交际舞会沙龙组成的环境没有疏离感;在“文革”下放期间,瑟对一起作伴、玄谈的朴实的山西汉子“小二黑”也是没有疏离感的;在矿务局文工团的生活让他感受到真实的露水、星空和爱情,这些东西对小瑟也属于“形而上”。这里又插入了瑟跟黑三家老太太对“形而上”和“唯物/现实”的讨论,他们基本上认为“现实”就等同于苟且,小瑟还想到“电影是上海这个唯物城市的形而上之物”。这组词在小说的叙事里,象征了小瑟精神生命和人生中价值的两极。但在小说结尾处,瑟快要下狱时的一段独白,却声称自己“从没有过形而上的想法,他的一生都是浮泛过去了”,很明显跟他之前的表述相悖。这不能不说是作者有意制造的文本内部的含混与矛盾。

三、“上海”的“新”与“旧”

一直以来,王安忆对上海城市风貌及布尔乔亚复杂生活仪式的描写,从其写作意图而言,不是为了“怀旧”,而是为了从根本上“把握”它,并且愈到后来的创作“愈显示出一种将上海作为一个‘整体’来把握的倾向”。[①]《儿女风云录》里的空间其实并没有局限于上海一个城市,瑟的人生中有好几次离开

① 陈惠芬:《想象上海的N种方法》,上海人民出版社2006年版,第132页。

上海的经历。小说里设定的上海、北京、徐州、旧金山四处城市空间，分别对应着舞厅、舞蹈学校、文工团、公寓，都兼具公共性与私密性，连接起瑟的一生，这样既是个人历史的空间化呈现，也是对全球化时代如何讲述"上海故事"与"中国经验"这一宏大命题的探索与回应。

在"官派"的北京舞蹈学校里，瑟不是因技艺夺回自信，而是由大孃孃的轿车获得优待。一向随遇而安的他，敏锐意识到自己与该环境格格不入。瑟无比眷恋徐州的安逸生活，矿务局文工团成全他的优越感，养家糊口的能力令其洋洋自信，成为大家庭的经济支柱后，他与柯柯的关系也隐秘修复。孤悬海外的十多年，瑟的日常生活局囿于旧金山的公寓，"这房子，住在里面，像个铁笼子，走出去，又觉得是纸糊的"，他耗尽气血，熬干了自己。姑婆悉妮去世后，瑟终于回到上海。作为一个懵懂、未开蒙的人，瑟唯有离开并再次回到上海，他对"上海"以及自我身份的认知才得以形成。

从旧金山回到上海的瑟"发现这城市泉涌大量成熟的女性，她们几乎看不出年龄，妆容精致，经济独立，于是有了自信的风度。在他缺席的日子里，有一种特殊的栽培，改变遗传，转化基因，加速进化，养育出新女性"。从 20 世纪 30 年代开始，"新女性"的内涵和外延持续变化，不断裂变。瑟没料到的是，中年的他还能成为某类"新女性"的猎物，以为可以回到从前在文工团被追捧的繁华盛景，却不料上海舞场的不夜天只是"暮光之城"。

跳舞作为瑟的谋生手段，同时也建构了他的精神世界。作为社交游戏的交际舞会在时代境遇下被阴差阳错地改造成革命宣传舞，又在历史翻覆之后变成一种供给市民消遣的谋生手段，每一步都是目的与实存的背离。小说在一个漫长的时间段顽强地给舞厅续命，让它在不同时辰容纳这个城市不同的圈层。小说写到拉丁舞的实质：恨与爱。舞者与舞伴之间的一推一拉，爱恨一步之遥。这也许就是瑟与他人之间关系的缩影。在王安忆看来，"真正与拉丁舞的象喻有关的还是瑟和阿陆头，这也是乱世男女中有情的一对"。[①] 阿

① 《王安忆：小说让我着迷的是有足够时间描写"蜕变"》，王安忆、钟红明对谈，《文汇报》2025 年 2 月 10 日。

陆头在国标舞大赛前因为丈夫牵累遽然消失，瑟因此丧失了对舞蹈的热情。瑟和阿陆头之间的情分，格外强调一个“度”：“他们之间，说起来什么都有，欲望、爱慕、同心、共情，但又什么都不是，既不是和女同学那样探索身体的秘密，也不是和柯柯有共同生活的经历，更不是和‘三’形而上的精神生活，他和阿陆头，是平常心，却终身勿离勿弃。”①在情感关系上瑟是晚熟的懵懂状态，在行动上表现为逃避，每当有问题时他的解决措施便是逃避，这也反向使他不断错过成长的契机，因而他总是处于失势的位置。如果将爱欲与社会化的双重晚熟在小说中视为一体，那么瑟对时代的态度就变得颇有意味。一方面，看上去瑟似乎一直在被迫重新决断他的生活，从而丧失长远的谋划和连贯性。当自由抉择越来越削弱，而被外界摆弄的宿命感愈发强烈时，人变得愈发苟且、软弱，丧失面对时代的主动性。但另一方面，瑟在情爱关系上的被动也并不完全是被迫的选择，甚至某些时刻他也乐在其中。不问世事的人，根本不考虑家事的烦琐，只在意个人清闲。因而他在时代的风云变幻中如此无力，也不只是因为历史变革对个人的剥夺。多数时候，自我的选择与时代的搅动纠缠在一起，读者甫得出明确结论，就会发现叙事正沿着相反的方向回旋。

与瑟的孱弱、被动相比，小说中与他产生情感交集的几位女性，柯柯、阿陆头、黑三(伞/大麦)形成一组“新女性”的对照，家庭主妇和职业女性的不同身份折射出多形态的“新”。阿陆头积极冒进，却一再受制于现实的反作用力。柯柯更加保守稳健，心智缜密，当她觉察出瑟的异心时，引而不发，待自己经济独立再定夺婚姻走势。她不受制男欢女爱、不纠结家庭伦理、不在意世俗眼光，冷静迎击任何困境。她与阿郭打配合收回房产，瞒着母亲暗联父亲，离婚不离家，后来带一双儿女定居香港，步步为营，在时代许可的范围内实现个人利益最大化。黑三是一名在邮政局工作的发报员，被善缘和孽缘裹挟，曾以未婚身份固执地领养弃婴如意，其中固然有善念，可也暗含对瑟的情感试探。王安忆的上海叙事多存在着“女强男弱”的模式，《儿女风云录》中的

① 《王安忆：小说让我着迷的是有足够时间描写“蜕变”》，王安忆、钟红明对谈，《文汇报》2025年2月10日。

女性形象尽管着墨不算多，也都敢于主动争取个人利益，更加映衬出瑟的混沌。瑟总以为身边女人都对他不无眷恋，殊不知每一个决意抽身情场的女性，皆有魄力断然与其两清。柯柯悄无声息地突击离婚，家产和孩子一个不能少；阿陆头在舞蹈决赛关头，不辞而别，赴缅甸探视夫君；黑三推测瑟旧情难断，果断与其再无联系。小说主人公在第三人称“他”和“瑟”“小瑟”“老法师”“爷叔”之间自由切换，人称的变化传达出的是人与人之间微妙、复杂的关系与情感。

结尾瑟被捕前有一段描写：“就在这时，他看见江面，金红色的水平线，飞着许多墨点子，是江鸥。”后面紧接着由楼梯拐弯处的长窗俯瞰黄浦江景和外滩的画面，随着色调的丰富变换，“海关大钟敲响了！”颇有几分电视剧《繁花》的色调和意蕴。“上海滩”的意象投射着“大历史”的雄伟壮阔、百舸争流、海纳百川，然而这一幕却呈现在“小历史”戛然湮灭的前夕。如果说“瑟”的数次离开是一种“人”看“上海”的视点，这一视点在这里则转变为“上海”看“人”。在王安忆的叙事中，也正是以如此方式，使所谓城市的精神韧性得以充分显现。小说这样讲“城市的韧性”：“这城市开埠以来，历经无常命运，财富消长往往一夜之间，麻雀变凤凰或者反过来，所以，就有韧性。”小说结尾阿陆头和阿郭一起等红绿灯的场景，隐喻着城市故事周而复始的穿插循环。

王安忆说自己“更着迷的是新人，那是野蛮，彪悍，有原始性的生命”，①但《儿女风云录》终于还是回到都市怀旧的老路。“老克勒”“老法师”“老爷叔”接替了“上海小姐”王琦瑶，虽然被讲述为历史的“余数”，却都是历练丰富、人生通透的旧人物，是“海上繁华梦”的“标配”。王安忆在当代作家中称得上是位独一无二的思想者，从未满足于一种形式的成功，在写作途中不断转变风格，多次脱胎换骨，持续将思想的力量带入小说写作。《儿女风云录》对上海历史的书写渗透着与以往作品的互文性，被认为是成熟作家“晚期风格”的浮现。但萨义德所说的“晚期风格”并不意味着审美的重复与固化，期待她的创作出现更鲜活的“新人”。

① 《王安忆：小说让我着迷的是有足够时间描写“蜕变”》，王安忆、钟红明对谈，《文汇报》2025年2月10日。

“上海-江南”文化辩证与抒情美学
——以旅美作家范迁的小说《锦瑟》为例

王小平①

摘　要　上海旅美作家范迁的长篇小说《锦瑟》借由20世纪历史动荡中的个体命运浮沉叙事，描绘了“上海-江南”文化地理空间转换中的文人心灵图景，以饱满细腻的日常生活世界书写而呈现江南文化不同脉络的消长起伏，及其与上海城市文化同体共生、枝叶交错的文化生态。小说叙事在“上海-海外”跨文化视野中展开，将古典诗性审美传统融入世情叙事，体现了海外生命经验、历史视角在建构汉语文学审美意境方面的特殊价值，极大丰富并拓展了当代汉语小说的文化诗学叙事。

关键词　范迁　《锦瑟》　上海　江南

江南文化与上海城市文化的形成、发展关系极为密切。一方面，江南文化是海派文化的土壤，江南文化中细腻精致的审美传统以及重商务实、理性温和的精神在后者中有不同程度的存续与发展。另一方面，上海又吸纳西方文明，在融汇中外的同时对江南文化有所过滤、熔铸。在晚清以来的社会转型及都市发展过程中，江南文化内部的不同脉络经历了消长起伏的过程，譬如以古典诗性为审美精神取向的士绅文化传统逐渐消逝，仅在少数领域保留下来，而理性务实的商业意识则与西方文化相结合，并被进一步强化，构成城市发展的重要文化因素，同时，在风起云涌的20世纪革命浪潮席卷之下，江南

① 作者简介：王小平，文学博士，上海师范大学对外汉语学院副教授，研究方向为中国现当代文学、世界华文文学。本文受国家社科基金项目“海外华文文学中的上海叙事”支持。

民间乡土社会的一部分力量融入左翼革命，并成为日后上海城市中红色文化的重要来源，而另一种对政治较为疏离的民间文化记忆也以碎片化方式在都市中保存下来，与海派市民文化交融共生，“在上海，充满了江南城市的市民意识”。① 后者的质朴与韧性在时代动荡中显示出别样的价值，有力地推动着新的城市文化想象共同体的形成。可以说，江南文化内部不同脉络的起伏消长及其在上海都市文化中的流变，折射出了近现代以来中外文化碰撞交融、政治变动与文化空间转换、历史变迁与个体命运等诸多复杂关系，是当代上海城市文学书写的重要主题之一。

正是在这一背景下，范迁长篇小说《锦瑟》的意义浮现出来：以出色的文学叙事提供了理解江南文化与上海城市文化关系的独特精神样本。范迁为宁波天一阁范家之后，出生于上海，1981 年赴美国旧金山艺术学院修读美术专业，既是画家，也是文学家。范迁的早期小说作品以书写海外新移民故事为主，对“边缘人”的关注与书写、对悲剧美学的特殊偏好以及细腻抒情的语言风格，使其作品在海外新移民文学中独树一帜。近年来，范迁的小说创作聚焦于长时段下的个体命运书写，陆续出版了《锦瑟》《十面埋伏》《惊鸿》等长篇小说，或深描历史动荡中知识分子个体的内心精神世界，或讲述时代洪流中大家族后代的命运分殊，或聚焦于一类特定人群的空间流离与灵魂漂泊……范迁的近作具有一以贯之的精神脉络，即对历史时空下个体命运变迁的深切关注与艺术化呈现，同时，另一重要的精神联结点则是“江南”。范迁在《惊鸿》中的一段话可看作是这几部小说的注脚：“江南，本是金粉奢靡之地，文人辈出。”“有为男子生在这种地方，是大幸，也是大不幸。”对范迁来说，“江南”不仅仅是文化记忆的源头，也是观照世界的角度和方法，更是一种艺术创造的美学境界。在他笔下，无论是日常起居还是男女情愫，均带着细腻柔雅的江南韵味，夹杂了吴侬软语的书面语言更如水乡烟雨般情致斐然，体现着江南文化记忆的绽放与蔓延。同时，出生并成长于上海、后来又定居于旧金山的经历，也使得范迁对现代都市精神有特殊的理解，在其小说中，“江

① 李天纲：《人文上海：市民的空间》，上海教育出版社 2004 年版，第 32 页。

南”与“上海”往往激荡碰撞，既体现了范迁对江南文化的深刻情感认同与深刻思考，同时也显示出作家在长期海外跨文化流动经验视域下关于个体与历史、时代关系的复杂生命感受与领悟，本文将以长篇小说《锦瑟》为例略作分析。

一、哀江南：空间转换与文化隐喻

小说中的地理空间不仅是故事发生的地点，且往往具有社会意义，体现着特定的社会关系与文化习俗，从而在推动情节发展的同时，以“行动着的地点”①而显示作家的审美选择与文化心理，《锦瑟》中的地理空间结构即充分体现了空间的文化表征意义。小说共分三章，以“上海-苏州”“苏州-苏北革命根据地”“苏北-上海”的空间转换为主要叙事线索。主人公“他”是扬州人，就读于上海圣约翰大学，聪敏好学兼斯文儒雅，却因家道中落、经济窘迫而陷入卑微屈辱境地，同时也因信奉明哲保身原则而不愿加入进步革命力量，故此常有无处容身的喟叹。因偶然的机会，“他”受女同学艾茉莉及其哥哥汤姆邀请，前往汤家在苏州东山的祖宅，在其中度过了一段如梦似幻的时光，却因无法克制对汤姆之妻珏儿的爱恋而被逐出，不得已返回故乡扬州。其后，“他”受革命者诸君山鼓舞，赴苏北根据地加入革命队伍，辗转于盐城、淮阴等地，其间与根据地老干部之妻恽姐发生一段不伦之恋。私情被发现后，“他”离开发疯的恽姐，重返上海。在新中国成立后风起云涌的城市改造中，“他”与珏儿再次相遇，并在汤姆死去后与之成婚，后在历次运动中备受打击，终于一路衰败下去。小说中，“他”并无姓名，因而具有“类”的意味，其跌宕起伏的一生是在“上海-江南-上海”的空间流动过程中展开，具体涉及上海、苏州、扬州、盐城、淮阴等地，分别与都市文化、江南文化、红色文化相对应，也有交叉融汇。其中，最富于文化隐喻意味的是关于苏州东山的空间叙事，在与上海都市文

① [荷]米克·巴尔:《叙述学:叙事理论导论》，谭君强译，中国社会科学出版社2003年版，第160页。

化语境的对照中充分呈现了江南诗性文化的美妙魅力，凸显苏州作为传统文人精神家园象征的空间特点，同时，也隐约暗示了古典文化在20世纪社会动荡转型之际已逐渐式微，无法再为个体提供稳定的心理支撑。

小说中，“他”在上海经历了诸般挫折屈辱之后，因缘际会来到苏州东山汤家祖宅，犹如进入太虚幻境一般。汤宅建于嘉庆年间，宏大深邃，前厅、后厅、书房、花厅、厢房、佛堂等一应俱全，造工用料极为考究。内部陈设亦精雅，厅堂高敞，配有八扇嵌花玻璃落地木门，香案上有宣德炉及佛手、柑橘等清供，壁上是江南名家的字画真迹，庭院中则遍植假山石和观赏花木。此外，后花园“梅园”亦由名家设计建造：

> 这座园子占地虽大，却经营得法，曲径通幽，疏密分明，大有大的开阔，景色叠翠，亭台楼阁高低错落，尽掩其中。小亦有小的玲珑，修竹奇石，小桥流水，自成一域清幽天地。园子取名为梅园，所见之处梅树遍植，却布置巧妙，簇拥处花海如涛，极尽旖旎浩荡。冷僻处却也有一两支探出墙头石边，疏落自在，带了一缕说不尽的妩媚。①

园中梅花盛开之际，更是恍若仙境：

> 一片香雪海，成千上万朵白色梅花在暗青色的晨霭中浮现出来，一枝枝，一串串，一朵朵花巍巍颤动，洁白无瑕，晶莹剔透。一阵微风轻摇，花海起伏，婀娜灵动，直如千万梅花仙子霓裳起舞。②

“他”在苏州东山短暂居留的时光是整部《锦瑟》的华彩篇章。小说借鉴红楼笔法，以诗意笔触描绘汤家祖宅世外桃源般的闲适风光，亦呈现江南精雅细腻的美食文化：日常饮食多为江南风味，如清炒蟹粉、清蒸白鱼等，用以搭配清茶香茗的茶食则有蜜汁豆腐干、小核桃、青豆笋干。看似简单的早餐面条，却由香浓的老母鸡汤打底，浇头则是新鲜的炒虾腰。附近紫金庵的素斋亦鲜美可口，秘制素鹅、四鲜烤麸、荠菜炒鲜笋等都非外间寻常人家饮食可

---

① 范迁：《锦瑟》，上海文艺出版社2019年版，第82页。

② 范迁：《锦瑟》，上海文艺出版社2019年版，第66页。

比,一碗鲜美的什锦冬瓜盅更是无比清雅。小说细细铺叙江南大家族的生活起居,青年男女们喝茶,听评弹,相伴冶游,谈论诗文及时事,清幽静谧的环境与从容优裕的交游相融合,共同营造出一种极具古典诗性氛围的江南人文生活。

苏州汤宅具有超越实际地理性质的文化空间特征,以其优雅精妙的生活艺术而成为彰显江南古典诗性文化的心灵家园,这一物理空间由此成了精神意义的标记。① 在前往苏州之前,“他”因家道中落而在上海承受冷眼,又无意中卷入政治风潮而被打伤,可谓身心俱疲。与都市的繁华喧嚣、人心动荡相比,东山舒缓从容、富于情致的生活似乎颇能抚慰人心,“上海-苏州”的空间转换对应着现代与传统的二元关系,体现的是江南古典诗性传统对现代人心灵的疗愈慰藉。此外,小说更以珏儿这一形象作为江南古典诗性文化的象征,进一步强化与上海都市文化的对比,也为主人公“他”后来的生命抉择埋下伏笔。

珏儿是汤姆的妻子,生于乌镇颇有名望的江南氏族之家,出嫁之后并未随汤姆在上海定居,而是留在苏州汤家祖宅侍奉婆婆、料理家务。在上海时,“他”已见过珏儿的照片,“惊为天人”,视其为“静园幽兰”。在东山的诗意氛围中,珏儿更具江南闺秀风韵,譬如富于古典气息的穿着打扮,“穿了淡藕色的府绸小褂,浅香槟色的暗花缎裤,一身素淡,佩了串栀子花,淡雅却暗香袭人”,②且秀外慧中,善解人意,温婉可人,与汤家小妹的时髦浮夸恰成对比。更难得的是,珏儿聪敏灵秀,喜读诗书,深具清雅秀美的江南闺秀气质。小说叙写两人都喜欢李商隐《锦瑟》中的古典幽情,也都懂得欣赏书法艺术之美,都被《红楼梦》中“陋室空堂,当年笏满床;衰草枯肠,曾为歌舞场”的凄情所深深触动……处处可见彼此的心性相契。与“他”想要逃离上海一样,珏儿也不喜现代都市,宁愿远离汤姆待在老宅,同样包含的是对江南古典诗性文化的眷恋与持守。书中有一处细节,写夕阳西下之际,“他”绕园游赏,瞥见溪边竹

① Joseph Frank, 1991: *The Idea of Spatial Form*, New Brunswick and Landon: Rutgers University Press, p. 16.

② 范迁:《锦瑟》,上海文艺出版社 2019 年版,第 61 页。

林中露出一角凉亭，茅草覆顶而富于野趣——颇似《红楼梦》中的稻香村，珏儿则在亭中托腮对溪沉思，手边是一册《茶花女》——又如黛玉临水。东山的景、物、人，分明陌生却又令“他”大起亲切熟悉之感，“未曾想世事流转，今日竟然厕身其中”，[①]体现了深刻的情感认同与文化依归。

明清时期，江南已成为文化重镇，正如谭其骧先生所指出，宋明以后，“江南是当时文化最发达的地区，而苏州为其都会”。[②] 上海亦曾被称为“小苏州”，可见后者经济文化之繁盛。但随着近代城市经济快速发展以及由于战乱等因素，上海对周边江南地区的资本及人才逐渐形成虹吸之势，江浙一代地主官绅的资金大量流入上海，艺术名家荟萃，江南士绅家庭子弟也多承父命在上海求学、就业，在这一人口流动迁徙态势下，不同人群所携带的文化基因便以碎片化、虚拟化形态在都市中保存下来，其中自然也包括江南古典诗性文化一脉。然而，都市中的组织生产关系、人际交往方式相较于传统乡土社会已发生剧烈变化，华洋杂处、各方势力交织追逐的局面更形成思想观念的激烈震荡，身处新旧社会转型之际的知识分子在价值观、人生观方面受到的冲击是不言而喻的，文化撕裂、动荡所引发的内在精神危机亟须寻找出路。小说中的“他”自幼念私塾旧学，通读四书五经、诸子百家，写得一笔好毛笔字，有良好的古典文化修养，同时又有着清高狷介的个性。但家道中落、前途渺茫又使“他”忧郁落寞，更兼秉性柔弱，信奉明哲保身，对世事漠不关心，对政治更是避之唯恐不及。也因此，“他”对上海的海派时尚潮流、左翼革命风潮均敬而远之，在文化心态上始终偏于保守，近似于陈建华所指称的一类民国时期“新文人”，“不喜高谈主义，持一种传统文化本位的立场”“是江南文化的传人”。[③] 只是，舒缓优雅、从容蕴藉的传统文人生活方式在上海已成为遥不可及的梦想，只有在周边保留了较多传统文化遗韵的地区才能偶一窥见，譬如小说中的苏州东山。也因此，“他”对东山生活的由衷喜爱、对珏儿的倾

---

① 范迁：《锦瑟》，上海文艺出版社 2019 年版，第 66 页。

② 谭其骧：《中国文化的时代差异和地区差异》，见葛剑雄编《复旦大学历史地理学术经典·谭其骧卷》，上海教育出版社 2022 年版，第 252 页。

③ 陈建华：《紫罗兰的魅影：周瘦鹃与上海文学文化 1911—1949》，上海文艺出版社 2019 年版，第 186 页。

心爱慕，实则包含着现代都市焦虑体验之下无处安放的心灵诉求。

然而，《锦瑟》也写出了社会转型之际古典诗性文化空间的虚幻性、不可靠性。首先，大家族的锦衣玉食之下是复杂难为人道的家庭关系，妻妾争风吃醋、后代颓靡不振均隐然显示出颓败的征兆，对此，木心亦曾在回忆中谈及，“我少年时，江浙地区的书香门第都已败落，而富裕人家多数是醉生梦死，少数热血青年则投奔革命，吴文化根本不成气候”。① 小说中，“他”因身份寒酸而被汤家上下鄙夷，再加上无法克制对珏儿的爱慕而被老夫人察觉，不得不狼狈离开东山。与宝玉被逐出太虚幻境相仿佛，“他”在梦中将一切看得清清楚楚：“忽然一颤，宛如颟顸地走过一座危桥，刚踏上彼岸，只听身后一声裂响，惊悸回首，正瞥见断桥坠入深渊。”②而在现实中，“偌大的宅子好像漂浮在一片白茫茫雾气之上，只有黑色鳞次栉比的檐首看得分明”。“断桥”“漂浮”等语写出了看似森严凛然的古旧大宅却已在时代动荡中日益虚浮、颓败之势。古典诗性文化的形成得益于历史上特定时期的经济富庶、人文荟萃，却早已随着封建社会走向衰落而危机四伏，它无法再提供稳定有效的文化支撑，这一点在《红楼梦》中即有所体现，至 20 世纪上半叶的社会变局下更为明显。其次，从个体来看，“他”自幼承受古典教育熏陶，熟谙诗礼文化，但面对社会变局却毫无作为，在为人处世方面亦多有可叹之处。“他”在圣约翰大学学习西方现代政治经济学，私心却认为中国毫无希望，既不赞成学习西方民主制度进行社会改良，也排斥革命风潮。富家女艾茉莉热心于学生运动，“他”嗤之以鼻：“你汤小姐屋里厢要铜佃有铜佃，要权力有权力，还要争取啥？我一介穷书生，可是奉陪不起。”③而在远离政治的清高狷介背后，则是务实精明、自以为得计的私心，“所有生物最高的律令就是保存自己，然后是繁殖后代。……还是中国老祖宗讲得直接：人不为己，天诛地灭”。④ 因此，“他”对艾茉莉的示爱欲拒还迎，“他从自家的境遇看透了钱财在人生中是何等的重

① 李宗陶：《木心：我是绍兴希腊人》，《前辈》，二十一世纪出版社 2012 年版，第 98 页。

② 范迁：《锦瑟》，上海文艺出版社 2019 年版，第 111 页。

③ 范迁：《锦瑟》，上海文艺出版社 2019 年版，第 12 页。

④ 范迁：《锦瑟》，上海文艺出版社 2019 年版，第 24 页。

要。他不愿意一结婚就被油盐柴米羁绊住。女家必须富裕，至少要是殷实人家。那么，艾茉莉不是现成的对象？”尽管他“对那张大饼脸一丝情绪都提不起来”，[①]却还是虚与委蛇、假意应酬。此外，“他”在性冲动之下与佣人阿香发生关系却又毫不在意，对恽姐来者不拒而后又狠心离开、弃其于不堪之境……小说对“他”的性格刻画深入细腻，既写出其优雅矜持、颇见艺术品味的文人风度，也展示了“他”自私怯懦甚至冷酷无情的个性底色——在一种精英文化臻于烂熟而走向衰败之际，两者往往互为表里。

二、迷路花开：都市遗魂与乡土新声

在现代都市中，作为整体性生活世界意义来源的江南古典诗性传统已经消逝，而以碎片形式在交游、商业消费等日常生活方式中保留下来，譬如当代都市中的文人雅集、饮食文化、器具清玩等。这一文化记忆在小说后半部分所涉及的20世纪50—70年代城市公共空间中难以生存，只能在私人居家场景中偶有体现，起到慰藉身心的作用，但在构建起心理防御机制的同时也遮蔽、过滤了现代社会转型之际的新生文化质素，延宕了个体感觉结构的现代转型，无法激发出向上的力量。与此同时，江南文化中的乡土一脉却以其粗犷坚韧而融入到新的都市文化中，成为个体生命风雨飘摇之际的重要支撑，显示出江南文化不同脉络在历史变动中的差异性走向。

新中国成立后，“他”被调回上海，在民政局工作。珏儿在老夫人去世后，也随同汤姆一起居住在上海，三人再次相遇。世易时移，昔日富豪已成惊弓之鸟，汤姆被佣人揭发私藏枪支并因此入狱，“他”为之多方奔走却无济于事。最终，汤姆在青海劳改期间死去，珏儿备受打击，伤心之下与他结婚。但短暂的幸福与平静又随即被打破，曾经与“他”有一夜之欢的佣人阿香带着两人的孩子寻上门来，毛姨儿子寻衅滋事而导致珏儿流产，珏儿又查出肺病……与此同时，“他”在单位被划为“右派”，又因清高狷介的个性而与同事屡起争执，

① 范迁：《锦瑟》，上海文艺出版社2019年版，第41页。

一天天陷入乱麻般的生活，与亲朋好友逐渐疏离，人生渐渐灰败下去，“才三十出头的夫妇，变得像五六十岁的老年人”。“他”看似得偿心愿，却在内外交困之中进一步趋向没落。两人虽身处上海，却始终与都市、与时代有着疏离感。珏儿不问世事，与外部世界完全脱节，“他”起初劝珏儿出去找事做，珏儿惊愕且不屑。无论是以前纸醉金迷的旧上海，还是后来掀起城市改造风潮的新上海，都令她感到陌生不适。她秉承江南传统旧式女子的温婉与保守，既难以像现代新女性(如毕嫌)那样读书、工作，也无法如阿香一般以市井智慧、草芥般的生命力来应对动荡的时代，她的美丽柔弱在江南诗性文化中自有其不可抗拒的吸引力，但在都市繁华抑或革命文化中均显得落得苍白萎顿，魅力全无。在长居上海、热衷于现代时髦潮流的汤姆眼中，珏儿不过是个普通的乡下老婆，革命者诸君山也认为珏儿如“温吞水”一般无趣乏味，他们的态度令钟情于珏儿的“他”困惑且愤怒不已。同样地，在忙于革命工作、积极要求进步的小崔眼中，珏儿也只不过是个“老公私藏手枪被捉起来的那个女人”，是个“反革命家属”，强烈反对“他”与珏儿结婚。这里不仅显示了不同文化背景下审美心态的差异，也暗示了江南古典诗性文化在时代风潮下注定没落的命运。小说中，珏儿对夫妻之事不感兴趣，而两次主动索爱都是在极具古典气息的传统文化语境下发生。其中一次是回东山安葬汤姆的骨灰，他们住在一处颇有苏式园林韵味的旅店中，房内古色古香，点着老式煤油灯，靠墙一张雕花繁复的古董乌木大床，“他”一句戏称“洞房花烛夜”，惹动珏儿情兴。另一次则是在阿香携子上门寻父之际，珏儿虽然不快，但这一旧式“妻妾”关系却显然带给她别样的刺激，“动静大到连他都不敢相信”，“他”尚有惶恐之意，珏儿却毫不在乎。这仅有的两次例外似乎显示了，在现代生活(都市及革命)中被压抑的激情与欲望只能在一种梦幻般的古典情境中被唤醒。

珏儿重病之际，话题总是离不开乌镇和东山，她记念东山新鲜的枇杷、杨梅、太湖白鱼，交代要将自己葬在太湖边。珏儿去世之后，其姐姐与“他”通信，描述珏儿年少时往事，他仿佛看到，“一个活生生的小姑娘在乌镇青山绿水中跃行跳跶，豆蔻渐长，春华初开，渐渐地蜕化成一个宜室宜家的淑女”。江南少女的清新可喜与都市哀怨少妇的对比令人伤怀。而晚年的“他”亦躺在瑞金医院的病床上，沉浸在幻境与现实交织的回忆中：“画面明亮清晰，人物自由而率性。特别是早年情景，清晰如斯：他看到小小的自己在扬州大宅子里疯跑，穿过一间又一间幽暗的厅堂。……天空澄蓝悠远。房檐间的燕子呢喃，相亲相爱。”①江南旧时情景的温馨与美好尽在其中。小说中，另有一处情节可堪玩味。“他”在东山安葬珏儿后，住在两人曾缱绻缠绵过的旅店中，夜晚看到一只奇特的翠绿壁虎，第二日听柜台先生说起当地传说，金色蛤蟆是男人的精魂转世，翠绿壁虎则是女人精魂所系，叫金蟾玉虎。寻常难遇，只有亲人才能见到。借由神秘缥缈的精怪故事，“他”与珏儿命运的文化象征意义浮现出来：他们仿佛是江南诗性文化的一缕精魂，或也可说是一对孤魂野鬼，飘荡在千百年未有之时代变局中，留恋着、试图挽留那正在消逝的古典辉光，后者在20世纪时代变迁的背景下仿佛梦境中开出的艳丽花朵，其缥缈哀愁之美正与李商隐“锦瑟”相印证。

与此同时，江南文化的另一面向却也隐然出现，且蕴蓄风雷之势，以新的质素融入到现代社会转型及上海城市文化变迁中，体现出历史文化自我更新机制的复杂性。小说中，“他”被逐出东山汤家而走投无路之际，在诸君山指点下前往苏北革命根据地，沿途所见均是凋敝衰败：

> 一路上经过大小乡村，使他印象深刻的有两件事，一是人口的密集程度。这片盐碱化严重的荒芜土地上竟会有那么多人口。虽然晓得中国总人口有四万万之多，一个无穷大的数目，但那只是个抽象数字，直到他亲眼见到苏北农村的人满为患，在小镇上，村庄里，田沟里，晒场上，到处是面黄肌瘦的大人和衣不蔽体的小孩子，成排地蹲在地上，木然地注视着路人。而是难以描述的贫穷。……他是见识过大上海的贫富悬殊，但从未见过如此惊心动魄的赤贫。②

这一节描写充分呈现了近代以来在帝国主义入侵及国内畸形经济体制下江南农村社会的衰败现实。尽管“他”对政治并不感兴趣，看到种种场景也

① 范迁：《锦瑟》，上海文艺出版社2019年版，第350—354页。

② 范迁：《锦瑟》，上海文艺出版社2019年版，第130页。

不由动容,虽然不认同诸君山所谓“在苏联,人人有饭吃,人人有工做”,但对革命却有了新的看法。到达根据地之后,虽然生活贫困,但“他”却“感受到一股新鲜蓬勃的气象”:

> 盐城和他一路上见的一样穷困,老百姓面有菜色,破衣烂衫腰间扎根草绳,但脸上神色舒展,腰背也好像直了些。他也见到军队调动,浩浩荡荡不见首尾。一切都显示着此地有一股巨大的力量潜伏着,涌动着,也许真的像诸君山说的,江山是要变色了。①

在古典江南诗性文化式微之际,底层民众的力量隐然待发,革命文化的勃兴体现着历史能量的转化。古典诗性文化本是起自民间的积累,在其发展、成熟的过程中日益趋向精致高雅、富丽柔靡,质朴清刚之气渐颓,终于在强大的外来文化冲击面前变得不堪一击……鲸落万物生,地火运行中则又有新的生机涌现。《锦瑟》借助于日常生活叙事,展示了江南文化与红色革命文化、都市文化之间相互吸纳转化同时又不乏颉颃的复杂动势。在小说后半部分,“他”和珏儿所认同、依恋的诗性文化失落之后,阿香所代表的朴实粗砺的江南乡土文化一脉却持续顽强生长,体现出富于韧性、弹性的特征。

阿香是“他”在圣约翰读书时房东家的佣人,比“他”年长,外貌平庸但性情忠厚。从一开始,她就对这个清俊却贫穷的大学生万般爱怜,私下里匿名送钱给他。“他”看不起阿香,却还是接受其赠予,同时也对阿香的肉体充满欲望,在“他”的强求下,两人发生了关系,但阿香却不敢有所声张,“他”也并不放在心上,“一个地位低贱的女佣人,一个屈从惯了的灵魂,任何人都可以予取予求,而不用付出太大的代价”。日后“他”更将这段关系抛诸脑后。直到“他”与珏儿成婚后,阿香才再次出现,还带着儿子,这令“他”惊恐万分。但阿香寻亲实因走投无路,她不提多年来抚养孩子的种种辛苦,只求留在他家当佣人,让儿子能活下去。世事难料,福祸相依,这意外的插曲虽令珏儿与“他”短暂反目,却为这个家庭带来转机。阿香本分勤勉、善良淳朴,精打细算过日子,同时悉心照料两人,“这个家,还亏了阿香勤俭把持,摇摇欲坠地维持

---

① 范迁:《锦瑟》,上海文艺出版社 2019 年版,第 135 页。

在那儿”。小说不仅细致描写阿香对“他”和珏儿的感激与照顾，且借此道出“他”对难以预料之生命际遇的感叹：

> 在某种程度上来说，男人的坚韧性不如女人，书生的抗打击的能力不如底层草民。中国人奉行上智下愚，男尊女卑，但紧要关头却反过来了。正谓水上浮花，水底磐石。没有阿香撑住他，他也许逃不过种种厄运。
>
> 这个扎了一个乡下老妈子的髻，头发花白，满面风霜，全身关节开始变形的女人，是他在人世间最后的倚靠。他不敢想象，如果没有阿香，他一个人怎么面对这个险恶的世界。①

关于江南民间文化与上海城市文化之间的关系，上海文学中向来有诸多书写。譬如，王安忆不仅在《我看苏青》中以苏青式“乡下人的执拗”作为上海摩登的底色，写出这种源自民间的生命力、韧性与上海城市生活方式、文化心态之间的紧密关系，②且在小说《上种红菱下种藕》《富萍》中构筑了富于江南乡土文化记忆的城市生活空间场景，对上海城市的多元面向多有表现。范迁的《锦瑟》也同样体现了这一文化思考。小说中，阿香虽与“他”育有一子，却处处以佣人自居，在珏儿死后才逐渐亲近“他”。在点点滴滴的日常生活中，原本关系边界模糊、介于雇佣关系与家庭关系中的两人日渐生出亲情，直至同床共枕。更难得的是，儿子也终于肯开口叫他“阿爸”，这意味着亲情伦理的正式确认。三人在艰难岁月中借由民间劳作关系、素朴伦理意识的联结而构建起稳定的“家庭”关系，与周遭人事也由紧张对抗关系而转为顺服，从而在瞬息万变的动荡世事中拥有了稳定的心理感觉结构与社会关系，这似乎印证了“他”早年在火车上所看到的一幕：“对面的老夫妇，衣着寒酸，举止也粗俗，肯定是下层社会中最不起眼的一对。但这两个老人的神态有一种怡然自得，好像人生虽然普通，但通透明净，而且打磨得严丝合缝，自成一体的样子。……只有到了一定的年纪，你才有可能和这个世界，和你所处的时代，和

---

① 范迁：《锦瑟》，上海文艺出版社2019年版，第352页。

② 王安忆：《我看苏青》，见王安忆著《寻找上海》，学林出版社2001年版。

你周围的人磨合得流畅圆融，像水流在河道里受到限制却又随心所欲，无所不能。”①“他”前半生耽溺于与珏儿诗意婉转、百转千回的情爱，到了晚年身心俱疲之际，与阿香却正如这对老夫妻般，寒酸粗俗至极，却能彼此支撑着走下去。至此，小说中的两路江南文化脉络与上海都市文化的关系清晰可见，一路是江南古典文人文化，带着优雅没落的怀旧气息，在 20 世纪中叶的社会转型中难以为继；另一路则是江南民间乡土文化，一部分汇入革命洪流而构成上海城市中红色文化的基石，另一部分则以记忆碎片形式散落于都市民间，在时代动荡中为个体生存提供可资依靠的物质及心理资源。

三、以诗情写世情：古典抒情美学精神的接续与转化

小说《锦瑟》借由主人公情之所钟，描绘了江南古典诗性文化的美与哀，此外亦对江南文化中的其他面向与都市文化的融合略作探寻，但就总体情调而言，是以“人生如寄”“世事如棋”之思，传递对个体生命与文化变迁之复杂关系的感受与思考，体现出一种颇具出世意味的文化诗学，体现出对中国古典文学中命运盛衰、历史兴替抒情美学的接续，并效法《红楼梦》、诗歌《锦瑟》等作品中的叙事手法、艺术境界，以虚实相生的方式建构蕴藉朦胧的诗性美学意境，将之与世情叙事传统相融合，在很大程度上丰富并拓展了当代汉语小说的文化诗学叙事。

《锦瑟》如《红楼梦》般“大旨谈情”，以风月言情的方式呈现江南诗性审美精神，②在细密饱满的男女情爱叙事中寄寓历史兴替之感。内中又蕴含佛道出世之思。小说中，与主人公“他”产生情爱纠葛关系的女性先后有五位：阿香、艾茉莉、珏儿、恽姐与毕婵。细察人物的身份、性情以及情感关系模式，颇可见出《红楼梦》的影响。“他”出于肉欲冲动而与温柔善良的佣人阿香发生

① 范迁：《锦瑟》，上海文艺出版社 2019 年版，第 282 页。

② 参见葛永海：《六朝江南都市艳歌的生成机制及其历史流变》，《上海师范大学学报(哲学社会科学版)》2012 年第 3 期；葛永海：《“言情以启蒙”的主题标举与文化超越——明清江南文学精神的一个考察维度》，《上海师范大学学报(哲学社会科学版)》2014 年第 3 期。

关系——如同贾宝玉与袭人；迷恋于美丽性感的恽姐，在她那里领略男女性爱的极致体验——如同宝玉在可卿房中的难忘梦境；从世俗功利角度来看，富家女艾茉莉以及冷静理性的上海姑娘毕嬅均是婚姻对象的上佳人选（颇似宝钗），但“他”却对“金玉良缘”心如止水，唯独对富于性灵之美、如黛玉般清雅脱俗的珏儿难以割舍、念念不忘。同时，小说又如《红楼梦》般以花喻人，如珏儿与恽姐之对比：前者秀丽淡雅如东山之梅，使“他”沉浸于古典诗性之美，后者则艳丽多姿如灼灼桃花，带“他”品尝男欢女爱的极乐境界。也因此，“他”最重要的两段情感经历仿佛“生命中的两场花期”，“一场是在太湖边上的梅园，一场是眼下苏北的桃林。像在戏台上一样，都是由一个可望不可即的女人相伴，在满地落英中踽踽而行”。[①] 此外，珏儿与阿香之角色关系，亦与《红楼梦》相呼应。珏儿的性情近于黛玉，体现属灵一面，阿香则与袭人身份相近，其名字亦合“花气袭人”，虽无法令“他”真正动心，却有肌肤之亲，且忠心耿耿，同样暗合了《红楼梦》中灵与肉、精神与世俗的分野——在小说中被用于呈现江南诗性文化与乡土文化的差异。不过，文与野、雅与俗之间又非截然对立，而有着内在的相通与转换：《红楼梦》中的袭人与蒋玉菡（宝玉的俗世分身）成婚，体现了另一种“圆满”，[②]刘姥姥携带着乡间伧俗之气现身，日后反而成为救助贾府幼女、延续贾府血脉的重要人物；同样地，在《锦瑟》中，阿香始终被“他”嫌弃，却在珏儿辞世后成为“他”晚年唯一可依靠之人。

除了人物形象、情节关系的呼应之外，小说又以极致对比手法呈现色空之悟，以体现“悲凉之雾，遍被华林”的艺术效果。譬如，以浪漫诗意笔触铺叙“他”与恽姐在野外茅屋中的缠绵缱绻：“剥去外部世界加之的桎梏，还原于人之赤裸本相：一个男人和一个女人，进行着开天辟地以来最基本的动作，辗转床笫，起伏翻腾。心灵释放，肉体解梏，飞扬携沉潜并存，痛苦与快感同受。”此际，尽管前线战事吃紧，国事混乱、金融溃败的消息不断传来，但天地间仿佛只剩下一对男女，家国大事已被抛诸身后。两人回到驻地，才知部队已经

---

① 范迁：《锦瑟》，上海文艺出版社2019年版，第179页。

② 白先勇：《白先勇细说〈红楼梦〉》（下），广西师范大学出版社2016年版，第999页。

攻下南京并进入了总统府,“在一个春雨濛濛、桃花将谢未谢的苏北四月天,一对男女在茅舍里你侬我侬,肌肤相亲的时刻,外面的世界真的颠覆了”。① 水汽氤氲的江南情调淹没了宏大话语。这种注目于个体情爱、隐去历史及政治话语的世情叙事笔法近似于张爱玲笔下的《倾城之恋》,更上承红楼的情近旨远。然而,“情”的痴缠最终难以抵抗幽深难测、无情决绝的命运之力。很快,两人的私情败露,“他”在权衡利弊之后选择离开,接受组织安排回到上海,恽姐则精神失常,被禁闭在柴房畜栏的稻草堆中,一个美丽的生命就此陨落。小说中写“他”听说恽姐发疯之际如五雷轰顶,脑海中浮现一幕画面:“万里明月之下,一个裸体的女子在淮河滩上翩翩起舞,身心舒展,若无旁人。虽是裸体,却无半点猥亵之意,只是脱去平时压抑之后,呈现出来人性的通透与本质。跳舞的女子甚至不具备肉身,一缕灵魂脱窍而出,如蝶之翩跹,如鱼之跃空。荒凉河滩直如天设之舞台,水光一色,无尽伸展,月色如染。女子的舞姿极尽缠绵,也极尽哀伤,令人不敢逼视。”“情”之美与罪如此紧密相连,令人唏嘘,“他在一瞬间瞥见人世间缘起缘灭,只起于一个‘情’字”。② 而珏儿之死更使他彻底顿悟,如窥见宇宙间至深的真相:“众生在生死两界之间奋力挣扎,辗转不安。尘世昏昏,月升日沉。冥界寂寂,万物归一。一旦跨过这条界线,所有的喧嚣立即平静下来,如日月交替,沉入一片无尽的虚无之中,生死契阔,茫茫无际。”③无论肉身痴缠抑或性灵交融,“情”的结局均为幻灭。这一书写与《红楼梦》何其相似:宝玉最终大彻大悟,随僧道而去,隐入茫茫雪地。此外,更足以证明两部小说内在精神联系的是,《锦瑟》中的“他”在紫金庵遇见一个道士,后者亦如空空道人般念出一段偈语:

青灯黄卷紫金庵,牛鼻道人说玉缘。
太虚幻境常寂寞,色空之地多迷情。
三生石上前世定,蓦然回首曾相识。
红尘几世勘不破,半为孽债半为心。

---

① 范迁:《锦瑟》,上海文艺出版社 2019 年版,第 182—184 页。
② 范迁:《锦瑟》,上海文艺出版社 2019 年版,第 194 页。
③ 范迁:《锦瑟》,上海文艺出版社 2019 年版,第 338 页。

改换门庭求达意，身心两端不由己。
芳魂已逝月方圆，蓝田种玉收成难。
火到炽时燃己身，情到深处也折损。
世人哪识其中谛，飞蛾投火犹痴迷。①

这首偈语中暗示了后续诸多情节，太虚幻境隐喻苏州东山汤家，“曾相识”以宝黛初见之惊隐喻“他”与珏儿的灵犀相通，“改换门庭”“身心两端”则对应“他”后来参加解放军却始终在政治旋涡中不辨方向，“芳魂已逝”“蓝田种玉”两句写珏儿流产、死去，“他”却意外得到另一对母子。起首的“青灯黄卷紫金庵”与结尾处的“世人哪识其中谛”，则直接呼应《红楼梦》中的青埂峰下说因缘，以及第一回中的“都云作者痴，谁解其中味”。偈语如同整部小说的缩影——无论内容意蕴还是修辞语汇均与《红楼梦》形成密切的互文关系，是以诗情呈现世情之作。

小说题名取自李商隐《锦瑟》，情感主题同样是追怀，且以诗性审美精神、含蓄蕴藉的朦胧意境而向其致敬。范迁在后记中提及一张照片，是父辈1948年在上海圣约翰大学毕业时的合影。照片中人物均英气蓬勃，神情昂扬，中英文俱佳，是那个时代的天之骄子。后来，他在美国目睹这一代人飘零海外，老去之际锋芒尽挫，“景况好一点的做个寓公，际遇差一点的住在政府老人院。如天涯浮萍般地时聚时散，聚到一起时打打桥牌，吃吃饭，缅怀一下以往时日，仅此而已。散时便无影无踪，消声灭迹于某张贫民医院的病床上，当年的雄心抱负连影子都不见”。对此不由感慨，“这一辈人已经到了凋落殆尽之际，在舞台熄灯之时，有谁还记得他们也曾风流倜傥，意气飞扬?”②这是小说写作、人物构思的缘起。范迁身居海外，所见之人多为早年自大陆赴海外者，却在小说中试图呈现那些“留下的人”在时代动荡中的经历，也可说是一种“庄生梦蝶”——想象父辈同龄人在另一平行时空中展开的命运轨迹。也因此，与国内书写个体浮沉的作品相比，以海外视角写成的《锦瑟》别具一

① 范迁:《锦瑟》，上海文艺出版社2019年版，第72页。
② 范迁:《锦瑟》，上海文艺出版社2019年版，第358—359页。

种静观而悲悯的疏离感,既不同于传统现实主义的社会剖析叙事,也不同于取法现代主义的新历史书写,而是接续古典抒情美学精神,以“一弦一柱思华年”的忧伤哀婉情绪追忆往昔,又以含蓄内敛的笔调、富于象征主义的手法而将历史中的歌哭悲慨化为一缕轻烟般的叹息。范迁出身于画家,笔下诸多场景极具画面感、氛围感,又呈现出层次丰富的景深,既有精细白描,又糅入诗情写意,小说虽为“幻境”却似实景,又往往以“象”的方式呈现泣泪成珠、良玉生烟之心景,譬如前文所述东山梦醒的象征性,以及梅花、桃花等意象,连人物名字(如珏儿)亦是意象。此外,小说3章49节的布局也富于象征意味——“他”死去时亦49岁,对应“锦瑟无端五十弦”之哀伤探问,正可谓余一断弦至今。如此种种,皆是小说构思精巧处,也是作家的苍茫文心所在。小说结尾处以一幕场景收束全书:

> 就在他弥留之际,在罗湖海关,一个胖胖的中年女子正准备入关。警察检视她的美国护照:汤女士,请问您这次旅行的目的?女子说:到上海去看亲戚朋友呀。廿多年没见着了。警察在护照上敲了入境章,说:祖国欢迎您,一路顺风。①

行文至此,戛然而止。此中年女子应是当年的汤家妹妹艾茉莉,也可说是一切故事的缘起:艾茉莉钟情于“他”,介绍“他”认识哥哥汤姆,于是有了东山之行以及其后与珏儿的悲欢离合;同时,由于艾茉莉积极参与革命,诸君山才注意到“他”,并力劝其前往苏北根据地,又与恽姐发生一段孽缘……令人啼笑皆非的是,一边是原本明哲保身的“他”陷入政治旋涡,在夹缝中求生存而不得;一边则是热衷于“革命”的艾茉莉在改天换地之际出走台湾,20年后物是人非之际,却又云淡风轻地归来……这一画面感极强的结尾极具戏剧化效果,却又分明带着令人敬畏的命运象征意味,正如冯至在《十四行集》中所写:“过去的悲欢忽然在眼前/凝结成屹然不动的形体。”语言所难以传达的命运诡谲之感,在这一场景中赫然显现,同样是诗情与世情融合的体现。

小说虽然始终紧贴并深描主人公“他”的内在精神世界,以之为基准而调

---

① 范迁:《锦瑟》,上海文艺出版社2019年版,第357页。

校叙事语调与叙事节奏，却时时有局外返观之语，以主人公的心理感受描写体现作家在长期海外经验中形成的生命感觉结构及历史视角，譬如在恽姐发疯之后顿悟“情”之旋起旋灭，以及后来追思珏儿时的痛切感怀，“在这白驹过隙的一瞬间，灵魂升降，意识明灭……庄生迷蝶，望帝杜鹃，逝者未远，情深缠结，一缕魂魄，物我两忘”。临终之际，“突然进入一条时光甬道，很清晰地看到一路走来的人生”。诸般出离身外之感，寄寓了个体在偶然间触及生命无常真相时的绝大悲哀，以及无以名状、无法消解的忧伤，这使得主人公别具一种冥想沉思的气质，往往能出入于现实生活与超然世界之间，这一虚实相生的手法成就了小说朦胧繁复、恍惚迷离的艺术境界，堪称李诗在当代的跨文体回响，体现出海外汉语文学写作以及汉学研究的一种独特路径，即历史抒情化、审美化倾向。小说尾声部分引用穆旦的诗歌《冥想》，恰如其分地印证了主人公/作家关于个体命运及其与历史关系的冷静感受：

但如今，突然面对着坟墓，
我冷眼向过去稍稍回顾，
只见它曲折灌溉的悲喜
都消失在一片亘古的荒漠。
这才知道我的全部努力
不过完成了普通的生活。

据范迁自述，这首诗亦是他写作的动机之一。1953 年 1 月，穆旦怀抱热情与才华，带着“贡献给中国的礼物”[①]自美国返回中国，历尽悲欣之后写下这首诗。《锦瑟》中的“他”并无穆旦的远大抱负，也未能如后者般以对个人岗位的坚守（翻译工作）而于困境中持续发扬生命热力，但有一点却是相通的，即都遭遇了意料不到的时代变局并在其中挣扎求生存。可以说，诗人的回望、小说的写作均可见出作者自身跨文化生命体验的交互参证，而小说《锦瑟》对《冥想》一诗的援引，也可看作是跨越时空的海内外文学互动、历史经验互动。

范迁的《锦瑟》是先有单行本而后在《收获》发表，《收获》主编程永新以阅

① 张新颖：《九个人》，译林出版社 2018 年版，第 113—114 页。

读之“惊艳”[①]来解释这一不同寻常的出版行为，亦可从侧面证实小说独特的艺术魅力。作家对江南文化深刻而细腻的感受与思考，对20世纪转型期中国文人内在精神世界及其文化源头的洞察与艺术化表达，使得小说整体呈现出含蓄蕴藉的超越性审美意境，在诗性审美与世情叙事方面达到了很好的平衡，体现出基于海外生命体验的文化诗学叙事视角，极大地丰富并拓展了当代汉语小说的艺术审美境界。

① 程永新与范迁、毛尖的对谈，2019年12月7日，朵云书院。

我们终将老去……

——评薛舒的“生命两部曲”

胡　笛①

摘　要　薛舒的“生命两部曲”《当父亲把我忘记》《生活在临终医院》是一部真正意义上的生命教育之书。她忠实记录了父亲因阿尔茨海默病衰老、失智、失能、走向生命尽头的过程，也坦诚地揭示了家人面对父亲疾病的种种复杂心境，母亲的抗拒、崩溃、适应，自己的恐惧、坚强、自责。作者回顾了父亲一生，在家庭、家族、社会中所承担过的各种角色，思索他的生命价值和意义。同时也呈现了临终医院里的生态、护工们的生活等较为边缘的角落。衰老是我们所有人终将面临的课题，如何面对生命不能承受之重，生命两部曲给出了它的答案。

关键词　困境　生命的意义　衰老

一、阿尔茨海默病患者的处境和家人的困境

阿图·葛文德在《最好的告别：关于衰老与死亡，你必须知道的常识》一书中曾说：“我们所要求的就是可以做我们自己人生故事的作者。故事总在改变。但是无论发生什么，我们都想要保持按照与自己个性和忠诚一致的方式，塑造自己生活的自由。这足以说明为什么威胁到我们个性和记忆的身与

① 作者简介：胡笛，文学博士，华东师范大学博士后在站，现供职于上海市作家协会，主要研究方向为中国现当代文学。

心的背叛是对我们最可怕的折磨。”①

无论处于何种年龄阶段的人都会想要自由掌控自己的人生,自主性是人之为人的精髓。但总是会有意外让部分人丧失自主性,阿尔茨海默病(Alzheimer's disease, AD)就是让人逐渐丧失记忆、自主性的一种折磨。《当父亲把我忘记》开头部分,作者就点明了AD病人与普通病人的最大区别就在于,他们无法带着爱和尊严走到生命最后一刻,他们最终将无知无觉。

文中完整记录了父亲疾病的整个过程。起初,父亲的征兆并不明显,但是令人感到窘迫和尴尬,他无中生有臆想母亲出轨,为此自怜自哀或暴跳如雷,并开始在金钱上斤斤计较。这些个性上的突变让家人误以为是更年期,并未意识到是AD的萌芽。这类型的精神状态,福柯在《精神疾病与心理学》当中曾经提到过遗忘症,“疾病能够抹去一些东西,也能突出一些东西;它在一个方面废除,却是为了刺激另一方面;疾病的本质不只是存在于它挖出的空洞中,也存在于用来填满这个空洞的替代活动的积极完满中”。② 阿尔茨海默病抹掉了父亲很多记忆,同时也释放了他潜意识中压抑已久的情绪。作者也敏感地认识到这一点,她结合父亲的个人历史给出了解读,“也许几十年来母亲对他的家庭出身流露的鄙视态度,以及母亲对经济的全权掌控,让他积累了一大堆‘屈辱’的记忆。……现在想来,那只是他依然坚强的内心要求自己必须表现出足够的修养和气度,事实上他很可能隐忍了一辈子”。③ 文中最为难能可贵的就是作者对所有人真诚而残酷的剖析,直抵人性的复杂和真实。

文中一个重要片段是父亲意识到自己患病的场景,在与女儿的争执过程中,女儿情绪失控告诉了他真相,父亲流露了他的脆弱和不堪,是既残忍又动人的片刻,承认自己患病是作为父亲、作为一个曾经健康的社会人自觉尊严丧失的开始。

> 他抬起头,沮丧和悲哀的目光看向我:女儿,你是不是觉得爸爸的脑

---

① [美]阿图·葛文德:《最好的告别:关于衰老与死亡,你必须知道的常识》,浙江科学技术出版社2023年版,第128页。

② [法]米歇尔·福柯:《精神疾病与心理学》,王杨译,上海译文出版社2019年版,第26页。

③ 薛舒:《当父亲把我遗忘》,上海文艺出版社2024年版,第52页。

子有问题？爸爸会对女儿撒谎吗？

我依然毫不留情地大声告诉他：假如你认为你说的那些事是真的，那么我觉得你的脑子的确有问题。

…………

为什么要瞎想那些没有的事？爸爸，从小到大，我一直以你为家庭创造的一切骄傲，我还写过一部长篇小说，叫《我青春的父亲》，写的就是你啊……

昏暗的灯火下，我忽然发现他的眼角有泪渗出，而后，我听见了哽咽声，他哽咽着说：对不起，女儿，对不起，是爸爸不好，你不要把爸爸的坏写进书里，我伤害女儿了，对不起……①

这是父亲为数不多的清醒，更多的时刻他几乎一直处于抗拒状态，无论是女儿想用新的技术还是药物，“不要再忽悠我，以为我真的脑子有病？不要你管！滚，给我滚！”作者即使深陷情绪的泥沼里，仍然保持着一种清醒和理解，试图分析父亲的心理，他的抵抗“都是在争取他的自由和自尊”。

文中有两个细节，父亲即使已经丧失了很多记忆，仍可见其善良孝顺和自尊的底色。父亲面对瘫痪的老丈人，“他伸出手，开始替病床上的老人揉捏因长期卧床而僵硬的双腿，手法依然熟练，仿佛那是他与生俱来的本能”。他最后一次回到故乡时，连妻子都经常认错，但在故乡亲友面前没有表现出严重的病态，甚至可以偶尔有一些笼统的微笑和问候，“我想象着，倘若他还尚存一丝心智，他想要做的最后一件事，大概就是维护他的自尊了。他用他退化的智能竭力保全着自己的面子，即便忘了一切与他有关的现实，支撑他精神的核却没有消失”。②

随着父亲病情的加重，他逐渐丧失在时间和空间中自我位置的辨认，记忆开始错乱，失去生活自理能力，随地大小便，“他一无所能，不认识任何人，不会说话，更没有能力主宰自己，哪怕换一个躺的姿势”，“进食是他最后的

① 薛舒：《当父亲把我遗忘》，上海文艺出版社 2024 年版，第 55 页。

② 薛舒：《当父亲把我遗忘》，上海文艺出版社 2024 年版，第 225 页。

智商”。[1]

当读完整个非虚构故事时，我们才会明白，开头这个暴躁的、脆弱不堪的、无奈的父亲，走向丑陋、萎缩的父亲，曾经是一个年轻有为、豁达开明、多才多艺的家庭顶梁柱；才会明白让这个强壮有力的父亲接受自己的疾病与衰老是多么残忍。

薛舒的真诚也在于她毫不避讳母亲和自己的困境。母亲起初也是抗拒的，她并未辞去退休后的兼职工作，“我知道，与我一样，母亲也在逃避，逃避一份情感完全负载于她一个人身上的压力。虽然她已是一个六七十岁的老妇，可她一样希望拥有自己的生活”。母亲似乎并没有按照惯常对于老年女性的想象，以一己之力默默承担家庭的重担，她不断强调她不擅长照顾病人，她不喜欢伺候人，对她而言工作才能让她有存在感和价值感。作者从历史角度对这一代劳动女性进行了分析，“他们是在社会主义新中国成长起来的第一代钢铁战士，我的母亲，就是这样一个老‘铁姑娘’，给她劳动的权利，就是对她最大的褒奖”。[2] 同时也从家庭角度定义了母亲的角色，父亲长期的宠爱，母亲不需要为重大事件拿主意，便失去了拿主意的能力，成为一个看似果敢实际上犹豫软弱的女人。读到母亲辞去工作专心照看父亲这一节时，我们看到一个旺盛生命力被消磨的过程，“她从态度和蔼的劝解到情绪焦灼的呵斥，直至最后的默不作声，她想用不回答、不应对来息事宁人”。这是一种巨大的牺牲，伴随而来的自然是无数的抱怨。抱怨命运的不公平，“退休了，还没让我享福，就要我来伺候他了。我真是倒霉，我怎么会嫁给他?”作者揭露的不仅是母亲的困顿，也是人世间所有夫妻的困顿，“世上没有一对完整和公平的‘老来伴’，总有一个人要牺牲更多”。[3] 但中国女性的伟大之处也正在于她们对于生活的适应能力和对家庭的奉献精神，母亲最终还是成了那个负重前行的人。

作者的笔伸向自己时更加利落，阅读中我们能够感受到作者似乎时刻在

---

① 薛舒：《生活在临终医院》，上海文艺出版社 2024 年版，第 3 页。
② 薛舒：《当父亲把我遗忘》，上海文艺出版社 2024 年版，第 168 页。
③ 薛舒：《当父亲把我遗忘》，上海文艺出版社 2024 年版，第 27 页。

克制自己的情绪，在那些崩溃的情绪爆发之际仍试图用理性去平衡，去自省。“我”总是处于一种矛盾中，“我”恐惧而坚强，“害怕看见昏暗的灯火下父亲病态的青色面容，害怕听见母亲的哭泣，害怕听见自己对亲人说那么凶狠的话，害怕我的肩膀承担不起亲人的健康，乃至生命……可我必须承担！”所以一边操持着子女该做的工作，给远方的弟弟汇报父亲的病况，“我十分骄傲于自己能独当一面，不仅是体力的消耗，还有决策、外事公关、全家人的情绪控制”。但无能为力焦虑烦躁时，“我”便会对弟弟生出一丝恨意。当父亲对去老年病房从有意识的抗拒到终于丧失判断力的服从时，“我”悲伤又庆幸。对于母亲的抱怨，“我”抱怨又理解，“倘若要牺牲，也不该牺牲年轻人的工作和生活吧？”“我的母亲用倾诉的声音抱怨，我用五号宋体字抱怨”。不管如何抱怨，深夜的一通电话，狂风暴雨之中“我”仍然会去到父母身边。

无论对家人还是自己，这样真实直白的袒露都是一种巨大的勇气，因为这些都是人性的多棱镜像，无私与自私、勇敢与胆怯、坚强与懦弱，这些也都是我们身上的共性。父亲的患病也给人到中年的作者按下了人生的暂停键，“人到不惑之后，便要习惯于品尝生命渐落的滋味，童年、少年、青年时总是对未来充满期望和向往，如今想象未来，却只有恐惧……一个人，当他对未来心怀恐惧时，我想他若非对人生绝望，就是已然进入衰老”。①

或许人生这条路，没有什么胜利可言，挺住意味一切。

二、个人的生命历史与意义

《生活在临终医院》的开头，当父亲在老年病房以一具不断散发出败坏气息的躯体形式存在时，作者不断思索这样活着的意义是什么，试图从个人历史、家庭、家族史上为他寻找一个坐标，去探寻个体生命的意义。很多时候文中会出现作者的自问自答，父亲的生命意义于社会可能不足挂齿，于家人则独一无二。

① 薛舒：《当父亲把我遗忘》，上海文艺出版社 2024 年版，第 100 页。

“他因此而维持着生命,让他活着是我们的目标。可是,这样活着,有什么意思? 意义,是的,很长一段时间,我一直在思考,活着的意义是什么? 活着要有意义,这是我们从小被教育的人生追求。”“然而,他,对于这世上的任何一切,都不再具有哪怕一丝意义。他不创造价值,他不劳动,他还霸占至少两个全劳动力。”“然而对于我们,似乎,他依然具备活着的意义,他以他的活着,让我们感到自己正被需要,因为他是我们的父亲,我母亲共同生活里五十年的爱人,他与我们有过许许多多共同的时光。”①

关于父亲与家人的共同记忆,作者提供了许许多多记忆的锚点。插叙父亲过往的岁月时,作者的笔仿佛带上了时光橙黄色的温暖滤镜。

那时候父亲还是一个叫阿富的少年,他用三十块口罩镶拼成了一顶方方正正的帐子,少女桂娟对他的爱慕由此开始,这是父母爱情的起点。

女儿出生以后,父亲骑着自行车一家人去往外婆家,沿途父亲给女儿指点,“舒舒,看见没有,河里有一只老牛在汏浴,这就是老牛,记住了吗? 长大了还会记得爸爸带你在这里看到一只老牛吗? 幼年的我认真地点头,嘴里喃喃而语: 老牛、老牛”。这是父女情深的一幕。

当弟弟出生以后,一家人去外婆家兵分两路,母亲带孩子们坐小火车,父亲一个人骑自行车,“他在公路上骑车,我们坐在急行的火车里,总会遇到公路与铁路并行的那几段,我和弟弟就扒在车窗口找他。他从来不会让我们失望,是的,他一定会出现在我们的视野里”。这是一家人的浪漫游戏。

父亲甚至成为母亲家族的“大家长”。外公关过牛棚以后就不问世事,“那一晚,作为大姐和大姐夫,我的母亲和父亲充当了六个弟弟、妹妹的家长,并且从此以后,作为‘大姐夫’,我年轻的父亲因为拥有赤红的出身以及复员军人的安全身份,成了妻弟妻妹们的保护者,乃至日后的十多年里,我的姨妈舅舅们一个接一个出嫁以及娶妻,他们的大姐夫,更像一个父亲一样为他们的婚事承担了大部分操办工作”。

父亲对于他自己家族更是责无旁贷,“老家所有薛氏男丁娶媳妇的彩礼

① 薛舒:《生活在临终医院》,上海文艺出版社 2024 年版,第 4 页。

中那几样大件，‘凤凰牌’自行车、‘蝴蝶牌’缝纫机、‘钻石牌’手表，一定是我父母负责购买。几十年来，沙洲故乡的亲人一直为拥有我们这一门上海亲戚而骄傲着，而我的父亲，也总是以一副游子归来、衣锦还乡的姿态出现在屈指可数的几次回乡的影像记录中”。

这是一个美好的父亲形象，他为整个家族遮风挡雨，但作者也客观指出父亲的不足之处，他有中国农民式的偷电行为，贪小便宜的毛病，但他又似乎不希望我们拥有和他一样的价值观，他更希望他的子女是优雅、高贵、诚实、坦然的。这是一个复杂的、立体的、真实的父亲形象。

在父亲患病之后，作者拥有了一些跟以往不同的观察视角，“我忽然发现我有些理解父亲了，也许那是整个时代的特征，和大多数人一样，他一边积极要求上进，一边为物质利益诱惑着。在那个理想被柴米油盐压垮的时代，几乎所有人的精神需求都是那么卑微、渺小、孱弱，弱到根本无以匹敌远远不够满足的物质需求，而父亲，恰是在那样一个时代里积极生活着的人”。也正是因为父亲患病，意外袒露了他对那场政治事件的看法，那是父亲人生中最具传奇色彩的事件，改变了他本该光明远大的前程，他手下的新兵偷走他的枪并且枪击了战友，新兵被定性为反革命分子，父亲用残缺的心智袒露了心里话，“冤枉啊！武宝玉冤枉啊！嘘嘘——别叫人听见了，命都没了，还有什么好说的？你放心，我会保密，放我出去吧，我肯定不会泄密，我要回家，放我回家……”①

这是父亲的个体生命与家人、家族、历史发生的种种关联，他不会被历史写入，而作者有把关于父亲的书写作为延续他存在的一种方式。“因为有我来替他记得，替他延续。我就是父亲的青春……”在后记中作者也对父亲的生命意义做了一个盖棺定论，“他真是太过平凡的人了，平凡到我不知道他是不是有过理想，可是我想，他应该对自己感到满意，因为，他是一个得到了爱的人”。这或许也是绝大多数人平凡生命的意义。

围绕父亲的阿尔茨海默病，作者还关注到了老年人病房、临终医院病人

---

① 薛舒：《当父亲把我遗忘》，上海文艺出版社 2024 年版，第 235 页。

的生存现状,以及其中不可或缺的护工群体,“她们无时无刻不在遭遇死亡,便需要泼辣的性格和热烈的情绪来应对,这样才不至于被随时降临的死神吸纳了精神。她们拒绝使用那些文雅而又词不达意的语言,她们愿意落入最为动人的庸俗,说话一律大声,做事一律大刀阔斧,连睡觉都要大张旗鼓地打鼾,她们必须夸张地表现出强大的生命力。对死亡,她们若非藐视,便是升华为神话,于是,她们把‘死’叫作‘升天’——她们的选择令我心生敬意”。[①] 也正是因为有她们,给死亡的过渡空间填满生机和色彩。

三、变老的哲学

“生命两部曲”不仅仅是作者写给父亲的,也是写给我们每一个人的,因为我们终将老去……作者提出了两个重要的命题,一个是关于老去生命的价值,另一个是关于临终疾病的救治。

当失智失能的父亲在老年病房躺了整整五年后,“每个人都有老去的时候,越来越多的老人将充斥这个城市,他们抑或我们,所有的老人们,都将如秋后的老昆虫,无所事事,苟延残喘,前赴后继地塞满每一块石头的缝隙、每一寸土地的皱褶、每一段时光的凝滞地带。他们消耗着年轻人的数倍资源,却承受着并无多少快乐的日子,甚至时刻陷入生命即将逝去的恐惧与焦虑中。这样的生命,还有什么价值和意义?”当父亲处于弥留之际时,“他以一具肉身的存在,给予我们精神上的抚慰,而我们已然遗忘了某种质疑,他痛苦吗?他有没有感到生不如死?他是否愿意持续经受疾病的折磨,只为活着?还有一些时候,我又会反过来想,那些呼吁安乐死合法的人,那些健健康康地活着的人,以解救濒死之人的痛苦为名义的声张,是否真的符合病人的心意?他们真的愿意死吗?我不知道”。

衰老、疾病、死亡,大概是所有人都不想面对的。但是有很多前辈先哲留下过很多具有指引性的观点,或许能够让人们更加深刻地认识这条必经之

① 薛舒:《生活在临终医院》,上海文艺出版社2024年版,第89页。

路，虽然时间久远，但智慧并不过时。古罗马哲学家西塞罗著有《论老年　论友谊　论责任》，在这篇对话中他列举人们最常见的关于老年的批评然后做出了自己的回答。第一它使我们不能积极工作，第二它使身体衰弱，第三它使我们几乎完全丧失肉体上的快乐，第四它是死亡前的最后一个步骤。第一是正确的，但也不全然，人生伟大的事业靠的不仅仅是体力，而是深思熟虑，老年人的智慧益发增强。诗人奈维乌斯的《竞赛》一剧中，有这样一段对话：

请问，究竟是哪些人使得你们国家这样快速地灭亡？

一大批我们所培养的新的演说家，以及那些愚蠢、浅薄和自以为是的年轻人。

第二无伤大雅，当你身强力壮时，就享受那份幸福，当你身体衰老时，就别再指望恢复昔日的体魄。我们生命的每一阶段都各有特色；因此，童年的稚弱、青年的激情、中年的稳健、老年的睿智——都有某种自然优势，人们应当适合时宜地享用这种优势。

第三得多于失，我们应当感谢老年，因为它使我们失去一切不良嗜好，淫乐阻碍思维，是理性的敌人。

第四可以通过理性来战胜，应当承认老年人离死是不远了，但是无论什么年纪都可能会死的，老年没有固定的界限，只要你能担负起责任，将生死置之度外，就是在恰当地利用老年，因此，老年甚至比青年还自信、还勇敢。因为我们必须从青年时代就接受这方面的教育，才能置生死于度外，因为没有这方面的知识，就不可能有宁静的心境。因为人总有一死，而且谁也不能肯定自己今天会不会死。因此，死亡每时每刻都在威胁着我们，所以，要是怕死，心理怎么能够安宁？……我认为，接近死亡的“成熟”阶段非常可爱。越接近死亡，我越觉得，我好像是经历了一段很长的旅程，最后见到了陆地，我乘坐的船就要在我的故乡的港口靠岸了。①

关于临终疾病的救治，当代学者中也有很多相关的研究，其中阿图·葛

① ［古罗马］西塞罗：《论老年　论友谊　论责任》，商务印书馆2009年版，第34页。

文德在《最好的告别：关于衰老与死亡，你必须知道的常识》中以医生、以儿子的双重视角对于是否过度救治濒死的病人给出了一种答案：以患者诉求为主体，了解他们对于晚年生活的最低期待，再去考虑要不要治疗。

“对于医学工作者的任务究竟是什么，我们一直都搞错了。我们认为我们的工作是保证健康和生存，但是其实应该有更远大的目标——我们的工作是助人幸福。幸福关乎一个人希望活着的理由。那些理由不仅仅是在生命的尽头或者是身体衰弱时才变得紧要，而是在人的整个生命过程中都紧要。如果作为人类就注定是受限的，那么，医护专业和机构，从外科医生到疗养院，理应协助人们搏击这些局限。有时候，我们可以提供疗愈，有时候只能提供慰藉，有时候甚至连这一点都做不到。但是，无论我们能够提供什么，我们的干预，以及由此带来的风险和牺牲，只有在满足病人个人生活的更大目标时，才具有合理性。一旦忘记这一点，我们就会造成极其残忍的痛苦；而如果我们记着这一点，那么，我们就能带来令人赞叹的好处。”①

著名作家琼瑶在遗书中也表达了她的观点：“我不想听天由命，不想枯萎凋零，我想为这最后的大事‘作主’。”“当人老了，都要经过一段很痛苦的‘衰弱、退化、生病、出入医院、治疗、不治’的时间，这段时间，可长可短，对于必将老死的人，是多么大的折磨，万一不幸，还可能成为依赖‘插管维生’的‘卧床老人’！”

日本社会学家上野千鹤子在《一个人最后的旅程》中也表达了类似的看法，“明明可以做些什么却什么都不做，要做出这样的选择，对家人来说是很痛苦的吧。因此，事前必须与当事人以及家属商量好”。“在居家送终的现场，死亡不是败北，而是目标的达成，这里无论对家属，还是对照护救援专员和护工来说，都是具有成就感、令人感动的现场”。②

尊重本人的意愿，将衰老、死亡这件事情提前跟家人商议看上去并不符合中国人的传统，但或许是生而为人的一堂必修课。

① ［美］阿图·葛文德：《最好的告别：关于衰老与死亡，你必须知道的常识》，浙江科学技术出版社2023年版，第237页。

② ［日］上野千鹤子：《一个人最后的旅程》，浙江大学出版社2021年版，第80页。

更好地保障老年人群体的晚年生活已经是迫在眉睫的问题，这是一个需要政府大力支持、全社会共同关注的问题。在 2024 年民政部发布的《2023 年民政事业发展统计公报》中，截至 2023 年底，全国 60 周岁及以上的老年人口占总人口的 21.1%，其中 65 周岁及以上老年人口占总人口 15.4%。按照国际标准，中国已迈入中度老龄化社会。

我们终将老去，但“生命两部曲”可以极大地抚慰读者对于老去的恐惧。

城市文学空间

群像·空间·开端

——论叶兆言《璩家花园》中的“弱德之美”

夏雪飞①

摘　要　叶兆言的《璩家花园》呈现出与其以往作品不同的风貌，他以往作品中对南京这座城市历史的宏大书写隐入背景，取而代之的是借叙述璩天井等市民的人生历程达到对存在意义的求索。璩家花园中平凡普通却又持守内心的人们是叙事的主体，他们以群像的形式出现，强化了小说的叙事意图；璩家花园中的祖宗阁被天井无意中发现，这成了他开启幸福而抽象的人生的秘钥；费教授的日记、目连戏《山河图》是作者回溯开端的叙事策略，从无力到弱德，是个人走出沉沦，拒斥外界、持守内心的重要通途。

关键词　“弱德之美”　群像　空间　开端

① 作者简介：夏雪飞，文学博士，同济大学国际文化交流学院副教授，主要研究方向为中国当代文学。

叶兆言的新作《璩家花园》，承续了他一贯以来的真诚平实的文风，小说以璩天井的一生遭际为主线，叙写了从新中国成立前至21世纪20年代璩家花园的变迁以及居住在花园中的人们的悲欢离合。与他的上一篇长篇小说《仪凤之门》重在书写城市历史不同，《璩家花园》的叙事跨度虽然有百年，但是在前台闪现的，却只是璩家花园中住着的普通市民，他们出生、长大、恋爱、结婚生子，又匆匆老去，他们并未在轰轰烈烈的历史中退隐，而是成为主角，他们是每个人自己的主角，也是他人的主角，他们在璩家花园中进进出出，璩家花园因此也就有了历史，有了丰富而绵长的意义。在小说中，璩家花园这一类具有历史感的名宅大院，其中的神秘和传奇被解构、被祛魅，璩家花园进而也被这里的居民们重新建构并流淌至作家的笔端。

一

在小说的后记中，叶兆言论及自己写这部小说的初衷："《璩家花园》是我写得最长的一部小说，与此前的小说不太一样，我只是想把它留给女儿。事实上，我不知道何时能写完，写完以后，又会怎么样，又能怎么样。这种心态此前从未有过，写作时情绪十分平静，别无欲求，当然这个平静也是相对的，不可言说。有时候感觉写得很爽，想怎么落笔就怎么落笔，有时候又忍不住流眼泪，一次又一次，我不知道别人读了这篇小说，会不会和我一样，内心也有那种难言的忧伤。"①作者的写作过程，"平静"中有"忧伤"，"忧伤"因何？"想把它留给女儿"，是要留给女儿什么？作者在欲言又止、欲说还休中，蕴藏着对人生的体悟，这种体悟深深浸润着中国古老的哲思和智慧以及对时光流逝的匆促感。"子在川上，曰：'逝者如斯夫！不舍昼夜。'"这是对时间流逝的无奈，这种无奈同样也在《璩家花园》中得以展现。从整个叙事节奏来看，小说共十二章，前九章主要写的是天井的成长、与阿四的恋爱结婚，以及婚后的家长里短，中间穿插了对已故的天井生母江慕莲的回忆、天井的父亲璩民有

① 叶兆言：《璩家花园·后记》，译林出版社2024年版，第536页。

和李择佳的爱情龃龉,以及居住在璩家花园中费教授的生平。从小说的第十章“李择佳的最后岁月”到第十二章,叙事节奏陡然加快,璩民有的公司似乎一夜之间萎缩成了一家卖盗版碟小音像店,天井的丈母娘李择佳去世得猝不及防,阿五莫名其妙地卷入了一桩碎尸案消失了十年,又神秘归来,尤其是阿四因为帮别人藏毒而入狱的那十年更是转瞬即逝。与前九章天井的成长、工作以及恋爱故事的缓慢叙述相比,后三章叙事节奏的陡然加快,且几乎都是碎片的缝合,很大程度上,叙事方式的变化隐含了作者对时间的感悟:岁月流转中,青春是漫长的,有着牧歌的浪漫,而老年、生离死别却匆匆而来。“眼见他起高楼,眼见他楼塌了”,盛和衰,都如同白驹过隙,化为忧伤贯穿在了《璩家花园》中。

然而,叶兆言并未因为忧伤而坠入到虚无中去,他在无常中寻找恒常,这恐怕是他想要“留给女儿的”,这种恒常,便是“弱德”。通过对璩家花园中人们的描写,叶兆言在小说中构建了一个弱德群像,以此来抵御时间的侵袭,构建恒常的话语体系。“弱德”一词的提出,始于叶嘉莹对词的赏析,她在《从艳词发展之历史看朱彝尊爱情词之美学特质》中指出,朱彝尊的爱情词的幽隐之感,表现在“难言之处”,“虽然朱氏所‘难言’者,与贤人君子们的‘幽约怨徘’之志意有所不同,便在本质上二者却颇有相近之处,那就是都同是处于外界的强势压力之下,因此遂不得不将自己之情思以抑敛深隐之姿态委曲出之,此种情思与姿态在本质上乃同是属于一种所谓‘弱德之美’”。[①] 其后,她又深入论述了“弱德”与儒家传统的关系:“弱德是我们儒家的传统,行有不得反求诸己,躬自厚而薄责于人,是我在承受压抑之中坚持我的理想、我的持守、坚持而不变。”[②]叶嘉莹的“弱德”理念与孔子的“不改其志”“君子固穷”“杀身以成仁”等为人之观念一脉相承,德行之美,既是承受压抑,同时也是坚守己身。

《璩家花园》中的璩天井,可谓弱德之美的代表。天井是璩家的后人,他

---

① 叶嘉莹:《清词论丛》,河北教育出版社 1999 年版,第 74 页。

② 叶嘉莹:《从文学体式与性别文化谈词体的弱德之美》,《人文杂志》2007 年第 9 期。

出生时,璩家早已败落,璩家花园已经成了一个大杂院,天井无法承继璩家的辉煌,当然也未被书写成一个遗老遗少,他只是一个普通而懵懂的少年,在时光中随波逐流。小说第一章题名“1970 年”,这个在宏大历史中普通的一年,是故事的开端,这也注定了故事始于波澜不惊。1970 年的少年天井对自己的母亲江慕莲知之甚少,因为在他出生不久,她就因为精神病而自杀,天井的父亲璩民有被打为“右派”,但也未受到巨大的冲击,只是去往乡下农场改造,天井在邻居李择佳的照顾下,勉强吃饱穿暖。天井自幼便是个弱者,他小时候常常被同学欺负,学游泳时被奎保推到河里差点儿淹死,被大人们捞上来时已经奄奄一息。同学们一起听报告,有人放屁了,所有人都说屁是天井放的,大家如此说的原因,是因为天井好欺负,说了也不会生气。天井工作以后,跟着伍师傅学习钳工,虽然钳工是工厂中的好工种,伍师傅也是厂里最好的师傅,但是由于天井资质一般,工作并未做得风生水起。职工学习时,为大家读报纸的总是天井,其他人都在那里休息聊天。天井报名工人大学,报名的其他人都被录取了,录取名单上唯独没有天井的名字,负责工人大学录取的政工小宗甚至嘲笑他:“也不是什么人都能录取,像你这样,对了,你的那绰号叫什么,叫‘二呆子’,我们怎么能录取一个脑子不好使的人呢?”天井暗恋李择佳的女儿阿四,后来与阿四同在标准件厂工作,阿四与同厂的李学东谈恋爱,刚开始为了掩人耳目,常常带着天井一起玩,三个人也一起去读夜校,后来李学东到阿四家见家长,天井也陪着前往。阿四与李学东分手后,与厂里的另一个职工章明谈恋爱,天井也只能在背后默默注视。阿四想要考大学,天井陪着她每天去读补习班,阿四没考上,天井却考上了大专,但是为了不离开阿四,天井放弃了可贵的读大学的机会,仍然在标准件厂当工人,这也注定了他以后下岗的命运。阿四的男朋友章明去北京读大学后,回来与阿四分手,阿四盛怒之下转投天井的怀抱,二人的结婚日期竟然是阿四与章明的分手日,天井知道后并不觉得什么,他认为只要能娶到阿四,他就是天下最幸福的人。甚至在婚后,阿四屡次出轨,一次是与李学东旧情复燃,与李学东的婚外情使得天井的儿子璩达有可能是李学东的儿子,还有一次是与公司的一个员工小郁发生婚外情。老了以后,为了让儿子璩达一家过得舒心,天井将大房子留给儿子一家住，和阿四搬回了杂乱的璩家花园，和一群外来打工者杂居着。天井的一生，从少年到老年，似乎全然活在他者的眼光中，窝囊而又善良。在现代性追求个人幸福的当下，天井似乎与时代格格不入，然而，叶兆言却认为，天井“是我塑造的我非常喜欢的一个人。我们常人都不能达到他的境界，常人都没有他那样的幸福感。这是个幸福的人，一个抽象的人”。① “躬自厚而薄责于人”，是天井幸福感的来源，从“被抛入世”的“常人”的角度看，天井是弱者，而这个弱者却通往仁德之路，如康德所言：“德行仍然仅仅因为它付出多大而有多大的价值，而不是因为它带来的某种东西有价值。”②也正因为此，天井是幸福的，他的幸福在于对本真的此在的无限接近，是以弱者姿态显露的舍弃，是弱德之美的精髓。

除了天井之外，《璩家花园》中还展示了“弱德之美”的群像。李择佳三十多岁时便守寡，独自一人带着四个女儿生活，从一个富家太太到成为幼儿园园长，因为受人排挤，不得不离开幼儿园，后来又为生活所迫给别人倒马桶，她的经历令人唏嘘，也让她的女儿们觉得丢脸。然而，在生活的重压之下，虽然李择佳的生活一步步“倒车”，但她却没有坠入到对黑暗的苟同中，她仍然善良坚韧，长期照顾璩民有和他儿子璩天井的生活，对独身的费教授也照顾周到。李择佳本来要和璩民有结婚，但是当他发现璩民有为了给她送一个缝纫机作为礼物而让儿子天井去偷费教授的钱后，她果断结束了和璩民有的关系，为的是不让天井成为一个小偷，而且终其一生，她也没有说出当时亲眼目睹天井偷钱的事，弥留之际，她紧抓着璩民有的手不放，可见当年她拒绝璩民有的求婚时内心巨大的隐忍和无奈。璩家花园中的费教授，年轻时妻子去世，老年后倾心于江慕莲，却又因为二人年龄的差距而止步，为了江慕莲的幸福，他将江慕莲介绍给璩民有，江慕莲与璩民有结婚生子后，他每月付钱接济贫穷的璩民有夫妇。江慕莲后来因为精神病跳河自杀，费教授深陷自责，将江慕莲的照片和亡妻的照片并排挂在家中。天井的侄儿岳维谷考上南京大

---

① 黄茜：《叶兆言谈〈璩家花园〉》，《南方都市报》2024 年 9 月 20 日。

② 康德：《实践理性批判》，商务印书馆 1999 年版，第 70 页。

学天文系,毕业后任教华东水利学院,工作后仕途坦荡且娶了省委副秘书长的女儿于静为妻。婚后却发现妻子患有严重的失眠症和抑郁症,有一次半夜他甚至差点儿被妻子用枕头捂死。在家人和同事们的建议下,他不得不和于静离婚。离婚后他再次在一次会议中遇到于静的父亲,发现于静的父亲突然间似乎老了,岳维谷心生不忍却也于事无补,与一个同事再婚后的他出轨一个女办事员,仅仅是因为这个办事员的言行举止很像于静。璩民有被打成"右派"离开南京后,璩民有的父亲将璩民有的三个孩子送往乡下,三个孩子中有一个是璩民有的亲生子天井,还有两个是天井同母异父的姐姐和哥哥,姐姐甜甜在乡下再次被抛弃,外婆将她卖给了岳裁缝。岳裁缝侵犯了年幼的甜甜,后岳裁缝的妻子病故,甜甜嫁给了岳裁缝并生子岳维谷。多年之后,璩民有谈及自己当年无法照顾甜甜而深感自责,甜甜却体谅养父璩民有的不易,将其视作自己的至亲。

凝视深渊,却未被深渊吞没,是叶兆言在《璩家花园》中着力刻画的群像,无论是天井、李择佳、费教授还是岳维谷、甜甜,他们的生活不仅艰难,而且几乎都处于对深渊的凝视中:天井与死亡擦肩而过;李择佳从富家少妇到给别人倒马桶的保姆;费教授孤独终老;岳维谷与精神病妻子无奈分手;甜甜丧母后又沦落恶魔之手。然而,即使如此,他们却都表现出了在强势和压抑之下对道德的持守,始终能够致良知,坚守本体和道德的至上力量。

二

小说的第一章是 1970 年,此章题为"祖宗阁,天井混沌初开",这是第一章的题目,同时也是整部小说的开始。少年天井其时十六岁,在父亲璩民有的指使下去偷费教授的钱,被李择佳撞见,天井慌乱中把李择佳推下了楼。李择佳昏迷,天井以为自己过失杀人,吓得在老宅中寻找地方躲藏,无意中躲到了祖宗阁中,因此看到了住在祖宗阁楼下面的郝银花和奎保的私情,从此知晓了男女之事,此谓"天井混沌初开"。

随着少年天井在璩家花园中的躲藏踪迹,作者交代了璩家花园的历史:

“璩家是做皮货生意的,官家看不上生意人,璩家虽然很有钱,非常有钱,也不敢太炫富。直到民有的曾祖父,也就是天井高祖父参加乡试,中了举,成了举人,有了考场功名,有了文化,才开始堂而皇之大兴土木,亭台楼阁想怎么修便怎么修,璩家花园的显赫名声,也就是那时候落下的。”太平天国时期,璩家败落,从此一蹶不振,到了天井这一代,几经辗转,璩家花园已经成了永红服装厂、永红小学,璩家的显赫难寻蛛丝马迹。然而,天井的躲藏却开启了通往过去的通道,在祖宗阁中,天井与璩家的过去交集,同时又实现了“混沌初开”的成长历程。天井的祖先们(过去)、躲藏在阁楼中的天井(现在)以及窥见男女之事后“混沌初开”的天井(未来),在这一狭窄隐秘的空间中重合。从整个故事的发展来看,天井窥见郝银花和奎保的私情这一情节没有先锋小说中一度出现的少年成长式无序燥热的美感,也与小说的叙事情节推进关系不大,即使是后来天井又偶遇了两次郝银花(一次是在天井他们学校,一次是在天井工作后的标准件厂),两次遇见都显得波澜不惊,与天井以后的际遇和整个故事的走向几乎没有任何关系,而且,郝银花和奎保的婚外情如何发生的,后续如何,在整个小说中都没有交代,这些都使得天井窥见私情一事显得可有可无,甚至是松散和无足轻重。然而,从空间叙事的角度看,这一情节又尤其重要,作者本人似乎也极其重视这一空间叙事的功能,小说的末尾,老年天井和阿四排队做核酸,他们走在巷子里,“巷子两侧青砖墙面上,挂着电脑喷绘的璩家花园老照片。放大的老照片不能算很清楚,不过有点模糊和变形,更显得有历史的沧桑感”。天井在核酸队伍中慢慢前行,仔细看着那些老照片,那些是“属于爷爷奶奶和太爷太奶奶的时代”,在那些照片中,他看到了熟悉的榉树,看到了老房子里的祖宗阁,如果不看文字介绍,“天井根本就不知道什么叫祖宗阁,只知道是一个悬在空中的神秘小阁楼”。以祖宗阁开端,以祖宗阁结尾,这一贯穿整部小说的空间始终潜行着隐秘的身影,是过往,也是将来,抑或是一系列均质流淌的折叠时空。

祖宗阁是一处阁楼,阁楼是家宅的一部分,家宅对于人性和存在有着特别重要的价值。在空间研究的研究者中,巴什拉首先提出了“家宅”空间的意义。不过,早在巴什拉之前,海德格尔就在《筑・居・思》中从词源学的角度提出

“筑造”和“存在”的关系：“古词 bauen 表示：就人居住而言，人存在(sei)。”①人并非定义居住，而是居住的时候才是存在，筑居本身就是存在。在海德格尔的基础上，巴什拉发现了“家宅”的意义，他将家宅定义为“幸福空间”，他认为形而上学研究的是此在“被抛入世界”的时刻，而这种现象学的观点掠过了一个前提，即“存在是幸福，人的存在被置于一种幸福之中，和存在有着原始联系的幸福之中”，巴什拉认为，家宅具有“母性”，“把永远不变的童年抱在怀中”。巴什拉还分析了“家宅”和现代“住宅”在构造上的区别，从隐蔽性的“地窖”，到为人遮风挡雨并带来阳光的“阁楼”，也即海德格尔意义上的“大地”和“天空”，“大地”和“天空”在纵深上融为一体，使得家宅成为“我们最初的宇宙”，和“保护自我的非我”，也即“幸福空间”。② 从这一角度看，天井的向祖宗阁的攀爬就带有了特别的空间叙事意义，为了躲藏，天井“向那个高高的窗洞攀爬，中途甚至没有停顿。他越爬越高，低头看着脚下的地面，有些害怕。终于到了窗洞那里，看得出这里原来是有一扇格子窗的，由于年代久远，木头早已腐烂。从过道下面往上看，这窗洞并不大，真正到了它面前，天井发现那个窗洞还真不小，完全可以让一个人钻进去，隐隐地还能看到从南面投过来一些光亮”，待天井爬进去，他发现“窗洞是意想不到的深，居然是一个细细长长的过道，像洞穴一样，顶是斜的，高不过一米深，宽也是一米多。经过仔细观察，可以看出它是一个悬在空中的阁楼，坐北向南。阁楼的东西两端，用很粗的木柱子砌在墙里固定，一侧沿着屋檐的墙壁，另一侧对外，用木板封住，木板上有裂开的细缝，有腐朽的洞眼，光线就是从这里射进来的”。祖宗阁是悬在空中的，天井的攀爬因此伴随着由下而上的过程，这一过程既是物理空间的上升，同时也是到达家宅顶端(阁楼)的过程。

天井攀爬并到达了阁楼，作者数次描写祖宗阁中的一些光亮，这无疑使得祖宗阁这一本来就因为其特殊的功能(存放祖宗的牌位以及画像)而具有了神秘意味的空间更具有神圣感。西方著名宗教史家伊利亚德在《神圣与世

---

① [德]马丁・海德格尔：《演讲与论文集》，孙周兴译，生活・读书・新知三联书店 2005 年版，第 5 页。

② [法]加勒东・巴什拉：《空间的诗学》，张逸婧译，上海译文出版社 2013 年版，第 2—91 页。

俗》中对“神圣空间”与“非神圣空间”进行了区分,他认为,“对宇宙空间非均质性的宗教体验是一种原发的体验,这种宗教体验能够被比作世界的形成”。非均质性的空间形成了中断,这种中断对“神圣空间”和“非神圣空间”作出了区分,宗教徒能够体验到这种中断,而且能从这种中断中感觉神圣。① “中断”,是对神圣和非神圣空间的区分,从这一角度看,天井的攀爬即是从非神圣空间向神圣空间的过渡,这一过渡使得天井到达了神圣空间,也到达了“幸福”,巴什拉认为“幸福即存在”,叶兆言也认为天井身上“有常人没有的幸福感”,经由攀爬到祖宗阁,天井实现了存在,这也是他在经历日后的一切之后,仍然能葆有本真之心的重要原因。祖宗阁既庇护了日军侵略时的璩家女性(日军侵略,璩家人躲进祖宗阁幸免于难),同时也导引璩家的后辈走向幸福,护佑了天井的内在免受外部的侵蚀,保全了人性和本真。

三

在《璩家花园》中,叶兆言塑造了一系列弱德者,其中天井最为典型,叶兆言亲切地称呼他为“幸福的人”“抽象的人”,他甚至将自己曾经的钳工经历安排到了天井的身上,包括天井报名工农兵大学被拒绝这一情节,叶兆言本人也曾经历过类似的事,他在当钳工时也曾报名工农兵大学,但是因为眼睛的问题被拒绝。天井的身上,叠现着叶兆言本人的过往,这使得文本具有了亲证的意味,也昭示了作者借天井追寻本真并将此哲思“留给女儿”的写作意图。

叶兆言写的是过去之事,却又通过天井攀爬祖宗阁的经历接续了璩家的祖先,空间叙事于是使得时间向前无限延展,达至可能的开端处。“开端”一词是海德格尔解读荷尔德林诗歌时的一个关键词,从弗莱堡大学辞职后的十多年,他一直在谈论荷尔德林的诗歌,为了能够表达对荷尔德林的喜爱,海德格尔甚至不惜在各种表述中缩短了自己的家乡和荷尔德林的家乡的物理距离。“开端”“命运”等词是他无限接近荷尔德林的关键词,海德格尔认为的

---

① [美]米尔恰·伊利亚德:《神圣与世俗》,王建光译,华夏出版社 2002 年版,第 2 页。

“开端”(Anfang)不同于“开始”(Beginn),“开始是那种某物随之起始的东西,开端则是某物从中源起而出者”,“开始随即就会被抛诸身后,在事情发生的进程中它消失不见。相反,开端、本源(Ursprung)在事情发生过程中渐渐显露而出,并在其终结处才完全在此。开始得很多的人,往往从未达到开端”,“我们将诗歌《日耳曼尼亚》置于开始,为的是往前指向开端”,我们要将“我们自己和将来的人们置于诗人的尺度之下”。[①]《荷尔德林的颂歌〈日耳曼尼亚〉与〈莱茵河〉》是海德格尔的讲稿,在授课之前,他向学生讲述选取荷尔德林诗歌作为授课材料的原因,海德格尔认为,释读荷尔德林的诗歌可以通向“本源”,通往伟大的开端,这个伟大的开端既是最初之物,也是最终之物,是一直都在的本质,是绽出性直立。海德格尔特别欣赏荷尔德林的两句诗,这两句诗众所周知:“充满业绩,然而人诗性地居住在这片大地上”,人的本真存在与业绩无关,唯有立足于开端,才能“诗性地居住”,回到本真。

在荷尔德林那里,伟大的开端是人神共居的古希腊神话。无疑,每个民族都有自己伟大的开端,这个开端一直在,永远在,或许被遮蔽,但不会消失。从这个角度看,叶兆言的《璩家花园》则是对“开端”的哲思,是向前的追溯。人类社会历史曾经存在一个轴心时代,轴心时代是伟大思想传统的发端,这短短六百年的时间里产生了三个轴心文明:先秦文明、古希腊文明和古印度文明,先秦时期的儒道思想是轴心时代产生于中国的伟大思想,孔子曾说:“宽柔以教,不报无道,南方之强也,君子居之。”朱熹注曰:“‘宽柔以教’,谓含容巽顺以诲人不及也;‘不报无道’,谓横逆之来,直受之而不报也。南方风气柔弱,故以含忍之力胜人为强,君子之道也。”[②]叶嘉莹所说的“弱德之美”与儒家思想的相通之处即在于此,弱德并非是弱者或者逃避,而是在逆境中的对人性本真的持守,是“以含忍之力胜人”的君子之道。《璩家花园》中,叶兆言通过对天井等人的故事,向前指向开端,这些人物身上体现出来的弱德之美是他所想追溯的本源和本质,也即儒家传统中的君子精神。

---

① [德]马丁·海德格尔:《荷尔德林的颂歌〈日耳曼尼亚〉与〈莱茵河〉》,张振华译,商务印书馆2018年版,第2页。

② 朱熹注:《中庸集注》,上海古籍出版社1987年版,第4页。

如同海德格尔通过荷尔德林的诗歌追溯伟大的开端一样,叶兆言在小说中也从艺术中寻找栖居,其中之一便是费教授的英文日记。费教授有写日记的习惯,“文革”前,他将日记寄存在李择佳大女婿家,“文革”后取回,他郑重整理这些日记,因为他“这一生最在乎的,还是自己的几十本日记,这是他多年来的心血,这是他无数的情感寄托之所在”。费教授精通英文,他的日记都用英文所写,他用的英文,“属于一种很典雅的书面语,据费教授自己介绍,它取法于英国兰姆的《伊利亚随笔》,讲究文思晓畅,追求隽永淡雅。他的那些日记片段,记录了亲历和目睹,费教授的日记,通常是事无巨细,只有枯燥的记录,不多作评价,都是流水之帐,读来却别有意味”。《伊利亚随笔》作于19世纪,以文风含蓄迂回而著称,也是费教授承受存有的载体。海德格尔认为,“凭靠语言,人类乃是存有的见证者。在没有语言的地方,比如在动物和植物那里,虽有生命,却没有存有之敞开性,因而也没有不存在和无之空洞”。然而,语言又是极其危险的,它可能让人类达到存在,也可能让人类陷入沉沦。[①] 从这一角度看,费教授通过对《伊利亚随笔》中典雅语言的使用,其实也是对当时通行的“中式英语”代表的外界的拒斥,典雅的语言筑起屏障,使得费教授能够持守内心、持守个人的真实感受以及个人的本真。费教授要将自己的日记留给璩民有,璩民有起初不以为然。然而,当璩民有退休后闲着无聊,开始用英文写小说时,写着写着,他“终于想明白,为什么当年费教授会那么在乎自己的日记。写别人不能写的东西,写别人不敢写的事情,得意忘形其乐无穷”。日记中的真实,是经由语言达到的对存有的敞开,是对本质的无限接近。论及“日记”,从整个中国现代文学史来看,鲁迅的《狂人日记》可谓开先河者,狂人在日记中的私语,其中的审美和情感的真实:梦幻、臆语、荒诞和恐惧,是从真相和内心出发,达到的另一种真实。虽然在《璩家花园》中,作者并未过多详述费教授日记中的内容,但是这种对人性隐秘的书写,却与鲁迅的《狂人日记》一脉相承,二者都是通过对个人内在世界的真实揭示进而抵

① [德]马丁·海德格尔:《荷尔德林的颂歌〈日耳曼尼亚〉与〈莱茵河〉》,张振华译,商务印书馆2018年版,第74页。

达存在之思，这一叙事路径始自鲁迅，在叶兆言这里被推进和再次发掘。

费教授的日记标示着以语言方式对内心的持守，而对目连戏《山河图》的引入，则是作者将文本指向弱德之美的另一种方式。一次参观访问中，费教授与多年前认识的胡教授相谈甚欢，二人家世和经历相当，对于戏曲也有相同的爱好，胡教授的专业是艺术史，他收集了很多连台本戏。访问结束回到南京后，费教授收到了胡教授寄来的邮件，这是胡教授特意为他抄写的《山河图》。《山河图》是阳腔目连戏《救母》中的一折，《救母》是一出宗教题材的传统戏剧，讲述的是傅罗卜为救被打入地狱的母亲而去往西天求佛超度的故事，《山河图》是《救母》的一折，所写为傅罗卜母亲刘氏死后被小鬼催促走奈何桥的事，刘氏生平好善吃斋，但是受胞弟的怂恿，杀生开荤，不敬事神明，死后被判走奈何桥去往地狱，刘氏不肯，反复请人去向刺史官和小鬼们说情，但是却于事无补，最终不得不经奈何桥走向地狱，走向奈何桥前，刘氏哭诉："到今朝独木为桥，魂魄俱消。有怒难生，有口难诉，过前顾后空泪流，桥下水涌涌，滔滔无休息，又见铜蛇张口，铁犬摇头，奈何桥上如何过。"同样的这段话也出现在了费教授去世不久前，老去后的费教授患了老年性痴呆，时而清醒时而昏沉，世事皆忘，唯有时常唱着这句词，负责照顾他的老魏听不懂，费教授唱的"奈何"，却也是无可奈何。在一次访谈中，叶兆言谈及对整出《山河图》的引用："当然很多事情我自己未必有能力说清楚，哪怕是用虚构的故事，所以《璩家花园》在正当中全篇引用了阳腔目连戏《救母》的一折《山河图》。戏中刘氏的一大不幸是，她相信自己是有罪的，并为此一遍遍受苦。她需要被拯救。我想读者在小说里读到这折戏时，会有各自不同的思考。"[①]叶兆言深切地认识到，刘氏的不幸是她始终认为自己有罪，更进一步说，作者更倾向于对某种无力和软弱的强调，刘氏一次次地向去往金桥和银桥的善人们哀求他们带自己过桥，但是每一次都被驳回，她反复申诉自己曾经吃斋念佛并非是恶人。然而在判官所代表的绝对权力中，一切皆于事无补，因为唯有对权力所定义话语（忠臣、孝子、节妇）的绝对服从（被"昏皇听信奸人之言"而赐死

---

① 《叶兆言谈〈璩家花园〉》，"澎湃新闻"2004年12月8日。

的老汉葛光亲、因为“爹爹听信继母之言”而被赐死的爱育明、继母逼其改嫁，她执意不从，因而被“赐死冥途”的耿氏），才被赐走向金桥。与这些“善人”们相比，刘氏的破戒是对绝对权力的某种轻视，她一次又一次的申诉如同西西弗斯的推石上山，充满了荒诞性、无力、悲剧感。

张新颖曾经在论文集《无能文学的力量》中说道：“从何种意义上说，文学即文学研究，是‘无能’的，又是有‘力量’的，而这种‘力量’又正与这种‘无能’紧密相连？在困境中的沈从文曾如此深切絮说文学的‘有情’：‘这种有情和事功有时合二为一，居多却相对存在，形成一种矛盾的对峙。对人生有情，就常常和在社会中的事功相被斥，易顾此失彼。管晏为事功，屈贾为有情。因之有情也长是无能。现在说，且不免为无知！说来似奇怪，可并不奇怪！有情也长是无能，则无能文学的力量，也可以说是有情文学的力量。’”[①]困境中的沈从文的智慧和达观、叶嘉莹的“弱德之美”，都是因对人生“有情”，故而“无能”，因其“无能”，又具有了“力量”，这些都接续了中国儒家思想的伟大开端之处，于困顿时持守内心，凝视深渊却不被深渊吞没，这是“无能”的力量，也是《璩家花园》的弱德之美，是叶兆言身为君子作家的风范，唯有体会弱者，体会内在的软弱的力量，唯有将文学置放在弱势的尘土中，存在才会开显直立绽出，这是《璩家花园》的意义，也是文学的意义。

---

① 张新颖：《无能文学的力量·后记》，吉林出版集团 2009 年版。

历史的考掘与生命的复归

——论邓一光近年来的深圳系列小说

李德南①

摘　要　和邓一光最早的深圳系列小说相比,他近年同类题材的写作有两个显著的变化:由偏重叙写当下的生活转向注重历史的考掘,尤其是深圳史与岭南近现代历史的考掘,在历史的视野中观照当下;叙事空间和叙事视野也明显扩大。此外,邓一光通过互文写作等形式实现跨文类的资源整合,形成跨学科的思维方法和观察视野,将城市与更为复杂的系统联系起来,为城市书写引入或建构具有当代性的复杂思维模式和系统思维模式。他在更新城市文学上做出了重要的尝试,也取得了不容忽视的实绩。

关键词　邓一光　博物学　跨学科　深圳系列　岭南史

一

和邓一光最早的深圳系列小说相比,他近年同类题材的写作有两个显著的变化:由偏重叙写当下的生活转向注重历史的考掘,尤其是深圳史与岭南近现代历史的考掘,在历史的视野中观照当下;叙事空间和叙事视野也明显扩大,由写深圳到写岭南,既在岭南的视野中看深圳,也在世界的视野中看岭南。深圳史有别于深圳城市史,作为一座在改革开放中快速形成的城市,深

---

① 作者简介:李德南,文学博士,广州文学艺术创作研究院评论家、专业作家,一级文学创作。

圳的城市史是短暂的,而深圳史可进行更漫长的追溯,也可以作为谈论、分析问题的框架。岭南的近现代史,更是文学的富矿,有待不同作家从不同的角度入手予以考掘,以多样的写作美学予以表现。

邓一光此类创作中最有代表性的作品,当属《人,或所有的士兵》(四川人民出版社 2019 年版)。在这部篇幅宏大的长篇小说中,邓一光回到历史深处,把目光投向香港保卫战,以倔强的认知意志深入到一个地狱般的世界的内部,以史实和虚构相结合的方式呈现战争如何扭曲人性,如何把人抛入非人的境地,也反思战争如何借助国族、文明之名而获得合法与正义的假面。

邓一光的短篇小说《深圳自然博物百科》(《芙蓉》2023 年第 3 期)同样注重历史的考掘,其中有两点颇为值得注意:一点是深圳史的考掘与呈现,另一点是自然史或博物学视角的融入。《深圳自然博物百科》中写到一个名叫行洛水的现代舞舞者。他从小就有些孤僻,不善言辞,所幸在舞蹈中找到了属于自己的"语言",找到了个人和世界的连接方式。他正处于艺术生命最好的时期,却因为新冠疫情的发生、舞台表演活动的停止而失去最为宝贵的三年。在这个过程中,他持续地陷入抑郁,甚至是失常的状态。他对世界失去了信心与希望,不断地为怀疑、焦虑所裹挟。而朋友送的一株香荚兰——他给它起了名字叫晨曦,在疫情时期,成为他情感的寄托、对话的对象,甚至,就是他朝夕相处的家园。疫情管控解除的第二天,晨曦戏剧性地死去了。为了和晨曦有一个庄重的告别仪式,也为了个人能够在自然之地中得到护佑,他最终走向了深港边界无人区的原始谷地,打算在那里埋葬晨曦。

正是在那个山谷中,行洛水出现了听幻觉,听到了很多历史人物的声音。这些人物,大多与深圳史或岭南近现代史有关。这一历史视野的融入,虽然对于这篇小说的情节来说不是绝对必要的,但是对于邓一光小说创作的总体性来说,又非常关键。它使得邓一光近期的中短篇小说创作始终有一个总体视野,并且在合而观之的时候能实现意义的增殖。

单就《深圳自然博物百科》这篇小说而言,最为值得注意的,是博物学或自然史视角的引入。"博物学"这个词是晚清时期在西学冲击与日语影响下而对"Natural History"所做的中文翻译。"Natural History"蕴含着对所有自然事物进行探究之意，在中文语境中又被译为“自然史”。博物学是一个包含甚广的学科，在 17 至 19 世纪堪称“大科学”，如果参照今天的学科分类，大概包括植物学、动物学、矿物学、天文学、地理学、人类学、社会学等学科内容。在《深圳自然博物百科》这篇小说中，博物学视野或自然史视野有很多方面的体现。

首先，这并不是一篇小说所常见的名字，之所以取这样的名字，和南兆旭的博物学著作《深圳自然博物百科》有关，两者有非常明显的互文性。邓一光小说中对这部著作的介绍，也包括对南兆旭的介绍，增加了这篇小说的博物学色彩。这篇小说的整个书写过程，也充满博物学的旨趣。比如，小说开头就写到一个生于病毒时代的三岁萌娃得知不用去做核酸了，可爱的游乐场被拆除了，立马惊恐如失去阴暗石穴的大鲵，哭得惊天动地。诸如此类的人与动物、植物的对比或关联，还有对动植物的描写，在这篇小说中随处可见。

深圳史或自然史等历史视野的引入，对于《深圳自然博物百科》这部小说来说是重要的。历史是认识得以发生的、必不可少的语境，也是认识人的非常重要的维度，人天然地具有历史性。正如约翰·G. T. 安德森在《探赜索隐：博物学史》所谈到的：“历史是故事——记录了真实的人做过的真实的事，以及这些事对他们自身和我们产生的影响。如果你对一个事件发生的背景一无所知，就很难真正理解这个事件；如果你对一个人生活的世界有些概念，便能更好地理解他为什么会有某种所思所行。历史之所以如此引人入胜，是因为历史就是我们。历史是小道消息。历史是野蛮的、温柔的、启发的、压抑的、有趣的、讽刺的，但从不是无聊的。我们来自一条无限长的人和事件组成的链条，也是这链条上与未来相扣的一环。”①此外，深圳史和自然史视野的融入，拉开了观看问题的时间距离，拓宽了视野，从而导致行洛水的本体感受的改变。

在深远的时间中去理解人的存在，有两种可能。一种是望远皆悲，就是

---

① ［美］约翰·G. T. 安德森：《探赜索隐：博物学史》，冯倩丽译，上海交通大学出版社 2021 年版，第 4 页。

发现人终究是要死的，人在当下的欲念、努力等，最终都会化为乌有。然而，如果能够望得更远，在更深远的时间中去看个人，也可能发现积极的可能性，即发现个人和自然、社会等有更为深层的联系。站远了看，个人和时代眼前的悲欢，往往会变得相对不那么重要，也相对容易接受。在《深圳自然博物百科》中，疫情的切近经验是令人痛苦的，行洛水就非常痛苦，而当他在漫长的历史时段中去观看，这一切似乎又变得相对容易承受了。他获得了新生，或者说，获得了另一种对待生活、看待得失的态度。得失似乎变得不那么重要了。他似乎从失重、失神的状态中抽离出来了，生活所应有的实感也回来了。

历史视角的引入，尤其是自然史视角的引入，甚至还带来了世界观的改变。这篇小说充满对身体与灵魂、生与死的思考。借助自然史的视角，它思考并表达了生命的复归这一问题。我们可以看到，行洛水最终决定离开舞台，打算去舞蹈学校教孩子跳舞。他从昔日泥淖般的虚无状态中抽离出来，复归于他的本心。他承认了人生的局限和时间的不可逆，又不再为悲观和虚无所裹挟，而是决定务实地、积极地往前，行动起来。透过自然史的视角，行洛水意识到，他和晨曦都将复归于自然。晨曦的生命已无可避免地终结，可是，在行洛水的理解中，晨曦会进入轮回，会再度活过来，就像自然界无数的生命一样。“自然这件事情的前提并非是它拥有一个或几个超拔的永生者，而是它拥有生命世世代代的繁衍能力。他无法用语言向这个世界做出表达，又错过了身体与世界最好的组合机会，但他可以从另外一个种子的胚芽中重新出生。”这是行洛水对自然的理解。这意味着，行洛水虽然还活着，但是由于他的想法和内在精神改变了，他仿佛获得了新生。在那个山谷中，在带着自然史的视角和晨曦告别后，属于行洛水的时间仿佛不一样了，它进一步加深、折叠。处于时间中的行洛水依然活在当下，又似乎超越了当下。

在山谷中的行洛水实际上是在一个复杂的时间网络中来认识生，认识死，认识困境，也认识意义。自然史或博物学为行洛水提供了另一个看待世界的视角，提供了一个看待现代人生活困境的框架，提供了一种解决问题的方案，甚至可以说，提供了另一种存在论尺度。经常置身大自然，或是经常和植物打交道，会倾向于认为生与死并非绝对，更不是二元对立的存在，在自然界当中似乎并没有什么是真正死去的，而是各种形式的生命都在更新。相比于生死，更新更能体现自然界的真实状态。所谓死亡，只是生命形式的转变。引入自然史的视角后，行洛水对生命的认识也与此相近。个体生命只是相互联系的生命圈中的一员，只是相互联系的生命链中的一环。个体生命注定会消亡，这是存在的有限性，可是，生命圈和生命链又是无限的。行洛水也意识到了，不管是植物的生命，还是他作为人类个体的生命，都在更新、承继或轮回当中。由此，他也就能相对看淡个人的生死与得失。

自然史的视角，还有助于走出人类中心主义的视角，有助于意识到人和植物之间、人与自然之间存在复杂的联结，存在"对话"的可能。行洛水和晨曦的"对话"，看似不可能，是非理性的行为，其实未必如此。哲学家、人类学家托比·李思就从新冠疫情对人类的影响中得到启发，主张把人放回自然之中，从而实现对人的重新定位。他认为，我们并非生活在人类世，而是生活在微生物世；新冠疫情提醒我们，从病毒的角度来看，我们与其他宿主没有什么不同。李思认为，新冠疫情作为大型"无差别事件"对"现代性的本体论"提出了质疑。"现代性的本体论"的前提在于，人类作为自然界中唯一有理性思维能力的存在，具有至高无上的地位，而事实上，人类应从人类作为自然一部分的角度重新思考自己，努力形成"以地球而非种族或物种为中心的'我们'的观念"，从而解决现代社会所存在的种种问题。[1] 即使不作这种相对激进的思想推演，注意到人和自然的深层关联，也是有积极意义的，正如王蓉蓉所指出的，"引导人类关注自然的声音，将人类的注意力导向信任和依托自然之运行，这是人类给自己的一份礼物。它赋予人类一种宇宙观，捕捉破灭希望背后的激情，将人类引向转化，经由这蜕变，人才能最终实现自己的使命。庄子教导我们，人类作为自然共存者而非凭空存在者，是能够将那深层的相互联系感发扬光大的"。[2]

---

① [美]托比·李思：《从人类世到微生物世》，见宋冰编著《走出人类世：人与自然和谐共处的哲思》，中信出版集团 2021 年版，第 22 页。

② 王蓉蓉：《道的时刻：全球性大流行病时期的无奈、乐与柔韧》，见宋冰编著《走出人类世：人与自然和谐共处的哲思》，中信出版集团 2021 年版，第 140 页。

在邓一光的这篇小说中,家园也是一个关键词,或者说,是一个重要的问题。家园也是邓一光的小说和南兆旭的博物学著作构成互文的一个连接点。南兆旭这部著作的献词为“献给我挚爱的家园”。南兆旭的著作和他的工作方式,也包括邓一光的这篇小说,都提醒人们注意,除了从政治、经济的角度去理解深圳,生态或自然也是重要的路径。除了政治、经济和文化等层面的魅力,丰富的植物和独特的生态环境,也是深圳作为美好家园的重要方面。

在邓一光的小说中,家园的问题,还可以放在另外的视野中进行思考和谈论。尼采、海德格尔等思想家在对现代社会的凝思中,都强调无家可归是人类的基本生存处境,邓一光在他的深圳系列小说创作中,也一再思考这一境地,一再强调人重新扎根的必要,也一再肯定人为此所作的种种努力。他主张每个个体,都应该努力地找到自己安身立命的所在,认为家园意识依然是人生活的重要问题。他笔下的人物,也许会深陷绝境,会有挣扎,但他们拒绝认为无家可归是必然的现实。相反,他们应该尝试通过各种方式来寻求生命的安顿,让个人有自己的存在之家。行洛水也是如此。他们也会失败,但是这种意志和精神,以及相应的行动,使得他们成为现代生活的英雄。

以超现实主义的手法书写现实,也是《深圳自然博物百科》非常值得注意的地方。《深圳自然博物百科》所处理的题材是高度现实化的,写法则是超现实主义的。这主要体现在以下方面。

《深圳自然博物百科》的主人公是一个带有抑郁症倾向、甚至有些精神失常的人。他从小就不善于与人交流,对语言和语言方式缺乏信任,舞蹈是他表达痛苦、欲望与挣扎的方式。而类似的“不正常的人”,正是超现实主义者所看重的书写对象。超现实主义者在“不正常的人”身上看到了如下的可能:他们敢于背叛传统,能解放精神潜能,在无意间探索并表达着精神尚未为人所熟知的种种可能。因此,他们偏重书写这样一类人物,或是在写作中模仿这类人物的思维方式。比如,布勒东和艾吕雅在《无暇的观念》中就模仿并表现了各种精神错乱的状态。

梦幻叙事或仿梦叙事,也是超现实主义常用的表达方式。超现实主义受弗洛伊德精神分析学说的影响,往往注重表现梦幻与欲望。超现实主义者认为，处于睡与醒、潜意识和意识之间的状态，恰恰是人的真实表现。布勒东在《超现实主义宣言》中就提出，要把梦和现实两种表面看来十分矛盾的状态融合为一种绝对的现实，并且这就是超现实。《深圳自然博物百科》的主体部分，也正是一种仿梦叙事。这篇小说主要写行洛水的内心景象，以及他和晨曦之间的对话。小说一开始就营造一种超现实的叙事氛围，晨曦就被赋予了拟人色彩，是行洛水对话的对象。生活与梦幻、现实与超现实，从一开始就不着痕迹地融合在一起。小说开篇写行洛水在音乐中打坐，惯于冥思，已暗示他容易有情绪的问题。接下来更是直接写他种种心绪的波动。经过层层铺垫后，行洛水在山谷里埋葬晨曦时遇到大风，出现听幻觉，就显得顺理成章。《深圳自然博物百科》以超现实主义的手法表现了疫情给人造成的心理创伤，用梦幻叙事来展现真实。疫情造成了亲密关系的丧失，也造成人与人之间的疏离。行洛水和晨曦之间的种种，不免让人想起疫情时期流行的段子——在这样的时期，和花花草草说话是正常的行为，无须担心患了精神病。邓一光写出了人可能陷入的既孤独又孤单的状况，直面了现实。他又选择以超现实主义的手法来展现这种现实，从而让小说的叙事起到陌生化的美学效果。

二

在邓一光近年创作的短篇小说中，《在地下》（《收获》2023 年第 6 期）非常适合和《深圳自然博物百科》放在一起进行对读。

这首先体现在，《在地下》和《深圳自然博物百科》这两篇小说的主要人物具有家族相似的气质。“狄二岸曾是羞涩的小镇少年，不聪明，没有出色的能力，有时候会犯点小错误，把事情搞砸。因为这个，他一直有点紧张，不爱说话，童年和少年时期没有朋友，中学毕业后只考了个专科，让父母失望，连向暗恋女孩表白的机会都错过了。”①和《深圳自然博物百科》的行洛水一样，狄二岸敏感内秀，和周围世界格格不入。不过，这两篇作品在人物书写上也有

① 邓一光：《在地下》，《收获》2023 年第 6 期。

鲜明的差异。《深圳自然博物百科》把大部分的篇幅用在了行洛水身上，主要是讲述行洛水的遭遇；《在地下》则在写狄二岸的同时，也注重人物群像的勾勒。《在地下》主要从狄二岸的视角去展开观察和想象，他的身份被设定为深圳地铁的志愿者。《在地下》也从狄二岸的视角出发，写了不少生活在深圳的人：非常劳累、缺少睡眠、对收入不满意的地铁保安，家里有两三个孩子、经济压力巨大、同时有着一份或两三份工作的中年妇女，在地铁里哭泣的女孩，学艺术出身、无法适应职场规则而选择漂泊、像“香荚兰叶”一样瘦弱的忧郁青年，想要洞悉世事、被生活深深伤害的中年男人“明白哥”，有远大志向却平庸、无法有远大前程的青年，和南兆旭一样真实存在的现实人物胡野秋……对这些人物的书写，有的描述相对详细，有的则非常简略。他们都是巨型城市深圳中的一员，是独特的“这一个”，也是一类人的、有普遍性的代表。

和《深圳自然博物百科》一样，《在地下》同样注重历史的考掘，并且带有鲜明的博物学色彩。这种鲜明性首先体现在，小说引入了两个在地质学上非常重要的概念和视角：人类世和深时。

人类世通常被认为是人类对地球产生了不可逆转的影响的时代。2000 年，荷兰大气化学家保罗・克鲁岑在一次会议上偶尔提及“人类世”一词，这个带有现场即兴发挥性质的词成为这次会议的热议话题。会后，保罗・克鲁岑对这个词继续加以研究，发现湖泊生态学家尤金・施特默曾创造了这个词，并被他的同事和学生加以使用。随后，保罗・克鲁岑和尤金・施特默联系，共同在《IGBP 通讯》上联合发表了这一名词。2002 年，保罗・克鲁岑在《自然》杂志发表了一篇仅 1 页的文章，使得该名词得到更为广泛的关注和讨论。保罗・克鲁岑并非地质学家，但他公开宣称全新世已经结束的说法，推动着人类世成为新的地质时代，人类世也成为近年来不同学科的热议话题。深时则是一个地质概念，是塑造地球地质事件的时间尺度。这个尺度非常巨大，对人类的理解与想象会构成挑战，但同时，也为人类的理解打开新的认识空间和认识尺度。

写作《在地下》时，邓一光既保留了人类世和深时的时间尺度，又将它们进一步空间化：在人类世和深时王国之间形成对比。狄二岸虽然和周围世界显得格格不入，但是他具备出色的想象力，能够穿行于不同的世界，比如穿行于人类世和深时王国。小说的开篇就写到，深夜，狄二岸的保安舍友们熟睡后，狄二岸便安静地启程，离开人类世而返回深时王国："狄二岸来到大鹏半岛的四代火山遗址，从这里开始了他当晚的旅行。他独自穿过岬湾海岸挂满海葵和层孔虫的海蚀崖，从那里折返，通过生物遗骸沉积而成的盐矿，依次去了咸头岭和大黄沙、屋背岭和九祥岭、红花园和铁仔山的地下遗址，它们分别是新石器时期商代和汉代人类活跃过的地方。狄二岸在那里见到一些新朋友。他没有和他们打招呼。用不着。他们以后会认识。不过，他双手抄在裤兜里，闲适地在元代人类活动过的楼村悠悠散步的时候，见到三位在那里度假的老朋友，德国人郭士立、瑞典人韩山明和德国人黎力基，他们为黎的《德客辞典》词性问题争得面红耳赤，几近翻脸。狄二岸礼貌地在他们面前站定，问候了三位长者，顺便问了黎先生，他失踪的妻子是否回到了他的身边。"①

和《深圳自然博物百科》一样，邓一光在《在地下》中也注重引入一些与深圳历史有关的人物或事件，比如德国人郭士立、瑞典人韩山明、德国人黎力基。他们都是传教士，都在深圳有过停留。在跨文化史、全球微观史的意义上，他们的过往经历，也是深圳历史的一部分。② 而正如上述段落所展现的，邓一光赋予了深圳历史以广阔的景深。

《在地下》接下来的书写，同样沿着不同的历史视野而展开，既有非常典型的对城市生活的思考，同时也有超越性的注视。邓一光一如既往地关注城市的问题，关注当下生活的问题，试图写出当代城市生活的复杂性："城市并不爱所有人，它在崛起时不光托起了目光如炬的财富者，也陷落着无数打拼者的无效梦想，在地下行走的人们大多属于后者。他们是城市里人数最多的族群，城市故事里听不到他们的声音，但因为有了地下，他们可以怀揣不放弃的残梦，搭乘一匹钢铁快马，在黑暗中一往无前地向前奔跑，穿越刀锋生活，哪怕距离灾难只有一寸。"邓一光对城市的理解超越了二元对立式的思维局

① 邓一光：《在地下》，《收获》2023 年第 6 期。

② 蒋荣耀曾撰文对他们在深圳的经历进行勾勒和描绘，具体可参见蒋荣耀：《1840 年代，洋人的深圳"朋友圈"》，《深圳商报》2016 年 6 月 12 日。

限,不是单纯地认为城市生活是好的或是坏的。与此同时,他也试图站在更高的视角,即小说中所说的“深时王国”的视角,省思人类世的种种局限,思考人类文明的成就与风险、洞见与盲见。

拉开距离去看,我们会很容易发现人类的成就。比如在《人类时代》中,黛安娜·阿克曼就以诗意的笔触描绘了这样一幅图景:“请展开丰富的想象力,想象着我们人类是如何开始的。先是半直立的猿类,在树上悠闲地打发了部分时光;之后成为一群衣不蔽体的游牧狩猎者和采集者;而后成为有意识地种植谷物的护卫者,以令人费解的缓慢速度挑选出适宜的谷物,这一进程持续了上千年;接着摇身变为勇敢的农民和森林砍伐者,建造了栖身之地,并获取了更加稳定的食物来源;随后变成村庄和城镇的建造者,村庄和城镇的出现让沟壑纵横、精耕细作的农田黯然失色;紧接着成为制造者,创造出蒸汽机(一种不同于马力、牛力或水力的异常丰富的动力源,不会受到健康状况或天气的影响,不会受到位置的限制)等发明;之后变为行业经营者、苦力者和大企业家,搬迁至距离工厂更近的地方,这些工厂出现在像蜂窝一样的城市里,位于一望无际的主要农作物(如玉米、小麦和大米)的田地旁和成群的关键物种(主要为牛、羊或猪)的周边,最后成为熙熙攘攘的大都市的建造者,大都市周围是农场减少、森林萎缩的郊区,然后在强烈的群居冲动的驱使下,成群结队地涌入散发着希望气息的城市。在那里,我们如同散落的水银珠子一般,流动着聚集在一起,最终合并成为一个个巨大的、坚固的文明球体。”①这段话,可以看作是对人类文明的浓缩而诗意的描绘,动人心弦。而在浩瀚无垠的时空面前,人类的成就和得失,又总是有不断进行重新估衡的可能与必要。这也是邓一光在他的深圳系列小说中尝试处理的。比如在《在地下》中,他引入了 1993 年深圳清水河仓储区大爆炸这一历史事件,也把胡野秋等深圳的文化名人写到了里面。其中写到,这次大火引发了两次大爆炸。当时有六个过氧化氢罐离大火仅三十米,如果第三次爆炸发生,必将引爆附近

① [美]黛安娜·阿克曼:《人类时代:被我们改变的世界》,伍秋玉、澄影、王丹译,生活·读书·新知三联书店 2017 年版,第 73 页。

八个储量超一千吨的液化气罐、十八节液化气槽罐和加油站，威力是广岛原子弹的两倍，破坏力也更大，大半个深圳特区将会成为废墟。好在那天，有三千多个男人冲进大火现场，用两百多吨水泥铺出了一条隔离带，这样才阻止了大火的继续蔓延和悲剧的扩大化。通过对一个城市的危机时刻的回望，邓一光把省思从对城市文明的思考引向了对人类文明的思考。《在地下》中还写到马斯克在试图造超级高铁，一旦造成，出行的时间会进一步缩短，从深圳到北京仅需两个小时。这种速度的提升会带来很多便利，同时也可能让人丧失很多。比如丧失慢所带来的种种故事、美学和可能。从深时的时间角度看，人的生命是何其短暂，从宇宙的空间角度看，人类则渺小如尘埃。那么，我们该如何估算其中的得失呢？邓一光并没有试图把读者引向简单化的、非此即彼的选择，而是试图营构一个复杂的问题境域，让人据此去展开思考。

三

邓一光的深圳系列小说还有鲜明的互文性。作为短篇小说的《深圳自然博物百科》和南兆旭的同名博物学著作构成互文关系。在这篇小说中，邓一光明确地谈到南兆旭及其著作，这种互文的形式，可称为显性互文。《在地下》，则在有意无意之间，与英国作家、学者罗伯特·麦克法伦的非虚构作品《深时之旅》构成互文关系。《在地下》虽然没有提及罗伯特·麦克法伦及其《深时之旅》，但是它们都涉及对深时和人类世的讨论，也都试图探讨关于地下的哲学和美学。两者构成一种隐性的互文关系。这种互文性，与作家在写作上的探索有关，涉及作家的写作方法层面的问题。同时，这种写作也指向作家如何介入时代、如何通过写作和现实形成互动等问题。邓一光深圳系列小说的写作，是一种注重向内考掘的写作，也是一种注重向下考掘的写作。

我在一篇谈论邓一光的深圳系列小说的文章中曾谈到，邓一光有一种从高处俯瞰生活的智慧。在他的笔下，人既是属于城市的，又是属于自然的和宇宙的。邓一光及其笔下的一些人物，会从自然的、宇宙的视域来打量世俗世界,包括世俗的城市生活。[①] 他之前的一些关于深圳的短篇小说,蕴含着皮埃尔·阿多所说的“俯瞰事物的体验”:“俯瞰事物的体验可以让人想象一种内心的视觉,飞越大地与凡间。”[②]这种俯瞰的体验是从天上看地上的视角,而在《在地下》等小说近作中,邓一光则增补了从地下看地上的视角。这两个视角,在邓一光的写作中所起的作用,是大致相同的:都使得人们可以从普遍性的视野出发去看待事物,在巨大的时空尺度中去观看城市与文明,省察城市与自然。而在认识论、在美学的意义上,从地下看地上的视角又增添了新的维度。正如罗伯特·麦克法伦所指出的,在人类文化史中,人们似乎对地面以下的空间抱持着长久的憎恶,出于各种原因,人们总想回避地面之下的事物,地面之下由此成为认识论和美学的反面或暗面。但他主张,黑暗也可能带来洞察,向下挖掘也通向启示而非丧失。[③] 在《深时之旅》和《在地下》中,我们都能发现麦克法伦所说的不无道理。

邓一光近期的、以《深圳自然博物百科》《在地下》为代表的深圳系列小说,为理解深圳的历史提供了不同于其他作家作品的视角,也开示了一种可能——短篇小说也可以探讨宏大的主题,而不必只是书写小情小绪。

《在地下》对人类世及其相关问题的书写就是一个典型的例证。人类世和深时,为这篇小说提供了一种观看城市的新视角,也带出了一系列新的主题。正如有论者所指出的,“人类世自出现以来就具有多学科特性。各个领域的自然科学家,连同社会科学家、人文学者、文艺评论家、艺术家、新闻工作者和社会活动家很早便意识到地球正在发生一些奇怪的变化,并试图用自己的方式去理解地球是如何以及为何变化的。从这些角度来看,曾经无边无际、丰裕富饶的地球已变得局限、污浊并趋于陌生化”。[④] 虽然经过 15 年的讨

---

① 李德南:《他们都是造物主的光荣——论邓一光的深圳系列小说》,《南方文坛》2015 年第 3 期。

② [法]皮埃尔·阿多:《作为生活方式的哲学:皮埃尔·阿多与雅妮·卡尔利埃、阿尔诺·戴维森对话录》,姜丹丹译,上海译文出版社 2014 版,第 200—201 页。

③ [英]罗伯特·麦克法伦:《深时之旅》,王如菲译,文汇出版社 2021 年版,第 10—15 页。

④ [美]朱莉亚·阿德尼·托马斯、[英]马克·威廉斯、[英]简·扎拉希维茨:《人类世:多学科交叉研究》,谭亮成、王甜莉、车乒译,科学出版社 2022 年版,第 1 页。

论和探索，国际第四纪地层学小组委员会决定，人类世目前还不会成为地球地质时间表上的正式纪元，但没有疑问的是，人类世及其相关的概念已经跨出了地质学的视野，成为有着广泛影响的文化概念。邓一光对人类世、对深时的问题与方法的引入，为书写深圳构建了不同于以往创作的思想景深和文明景深，在面对相同的、相似的题材中构建了个人的写作方法和叙事美学。在城市文学的典型视角中，个体的自我困境，是思考的中心议题；而在人类世、在深时的视野中，人类是作为一种整体力量而对地球产生影响，相应地，人类全体与全球困境之间存在着许多不确定的联系。《在地下》实际上同时思考这两方面的问题，也同时开示这两方面的问题。邓一光将城市与更为复杂的系统联系起来，为城市书写引入或建构具有当代性的复杂思维模式和系统思维模式。他在更新城市文学上做出了重要的尝试，也取得了不容忽视的实绩。

重述城市：城市传记书写的世界图景与现代追问

臧　晴①

摘　要　作为一种文化现象的城市传记书写需要在“世界-中国”“传统-现代”以及“城-人”的框架下加以审视。在世界文学的整体视域下，城市传记书写是出版行为下“世界史热”的在地化呈现，也是文学书写全球本土化的一种有效实践。城市传记书写中的空间以各种形式被反复拓写，其意义在记忆的交叠术中不断增殖，具有典型的现代性意义。城市传记书写的“重述”性质是全球范围内“改写”浪潮的一部分，其目的在于解构经典与再建意义，其精神指针最终仍指向了人本身。

关键词　城市传记　全球本土化　记忆　经典重构

在全球化、城市化和现代化并峙的背景下，中国当代文学的“城市转向”已成必然。作为城市文学的一个分支，城市传记在对城市前世今生的全貌式重返中切近其现代性本质：城市不只意味着光怪陆离的现代景观和市民生活，或是人被挤压和异化后的现代生存状态，更是一个混杂、动态和开放的过程体，它既是现代生活混乱与危险的制造者，同时也是传统、历史与文化的维系者。作为非虚构写作的一个门类，城市传记在真实与虚构的两极间来回摇摆，其虚实难辨的斑驳底色折射出审美形态的新变：在整体性的视野下，世界范围内的城市史热潮，马伯庸小说、网络文学“老白文”的风靡，以及《繁商》

---

① 作者简介：臧晴，苏州大学文学院副教授，研究方向为中国当代文学研究、海外汉学研究、性别研究。

《漫长的余生》等作品的畅销，共同昭示着当下历史兼及文学、博古而又通今的书写倾向。

可以说，当前的城市传记书写与出版热潮是世界潮流、审美转型与社会演化共同作用下的结果，召唤着我们在“世界-中国”“传统-现代”以及“城-人”的框架下加以审视。在对这三重意义的追索中，作为一种文化现象的城市传记引领着我们进入现代性的地图和世界书写的谱系，反思城市文学的可能与局限，勘探中国、世界乃至书写本身的意义。

一、定制世界图景：作为出版现象的“城市传记热”

2021年5月，一场“如何书写伟大城市”的对谈活动在南京先锋书店举行，在主持人何平的引导下，刚出版新作《北京传》的邱华栋与《南京传》的作者叶兆言展开了南北对话。在谈及写作这两部城市传记的初衷时，两位作者都坦言来自出版社的邀约，并受到了英国作家彼得·阿克罗伊德（Peter Ackroyd）《伦敦传》的启发。叶兆言屡次在回忆时提及，《南京传》的写作源于2017年时老友、译林出版社原社长顾爱斌的邀约，询问他能否为南京写一部《伦敦传》那样的城市传记，叶兆言对此不置可否，表示“要是我写，起码不会比这本书差”。① 同年，邱华栋在与北京十月文艺出版社总编辑韩敬群闲谈时提及了自己正在读《伦敦传》，开玩笑地说“我觉得我也能写一本《北京传》”。② 于是，出版社顺势向两位作者发出定制邀约，最终分别于2019年和2020年推出了这两部重磅作品。

两人的写作机缘看似巧合，实则极为典型地代表了当前国内城市传记的现状。近年来国内出版的各类城市传记已近百种，绝大多数来自出版社的约稿定制，相较于写作者自主产生灵感与构思的自然写作，这无疑是一种有意识的出版行为。这其中既有相对分散的零星定制，即出版社为传主城市选定

① 叶兆言、何映宇：《叶兆言：南京人立〈南京传〉》，《新民周刊》2019年第33期。

② 邱华栋：《北京传》，北京十月文艺出版社2020年版，第529页。

合适的立传人,发出邀请,单独推出,如上文所提的叶兆言《南京传》(译林出版社,2019 年),邱华栋《北京传》(北京十月文艺出版社,2020 年),也有蒋蓝《成都传》(四川人民出版社,2022 年)和范小青《家在古城》(凤凰文艺出版社,2022 年);也有以系列丛书推行的规模运作,如广西师范大学出版社于 2010 年起推出有关广西壮族自治区 14 个城市的《广西城市传记》,2011 年南京大学出版社推出涉及 9 个城市"都市地理小丛书",2014 年商务印书馆推出"城市家园读本·寻城记"等。

作为一种由出版主导的书写现象,这股"城市传记热"同时受到市场与政策两股力量的推动。首先,城市传记在文类上可以被归为当前热门的"非虚构写作"阵营,在题材上又与当下文坛如火如荼的各类地域性写作密切相关,再加上其与长盛不衰的城市文学、城市史之间也有着天然的亲缘关系,可谓撞上了各类风口的幸运儿。随着《南京传》《北京传》等作品佳绩迭出,出版业很快嗅到了商机,乐得促成这类自带"流量"的专题写作,最为典型地体现在了其对作者的选择之上。作为一个"定制产品",城市传记往往先有传主,后有立传人。那么,谁有资格来为一座城市立传、为读者书写他们心中"最熟悉的陌生人"? 什么样的写作者能够引起最广泛读者的共鸣、赢得市场的信服? 在这个问题上,知名作家往往是出版方的第一选择。城市传记往往古今通联,从开埠开始,写到今日的摩登城市,新旧对比、史地结合,这种"介乎文史之间"的质地本身召唤的既可以是历史学者,也可以是文学创作者。从专业领域的意见来看,作者史学背景的分量似乎更为重要。《广州传》的策划者、责任编辑汪泉曾在采访中表示,他在遴选作者之时即拟定了四条标准:"土生土长的广州人""成熟作家,有经典的代表作""史学家,有史学著作出版""六十岁左右,具备了相应的人生感受和经历",①其中他尤其强调"史学家"的背景,指出"《广州传》是非虚构类作品","纯文学写作者不符合这一标准"。何平比较了叶兆言与张新奇这两版同年问世的《南京传》,提出"既然是'传',是否都应该由历史学家担当此任? 或者换一个角度看,也就不是一个问题,可

① 《假如城市变成人,广州会是什么样?》,《新华每日电讯》2020 年 10 月 16 日。

以有历史的城市传记，也可以有文学的城市传记。前者可以不需要文学加持，后者则需要浸淫历史，然后以文学者出”。他指出，“叶兆言在‘南京’这个领域被广泛认可，既是因为他的文学书写，更是因为他对南京城市史的研究”。①

然而，市场、以及以市场为导向的出版计划显然更青睐知名作家来为城市立传，比如目前最受瞩目的城市传记即为邱华栋《北京传》、叶兆言《南京传》、范小青《家在古城》等，作者均为家喻户晓的全国知名作家，刚进入“定制写作”流程中的《上海传》《扬州传》等也分别选择了小白和朱婧两位新生代作家，试图以年轻一代的视角来吸引更为广泛的读者群。可见，尽管在城市传记作者的选择上，文或史的倾向各有千秋，但在商业出版的逻辑上，出自知名作家之手的城市传记确实自带光环、更受关注，这不仅与作者本身的知名度、小说家言的可读性有关，也需要考虑到，这些城市传记本身也与作者此前创作的以该城市为背景的小说遥相呼应，构成了一种互文关系，比如范小青《家在古城》与其以小巷、苏州为背景的各类小说，又比如叶兆言《南京传》与其以秦淮、民国南京为题材的系列作品。互文本是指“在一个文本的空间里，取自其他文本的各种陈述相互交叉，相互中和”，②由此产生“堪借照焉”的“邻壁之光”。③ 但当其取材于本人所创造的文本时，这种“自我互文”或是“同题异构”就能产生出类似于多声部的混响效果：当读者能在有关平江路状元府的叙述中连接起《裤裆巷风流记》对“纱帽厅”的描写，在南京城 1945 年抗战胜利前夕汪伪政府、重庆和日军“三方并立”的离奇景象中联想起《很久以前》中女学生春兰、欣慰的故事，作者的两副笔墨便能跨越时空、彼此对读，其所能产生的阅读空间与情感涟漪也早已溢出了单个作品本身，进而生出一个语义丰茂、且不断生长的新世界。

其次，从“讲好中国故事”“坚定文化自信”到“粤港澳大湾区”“一带一路”建设，一些丛书直接由各级作协、文联牵头主导，服务于国家各类大政方针，

---

① 何平：《城市传记何以可能？——以叶兆言〈南京传〉为例》，《当代文坛》2022 年第 2 期。

② 秦海鹰：《互文性理论的缘起与流变》，《外国文学评论》2004 年第 3 期。

③ 钱锺书：《管锥编》，中华书局 1979 年版，第 166 页。

可谓以项目式方式来推进的"出版工程"。如广东人民出版社推出的"粤港澳大湾区城市传记系列丛书",通过为香港、澳门 2 个特别行政区和广州、深圳等 9 个城市立传,来推动构建粤港澳大湾区的城市文化认同。又如国际出版项目"丝路百城传",所立传的城市"从长安到罗马""从杭州湾到地中海",串联起一条纸上的"丝绸之路",旨在"为'一带一路'立言,为传播中华文化、弘扬共同价值立意,为新时代立功",①目前已出版包括中国、哈萨克斯坦、意大利、乌兹别克斯坦、俄罗斯、阿根廷等国家的各类城市传记 60 余种。在官方力量的助推之下,各种出版、发行和传播资源迅速向这类项目倾斜,形成了一道专业化、大规模的书写景观,亦能达成一些零星出版所无法企及的效果,如青少年阅读推广或是跨文化交流。作为"粤港澳大湾区城市传记系列丛书"首部推出的城市传记,《广州传》全书 60 万字,两年后,该书在删改了书中的引文、考古部分和学术性较强的内容后推出了体量减半的简明版《广州传》,以更好地推广阅读,尤其是向少年儿童普及广州人文历史。"丝路百城传"不仅出版国际城市传记,即展开国际组稿,又致力于把中国的城市传记推出海外,即同时建立国际出版合作机制。比如,中方出版社通过外交方式促成了哈萨克斯坦与乌兹别克斯坦两国总统分别为"丝路百城传·哈萨克斯坦卷"与《撒马尔罕传:历史与现代》作序,通过一个国际出版项目来串起丝路百城间的交流,推动文明互鉴。但从整体上看,也正是由于官方政策的强烈引导,这些"出版工程"所定制的城市传记普遍有着强烈而急迫的"求全"和"拔高"意愿。一方面是策划之初就大多力求"填补城市空白",一套丛书往往先确定一片特定区域为书写对象,然后为范围所及的城市一一立传,以期达成"地毯式"覆盖的效果;另一方面则普遍过高地评价了城市化或现代化进程,也就难以写出城市的个性。毫无疑问,这些"工程式"的丛书已成了一种文化干预,城市传记被批量化地机械复制,官方意志通过这些文化产品逐步向大众社会产生有形或无形的渗透,进而导致"标准化、模式化、伪个性化、守旧性与欺骗性",以达

---

① 《城市传记,开辟新时代城市传播新路径》,《中华读书报》2023 年 11 月 1 日。

到“自上而下整合大众的目的”。①

值得注意的是，无论这些城市传记通过何种形式定制而来，在前期策划与准备过程中都与《伦敦传》有着千丝万缕的关系。该书出自英国传记学家、小说家和评论家彼得·阿克罗伊德，于2000年首次推出即受到了广泛好评，被各界媒体充分肯定为“倘若伦敦能够给自己选一位传记作家，它肯定会选彼得·阿克罗伊德”。也许是想要延续其在英语世界名利双收的辉煌，不少出版社将这部作品视为城市传记的写作范本，在发出定制邀请时分发给各位作者，颇有“请君参考”的意味。

在某种意义上，《伦敦传》可谓国内当前这波“城市传记热”当之无愧的老前辈，其地位堪比加西亚·马尔克斯之于先锋文学。但正如马尔克斯在20世纪80年代中国文坛的横空出场是“拉美文学爆炸”的信号弹，其背后是第三世界文学的集体崛起。《伦敦传》的引领作用也并非孤例，其本身即“世界史热”的一个环节，也是世界范围内重写城市浪潮的一个样本。近年来，“甲骨文”“汗青堂”“好望角”等一系列出版品牌专攻各类世界史的本土译介，其中，城市传记也趁着非虚构阅读热的东风而被重点关注，仅译林出版社一家就开发了包括《伦敦传》《芝加哥规划》《巴黎城建史》等在内的“译林·城市故事”，包括《威尼斯故事》《西西里故事》《佛罗伦萨故事》《罗马城故事》在内的“意大利四部曲”，以及包括《新月与蔷薇：波斯五千年》《巴黎传：法兰西的缩影》等在内的“方尖碑书系”等整套丛书。除了眼下这一股潮流，更早一批的“洋前辈”也持续散发着影响力。蒙蒂菲奥里（Simon Sebag Montefiore）的《耶路撒冷三千年》讲述了耶路撒冷如何在宗教、政治和族群的拉扯下由一个地方城市走向全球的历程，这本现象级的全球畅销书诞生于全球局势风云变幻之际，一经推出便获得美国前总统克林顿的推荐，直至今日仍活跃在海内外图书市场，并在各类有声书、读书频道中热度不减。帕慕克（Ferit Orhan Pamuk）的《伊斯坦布尔：一座城市的记忆》是一本以城市传记形式写就的个人自传，在以“呼愁”所串联起的城市灵魂中书写了文明之间的交错与冲突，也是其“伊

① 赵一凡、张中载、李德恩：《西方文论关键词》，外语教学与研究出版社2006年版，第26页。

斯坦布尔文学地图”的重要板块。该书于2006年帕慕克获诺贝尔文学奖之后被引进国内,可谓生逢其时、备受瞩目,也随着经久不衰的“帕慕克热”而长期居于世界文学青年的必读清单上。可以说,当前的“城市传记热”源于整体性的世界城市史书写浪潮,经过多年的酝酿,在市场与政策的双管齐下中迎来了爆发,这不仅仅是当下文坛的一种文化现象,更需要在“世界-中国”的框架下加以重新审视。

在世界文学的整体视域下,眼下这些林林总总的城市传记可以被视作“世界史热”的在地化呈现,也是文学书写全球本土化的一种有效实践。“全球本土化”(Glocalization)是指不同的国家、地区在吸收外来文化与思想的同时,总是会根据自身情况进行选择与转化,全球化是普遍主义的特殊化和特殊主义的普遍化的过程,是全球与地方相互渗透的过程。① 大卫·达姆罗什(David Damrosch)曾将其运用到对世界文学类型的讨论,认为“全球本土化”的文学有两种形式,“作家可以以全球读者为对象,描写本土的题材,也可以从外而内地强调某个运动或浪潮,把本土表现为全球交流的缩影”,他认为前者的代表作家就是帕慕克,因为其“观念和文学风格都是彻底国际化的,但是他选择的素材又是绝对本土的”。② 尽管达姆罗什所评价的是作为小说家的帕慕克,但这一标准也适用于《伊斯坦布尔:一座城市的记忆》在内的各类城市传记书写。一方面,城市的历史即为城市化的进程,而城市化又总是与现代化、全球化如影随形,所以,城市传记的世界气魄与整体视野似乎是与生俱来的。不少作者都追问到了城市之于世界的意义,如邱华栋《北京传》在“未来之城”一章中写到了北京的“世界城市之梦”,什么是世界城市?北京在其中是什么位置?王旭烽《杭州传:住在天堂》则从一个大海湾、一片沼泽地里的古越人写到了作为世界“窗口”的新杭州,孔见《海南岛传:一座岛屿的前世今生》、黄国钦《潮州传》等都将作品的结尾停留在了对城市与世界关系的思考等等。而且,几乎所有立传者都充分挖掘了城市发展中的现代化元素,并

① Robertson R. *Globalization: Social theory and global culture*. London: Sage, 1992, p. 173.

② [美]大卫·达姆罗什:《如何阅读世界文学》(第二版),陈广琛、秦烨译,北京大学出版社2022年版,第230—231页,第237页。

试图以动态的“过程式”来进行现代化叙事。另一方面，城市传记的落脚点最终在具体的一城一地之上，立传者又需要对普遍写法与共同问题进行校准调整，以本土特色内容来编织自身文化的意义之网。比如，作为一种“前结构”的《伦敦传》以各种形式参与到了写作者的构思版图之中，有的对其进行了借鉴转化，如蒋蓝的《成都传》在按时间顺序描绘了成都城的前世今生后，在全书最后缀补了一章“成都风物记”，从木芙蓉、凤凰山的演变史讲到成都的乌鸦、桐花凤，从蜀地银杏的逸事写到了大熊猫的历史，这一部分无疑是受《伦敦传》引入大量风物细节、气味感觉等非传统史传因素的影响，试图将磅礴大气的城市历史演义与细致入微的生活场景并举。有的则与自己所传对象对照比较并做出取舍，叶曙明认为，“《伦敦传》确实给了我一定的启发，但它是不可模仿的”，“广州更加像一条平波缓进的宽阔河流，不急不躁、不温不火，以自己独有方式，平稳前进”。[①] 所以，当前的国内城市传记书写起于一种类型化的世界文学潮流，但绝不是、也不该是被裹挟前行的简单“汉化”。无论其创作是出于定制、自发还是跟风，无论其采用自述体还是历史体，无论其如何评价城市与现代化的进程，无论创作主体的情感与声音是显还是隐，这类写作的最终落脚点之一应为如何处理世界与本土之间关系，此间的模仿与调适、对话与冲突能否构成作品兼具普适意义与地方征候的特殊肌理，能否最终达成具有本土化意味的世界性叙事，也就成了评价其高低得失的最终尺度。

二、记忆的交叠术：空间与时间的现代性追问

城市是一个流动的复杂空间，而传记则是有关时间的艺术。城市传记既是对城市空间的历史化书写，也是对城市历史的空间性呈现。而且，相较于从史学角度阐释城市起源、发展、嬗变及城市化进程的城市史，城市传记往往以变形的方式来处理时间与空间：时间向度上的过去、现在和未来是纵横交错的，空间意义上的边界、建筑和地标也是不断生成和叠加的，人与城市在时

① 朱蓉婷：《叶曙明：写一部活的历史，为广州立传》，《南方都市报》2020 年 6 月 7 日。

间和空间上融为一体且遥相呼应，具有典型的现代性意义。

城市传记中的历史是通过记忆呈现的，记忆赋予了城市的过去一种特殊的历史魅力，把最美好、辉煌的事物贮存在与现今相对的另一个维度里，召唤着散落在城市四处人们的集体记忆。一百多年前，意大利作家卡尔维诺(Italo Calvino)在《看不见的城市》中写道："城市就像一块海绵，吸汲着这些不断涌流的记忆的潮水，并且随之膨胀着。然而，城市不会泄露自己的过去，只会把它像手纹一样藏起来，它被写在街巷的角落，窗格的护栏，楼梯的扶手上……在某些时刻、某些街道上你会看到难以混淆的、罕见的、甚至是辉煌的事物。"[①]这些街巷、窗格、楼梯提醒着城市的前世今生，为深陷层层约束之网的现代人提供了一个有关过去的"乌托邦"，我们在记忆中再现、修剪和美化它们，通过建构"一个群体里或现代社会中人们所共享、传承以及一起建构的事或物"。[②] 来确信生命中不只有当下、瞬间和碎片化，还有另一种看似遥远却也切近的整一性可能。

对于北京和南京这一类具有特殊意义的古都而言，城市传记召唤的是民族记忆。邱华栋《北京传》主章以朝代更替的历史演进为序，副章则辅以介绍该时期具有代表性的人物、建筑、规划等，这般时间与空间交织、历史与人文荟萃的大气魄显示出作者以北京辐射中国的企图。叶兆言《南京传》从公元211年孙权迁治秣陵演绎到1949年百万雄师过大江，金陵古城一路历经东吴霸业、六朝金粉、南唐偏安、明清隆替、民国风云，以南京城的跌宕起伏折射出民族命运的沧桑巨变。对于广州和苏州这一类充满人间烟火气的名城而言，城市传记叩响的则是市民记忆。叶曙明《广州传》有意放弃了王朝兴替、风云变幻的"大历史"，从平民视角谱写广州两千多年来在城坊地理、习俗节庆、休闲娱乐、文化宗教等处凸显的市井生活。范小青《家在古城》则从自己童年居住过的民国建筑街区"同德里"出发，通过重访旧地故人来展现城市面貌的更迭，并呈现古城保护背后的苏式生活逻辑。无论是民族沧桑还是市井生活，

① [意]伊塔洛·卡尔维诺:《看不见的城市》,张宓译,译林出版社2006年版,第9页。

② [法]莫里斯·哈布瓦赫:《论集体记忆》,毕然、郭金华译,上海人民出版社2002年版,第39—40页。

这类《耶路撒冷三千年》式的写作诉诸的是与所谓“历史”相关的集体记忆，如扬·阿斯曼所说，“记忆，使人类得以升华在集体和团体中，而生活在集体和团体中又令我们能够建造记忆。这种记忆和归属之间的联系不仅仅如哈布瓦赫所说，是一种自我规划或‘自动生成’的事情，它也是一种政治基础或政治组织”。① 城市传记铭刻了市民、国家与民族的历史印痕，以一座城的命运串联起一群人的共同感受，为他们提供了重构文化身份的有效记忆，也赋予了从历史延续而来的当下的合法性。

还有一些城市传记将个人记忆内置于集体记忆的框架，或通过个人经历来串联时代演进，或借镜个人视域来解说城市历史，虽并不能完整地反映出城市历史的全貌，却往往能准确地诠释出城市精神并引起读者的广泛共鸣。这不仅因为艺术创作在本质上以个体生命为起点，集体的文化记忆总是隐现在个人的书写中，对个体经历的回顾也往往在无意识中渗透着群体的困惑和思考，而且究其原因，“个体记忆只有定位于集体记忆当中，并与其他的个体记忆发生交流时才是有生命的记忆；而私人记忆也必须置身于某个已形成共识的公开场域，将自身与其他思想联系起来，才能被激活、被理解，从而对建构个体的身份认同发生作用”。② 这类《伊斯坦布尔：一座城市的记忆》式的写法诉诸的是集体记忆与个人记忆的缝隙处。比如，叶辛《上海传：叶辛眼中的上海》是“丝路百城传”首部推出的城市传记，却也是其中最具个人化色彩的一部。除了开篇用于点题的两篇小文连接了上海与丝绸之路的缘分，《上海传》的主体部分从叶辛本人的双重身份出发——上海是他生于斯长于斯的故乡，而知青是他最为重要的文化底色。叶辛有意回避了一些惯常的上海符号，如石库门、弄堂，又如酒吧、摩天大楼，而是写出了一代知青眼中的上海变迁：那些彭浦车站欢送知青的场景、千辛万苦探亲的故事，以及他们 1966 年以后的经历等等。在全国 1 700 万上山乡下的知识青年中，上海占了整整

① [法]莫里斯·哈布瓦赫：《论集体记忆》，毕然、郭金华译，上海人民出版社 2002 年版，第 94 页。

② 赵静蓉：《中国记忆的伦理学向度——对记忆危机的本土化再思考》，《探索与争鸣》2013 年第 12 期。

120 万人，是全国到农村去人数最多的城市，“这一代人的离开上海和回归上海，成了 20 世纪上海历史上一个凝重的印记”。[①] 又如近年来的杭州传记有多个版本，王旭烽的《杭州传：住在天堂》是“丝路百城传”系列丛书的一员，张国云的《杭州传》来自杭州市文联文艺精品工程的扶持项目，这两个版本都属于典型的“集体记忆型”传记，两者的立意正如王旭烽版的“本书简介”所概括的，“以史家之笔钩沉城市往昔，亦以诗意之笔凝神其间人物；既写家国疼痛打在这座城市身上的烙印，更写国家振兴对这座城市的激励和鞭策”。几乎是在同一时期，另一版“非典型性”杭州传记却吸引了更多读者的注意，作者吴晓波是曾以《大败局》《激荡三十年》而大热的著名财经作家，虽非专治文史，但其于 2022 年推出的《人间杭州：我与一座城市的记忆》在销量与口碑上都远超前两个版本。吴晓波笔下的杭州也从五千年前良渚文明的诞生延伸到当下善贾者的复活，但正如其全书副标题“我与一座城市的记忆”与结语标题“一座只与‘活着’有关的城市”所揭示的，作者的重心在于挖掘杭州的城市性格与文化基因，因为“城市的历史各有曲折和迷人之处，它本质上是一个情感和欲望的容器”。这部“私人的杭州传”通过个人的生命历程与情感体验来复活城市的记忆，进而与共同生活在这个空间的万千个体紧密相连，产生了文化共鸣。

同样采用个人化视角来呈现城市的还有纪录片《一个人和一座城》。新世纪初，受法国电影新浪潮的先声“作家电影”启发，CCTV-1《见证》栏目开创性地提出“作家纪录片”的概念，邀请刘心武、张贤亮、李杭育、孙甘露、阿成、何立伟、李宽定等十位作家来讲述城市，用个人化的视角来展现北京、银川、杭州、上海、哈尔滨、长沙、贵阳等十座城市的故事。这部十七集的纪录片可谓以影像化方式和个人化色彩打造的城市传记，叙述者用一己的经历阐释城市的变迁，个人史串联起了社会史，成长史又与城市史遥相呼应。几乎所有叙述者都是从儿时所熟悉的一方天地来开启对城市的认知，而这方天地也随着成长的脚步而逐渐拓展，进而形成个人的城市地图。刘心武的北京从四合

---

① 叶辛：《上海在我心中(序)》，见叶辛著《上海传：叶辛眼中的上海》，新星出版社 2018 年版，第 7 页。

院、钟鼓楼拓展到隆福寺、剧院，这是他学习、工作和写作生涯的地理轨迹，也记录了他一路求学从文的精神历程；邓刚的大连从有轨列车所驶向的大海开始，从挖海碰子来补贴生活到“七五年精神号”上无疾而终的情愫，他的青年时代连接起了这个城市的“闯关东”和殖民的历史；李宽定的贵阳则从“邮电大楼”出发，作为曾经的贵阳地标，它见证了县城青年们进城的历史时刻，也记录下了城市化的变迁脚步。这种个人化的传记将城市经验和观察内蕴于写作者的内心深处，将曲折隐微的个人生命史与波澜壮阔的社会政治进程同构，与诉诸整一性民族、国家和历史的写法共同构成了城市传记书写中的双声复调。如果说前者是城市主题歌曲中风靡一时的“你可知 MACAU 不是我真姓/我离开你太久了母亲/但是他们掳去的是我的肉体/你依然保管我内心的灵魂”（《七子之歌》），“让海风吹拂了五千年/每一滴泪珠仿佛都说出你的尊严/让海潮伴我来保佑你/请别忘记我永远不变黄色的脸”（《东方之珠》），那么后者则是如今广为传唱的“你会挽着我的衣袖/我会把手揣进裤兜/走到玉林路的尽头/坐在小酒馆的门口”（《成都》），“我在这里祈祷　我在这里迷惘/我在这里寻找　也在这儿失去/北京　北京　北京　北京”（《北京，北京》）。

城市的记忆是在时间与空间中被建构的，有关城市的记忆并不随着时间而简单叠加，而是在空间的投射中不断被形塑；空间也并非一成不变的静态客观物，其内涵在记忆的层累中持续地生成。城市既是场所（Site），也是进程（Process），且始终处于现在进行时，于是，城市传记书写中的空间以各种形式被反复拓写，其意义在记忆的交叠术中不断增殖。其一，在近年来的城市传记书写中，不少城市反复被立传，形成了“一城多传”的奇特景观，如南京、北京、昆明、苏州、杭州等城市都在短时间内出现了多个版本的传记，甚至还有同一个作者对同一个城市的多次书写，如于坚曾在 2000 年出版《老昆明：金马碧鸡》，也许是对前著不甚满意，又或许是想做出新的尝试，15 年后他又推出《昆明记：我的故乡，我的城市》。其二，记忆随着空间的拓展而不断延伸，空间通过其符号的不断附加而实现了社会文化内涵的层累，并与历史中的前身构成对话关系，即《伦敦传》中所谓“在遥远的过去就已经为今天的马路铺垫方向”。大部分城市传记关注到了城市的天际线，它既是地理的，也是建筑的，其不断延伸拓展象征着时代的更迭、文化的变迁与权力的转移。邱华栋《北京传》以代表北京建筑高度的“中国尊”为序章，从“‘中国尊’上的瞭望，瞭望到的是北京四面八方的城市天际线”，①在这一现代景观的描述中将视线撤回到北京城从西周初年开始的建城史。范小青《家在古城》的古城保护主题也从城市的天际线开始，姑苏城内的建筑被限制了高度，蓬勃发展的新城则不断再创新高，“于是，沿着城市的天际线，我们回到了老家”，②随着城市天际线从新城到古城的骤降，千年姑苏的新旧融合问题在眼前展开。李鲁平《武汉传》随书附赠了一张超长的武汉天际线全景图，其前景是鳞次栉比的高楼大厦，远景则是以数字标注的武汉地理坐标的高度，读者在巨幅彩页的展开中获得了新与旧、人文与地理的对照与震撼。其三，越来越多的城市传记开始运用包括图片、地图、采访实录、史料、地方志、诗文、政策、档案等在内的各类材料，这些被视作“非虚构”文类特征的材料不仅增加了写作的真实性，让读者产生“到过那里”的临场感，也构成了对作者叙述本身的另一重和声。其中，不少城市传记尤其偏好使用老照片，这种图文并茂的方式不仅增加了阅读的趣味，也促成了城市空间进一步在时间中被铭刻，因为“两种道路与流传的两种模式和记忆媒介相联系：直接的冥忆，在图像的基础或者图像的毗连中起作用，以及间接的传统，即建立在文本的连续性上的传统”。③ 老照片唤起了读者对这些熟稔空间的集体记忆，同时也引领着他们越过作者所构建的意义关联，寻回属于自己的独特记忆，由此，城市传记通过流动的空间串联起了作者与读者、过去与当下，并获得了重返与再造历史场景的双重意味。

城市空间以各种形式被反复拓写，其意义在记忆的交叠术中不断增殖，使得城市传记成了一种现代性的隐喻。维达尔(Gore Vidal)曾以一种羊皮纸(Palimpsest)作为自己的回忆录名字：先前的内容被部分刮去，后来的书写叠

---

① 邱华栋：《北京传》，北京十月文艺出版社 2020 年版，第 20 页。

② 范小青：《家在古城》，江苏凤凰文艺出版社 2022 年版，第 88 页。

③ ［德］阿莱达·阿斯曼：《回忆空间文化记忆的形式与变迁》，潘璐译，北京大学出版社 2016 年版，第 253 页。

加在上面，一层覆一层。多年后，哈桑（Ihab Hassan）也曾以这样的羊皮纸为喻，指出“后现代性”并不是对“现代性”的否定，后现代是在历史的羊皮纸上，在原有的现代性上所进行的延续和新生。在这个意义上，无论是时间、空间还是现代性，每一次书写都是一种重写：原先的烙印没有被完全刮去，新的痕迹又在堆垒其上，构成了一种无尽的交叠。城市传记在历时性的回望和在场性的亲历中频频切换、彼此对话，达成了对时间与空间的重新占有，在对过去和当下的来回解读中，书写与阅读均带有了典型的现代性意义。如海登·怀特（Hayden White）所说，“当‘历史’这个词意味着以他们所采用的研究或书写方式来研究过去的话，专业人士可能拥有‘历史’。然而，专业人士并非拥有过去，在历史现实的全方位视野之下，把过去和现在整合在一起进行研究，在这个方面，他们没有专属权。事实上，以‘现代’模式进行写作的文学家尤其是小说家们似乎可以更合理地使用此专属权”。① 比如，大部分城市传记面临着城市“几乎一样，但又有些不同”的“混杂性”（Hybrid），并对此五味杂陈、进退维谷：一方面，现代城市的丰富性与便捷性极大地提升了人类的生存质量，人们对当下的生活感到舒适与满足；另一方面，与城市化同频共振的全球化带来了标准化与普遍性，人们担忧城市的面目愈发相似，怀恋旧日光景与地方特色。现代化的新城面貌与被保护的历史街区构成了对峙与角力的关系，混杂之处也就成了现代性力量和民族身份博弈的试验场，其所引发的巨大的不确定性和不安全感促使着人们重回记忆碎片与空间符号中寻找精神家园，从而催生了以怀旧为表象的城市传记书写。从整体上看，这一图景并非城市传记的专利，它自现代化进程开启之日就已悄然而至，不断弥漫在有关城市的各类描摹之中，只是由于城市传记对城市进程宏观勾勒的客观要求而被空前强化，其背后是对人类不断被规训乃至标准化的困境的忧虑，也是对重拾自由、个性与主体的渴望。所以，城市传记是在空间与时间的纠葛中所呈现的“传统-现代”之间，指向的是城市由混杂现代性所触发的认同危机，

① ［美］海登·怀特：《叙事的虚构性：有关历史、文学和理论的论文（1957—2007）》，马丽莉、马云、孙晶姝译，南京大学出版社2019年版，第3页。

它追问的是人在这个“无土时代”中有无诗意栖居的可能，而我们的精神家园又该如何被重建，这是城市化进程中的必经之痛，也是有关现代人类生存困境的斯芬克斯之谜。

三、重述的品格：意义重构中的“人与城”

当前的城市传记热潮是一种通过集体出版行为来实现世界性书写潮流本土化实践的文化现象。无论是世界性文学思潮的一种类型化呈现，出版行业以定制的方式有计划、有组织地助推，还是诉诸集体记忆与个人记忆的现代性书写，其特殊的初衷与质地均令人联想起新世纪初名动一时的“重述神话”书系。

2005年，大型国际图书出版项目“重述神话”书系正式启动，该项目由英国坎农格特出版公司(Canongate Books)发起，包括英、美、中、法、德、日、韩等在内的全球30多个国家和地区的出版社共同参与，邀请世界各地的作家自行选择一个神话进行重述。其中，凯伦·阿姆斯特朗(Karen Armstrong)的《神话简史》、玛格丽特·阿特伍德(Margaret Atwood)的《珀涅罗珀记》、奥尔加·托卡尔丘克(Olga Tokarczuk)的《世界坟墓中的安娜·尹》等多部作品已被翻译引入国内，而多位大陆作家的参与更使得这个项目引发了国内的普遍关注，包括融合“后羿射日”和“嫦娥奔月”故事的叶兆言《后羿》、以“孟姜女哭长城”的传说为底本的苏童《碧奴》、以“白蛇传”为灵感来源的李锐与蒋韵《人间》、以及重构藏族格萨尔王史诗的阿来《格萨尔王》。

有趣的是，这一项目本名为The Myths，直译是“神话”，但正是由于旗帜鲜明的重述、重构性质，国内从一开始就将其译为“重述神话”。“重述”意味着“再创造”。神话何以需要重述？世界各地都不曾缺乏经典流传的神话传说，但时代所需要的是通过解构经典、原型再现的方式来阐释当前的社会文化图景。城市又何以需要以传记的方式被重述？在规模庞大、花样迭出的各类城市叙写中，世界呼唤的是在“文学中的城市”与“城市历史”之间的文史互证，以期重新审视和拥抱历史、现在与未来。

城市传记的本土书写渊源主要来自地方志传统，这其中既包括官方或民间编修的各类地理志、综合性志书，也包括曾经盛极一时的地记、图经，一些研究也指出，地记中的神话和传说为后来的笔记小说提供了基础，诸如《洛阳伽蓝记》《东京梦华录》等作品用灵动的文字描述城市，记述市民日常生活，也应被视作是对方志这类历史书写的文学补充。① 行至今日，其与西方的城市史研究产生了交集，后者发端于"二战"后，在 20 世纪的多次转向中首先经历的即为"传记转向"，主张在延续城市编年史的基础上，以更综合、更广泛和更长时段的方式来审视、理解某一城市的发展。② 如今，在城市化、现代化进程几经更迭的中国乃至世界，一种集体性的反思浪潮席卷而来：城市应当从历史、地理还是文化上被定义？城市在人类的文化、文明进程中扮演着什么角色？人与城市的关系究竟是什么？等等。

在本质上，无论是重述神话还是重述城市，都可被视作是全球范围内"改写"浪潮的一部分，其目的在于解构经典与再建意义，即在接受与传承的基础上进行阐释和创新，从而使熟悉的对象不断衍生出新的生命力。在对神话的演绎中，兴于 20 世纪末的西方"新神话主义"借用奇幻的表现手法对神话素材进行再创作，打造出《指环王》《达·芬奇密码》《哈利·波特》系列等现代文化消费产品，而从鲁迅"故事新编"系列到王小波《红拂夜奔》《万寿寺》等的书写脉络则是通过"只取一点因由，随意点染，铺成一篇"的方式，个性化地展开对历史、现实与人生的看法。在不断更新的城市叙事中，科幻小说通过打造"未来之城""末日之城""赛博朋克"来思考科技变革所引发的技术、伦理与人性挑战，而从波德莱尔笔下的巴黎到大卫·华莱士的身体隐喻，文学中的"城市病"书写则关注生态与人文危机、精神与物质失衡的现代人类困境。从文学与文化的角度来看，这些反复解构、不断重释的改写行为首先直接源于现代主义乃至后现代主义浪潮所引发的"无边的解构"，但在更为广阔的哲学层面

---

① 芦坚强：《城市传记：城市记忆书写的表意实践》，《辽宁大学学报（哲学社会科学版）》2018 年第 2 期。

② 陈恒：《关于城市史研究的若干思考》，《华东师范大学学报（哲学社会科学版）》2019 年第 5 期。

上,“改写热”又与个体寻求生命价值、人类追问终极意义的原始本能有关,无论形式如何,对神话、城市进行反复叙述的这一现象本身就弥漫着现代性的焦虑:人类一遍遍地求证自身来源和当下环境,所求的始终是自我的确定性与安全感,以重估自我与他者、过去与未来的关系。在这个意义上,神话、城市或其他都不过是文学反思现代性和文化寻根的载体,“改写”的精神指针最终仍指向了人本身。

尽管在“改写热”的意义上,“重述神话”系列与城市传记热潮可在一定程度上进行类比,但从中外作家的演绎来看,双方所呈现出的文学品格与文化精神却是千差万别。在“重述神话”系列中,中国矩阵派出的均为当代最具实力和影响力的作家,苏童、叶兆言、李锐、蒋韵、阿来所组成的明星阵容使得这个项目从一开始便备受瞩目,但其结果却是“盛名之下,其实难副”,这些作品不仅大多在作家的整体创作序列中并不突出,在口碑与影响上也难以与《重量》《珀涅罗珀记》等外国重述文本相抗衡。相比于后者对性别问题与身份认同、个体价值与生存困境、环境危机与生态保护的关注,以及对神话、文学、宗教乃至科技的反思,中国作家们的书写大多只有“复述”,而没有“重述”,其关注点始终在传说之上,而未能产生新的审美气象。傅元峰在将《碧奴》《后羿》《人间》与金仁顺《春香》对读后指出,“在神话的严肃性和自然主义的叙事本能之间,‘神话重述’的移位,并没有赋予故事原型以‘传奇’品质,而是向具有充分历史与政治等社会功利内容的神话靠得更近”。他认为,其根源在于中国当代文学未曾终结的文学寻根景观,“文化寻根和先锋试验的双重挫折,使20世纪80年代崛起的作家群体和在这种氛围中诞生的一代新人,都无法担负文学审美现代性的探索和呈现使命,造成了当代文学持续的美学品格的低靡”。[①] 谭佳则从神话批评的角度提出了批评,“包括神话在内的传统元素一旦进入当下,就是能借之洞察历史意识的深层途径,成功的神话重述和资源转化必然能够引起对历史和文化本性的反思甚至批判。对照衡量,中国的这

① 傅元峰:《传说重述与当代小说叙事危机》,《小说评论》2009年第4期。

轮神话重述缺乏时代感和生命力，也必然限制了神话批评的功能”。[①]

“只有复述，没有重述”指向的是作品在介入现实问题、重估时代精神上的能力不足，也是在探赜终极问题、重审人类境况上的长期缺位。而这样的情况也同样出现在了城市传记书写的中外图景中。如果说中国作家在“重述神话”系列中与作为本体的神话贴得太近，无法打开有效的反思空间，那么，“重述城市”中普遍出现的问题则是这类书写与作为整体概念的“城市”距离太近，而难以抵达作为“北京”“福州”“天津”们的具体城市本身。不少写作者在动笔之前已充分意识到了“一城一历史，一城一写法”的必要性，但剥开地方风貌与特定历史的外壳，许多作品的内核是高度相似的，即从一个城市的过去写到当下或未来，感怀其历史、赞叹其变化，并将城市化的进程等同于现代化的进程。这样的写作思路适用于一些特定城市，比如老亨与叶曙明两个版本的《深圳传》都牢牢抓住了深圳这座城市背后的经济学原理，前者在封面上赫然标注“一部深圳史，就是一部成长史”，后者则将副标题拟为“未来的世界之城”，毫无疑问，深圳的历史就是中国改革开放的时代缩影，为深圳立传即是为高速发展的中国乃至世界立传。但对于大部分中国城市，尤其是那些经历过漫长历史流变的城市而言，城市的历史远不止该城现代化的历史，也不等同于所遭遇历史事件的串烧总和，城市的个性并不能在风土人情的堆砌中产生，也不能与地方文化直接画上等号。只有充分理解所谓“城市”在时间与空间上的复杂性，才能写出“北京”“福州”“天津”们的特殊性。比如叶兆言《南京传》从秣陵前的一株小树苗写起，直至 1949 年“南京作为中华民国首都的日子，宣告结束”，没有将笔触延伸到当下，整部作品也几乎没有虚构的细节，甚至有意放弃了他所熟悉的金陵风物、民国往事，因为他意识到“中国没有任何一座城市，经历过南京这样的跌宕起伏，屈辱与荣光如此频繁地交替着；没有任何一座城市，能像南京这样清晰地展现中国历史的沧桑”。[②] 南京的特殊性即在于其与中国历史的纠葛，记传南京即是为以南京为基点的中国

---

① 谭佳：《神话批评的张力与限度：以国际重述神话现象为中心》，《文艺理论与批评》2023 年第 2 期。

② 《叶兆言秦淮河畔谈〈南京传〉：以南京为基点读懂中国史》，中国新闻网 2019 年 11 月 29 日。

立传。

“只有复述,没有重述”的思路也阻碍了城市传记向文化乃至文明、中国乃至世界更深处开拓,其症结就在于写作者对总体史观的执迷。作为城市文学的一部分,城市传记大多未能继承其日益多元辩证的书写路径,比如“物欲”的一体两面,即在肯定城市人物质追求的同时也揭示物质化生存对人本身的规训作用;又比如“城市病”在物质与精神上的双重体现,即生态环境的恶化及人的个性丧失。一方面,不少写作者始终持线性的单一历史观,将城市的古今演变理解为线性的、基于单一无缝隙的时代精神的历史进程,得出了城市随着朝代更替、日月流转而“一代胜过一代”的结论,忽略了历史发展内部的多样性和复杂性,其本身就是反历史的。另一方面,城市、历史、人乃至现代性都被建立在了同一性的总体逻辑之上,而忽略了其本身的多元性、复杂性和模糊性。事实上,在“一切坚固的东西都烟消云散了”的今天,它们不仅处于变动不居的动态演绎中,呈现出多重的声音和视角,甚至可以被反思、挑战和瓦解。

在这一点上,史学视角的更新提供了破除当下迷局的可能性。科林·琼斯(Colin Jones)的《巴黎传》在一长串的巴黎史中令人眼前一亮,该书在整体上遵循传统的历史时间顺序,但同时也有意在细节处跳出章节框架,频频穿梭在地理、历史和时空的交叉错乱之中,颠覆了长久以来以宏观的社会史方法把握总体性历史发展趋势的史传方法。在他的笔下,作为法兰西缩影的巴黎不再是铁板一块,甚至于“巴黎”本身就是可以被质疑乃至消解的。受先锋作家乔治·珀雷克(Georges Perec)“微观历史研究方法”的影响,琼斯将巴黎定义为“在时间和空间上都是非常宽泛的概念”,认为“并没有一个同质化的社会”,也“没有典型的巴黎人存在”,所以,正如其序言标题所言,这是“一篇难以尽数的巴黎史”,因为“穷尽历史是根本不可能的”,“人们永远不可能穷尽一座城市”。[①] 于是,在《巴黎传》的扉页上,琼斯摘录了包括本雅明《拱廊计划》、拉图尔和埃尔芒《巴黎,看不见的城市》,罗兰·巴特《恋人絮语》分别对

① [英]科林·琼斯:《巴黎传:法兰西的缩影》,译林出版社 2023 年版,第 5—19 页。

巴尔扎克在《高老头》结尾处"好，现在咱们来较量一番吧"的借用，一个复数的、矛盾的、流动的巴黎跃然纸上，而这也许才接近本质的巴黎。

这种微观史学方法给城市传记的书写注入了活力，通过聚焦个别的、局部的、具体的事实来试图打破整一性的叙述，呈现出更为立体、复杂且变动不居的城市图景。作为一种对抗宏观史学方法的微观史学兴于20世纪70年代，是一种"在本质上以缩小观察规模、进行微观分析和细致研究文献资料为基础"的研究方法，也是"针对关于大的社会群体和长期的、渐进的社会转型研究的一次反抗"。[①] 这种创新的史学范式已随着史景迁《王氏之死：大历史背后的小人物命运》、王笛《茶馆：成都公共生活的衰落与复兴，1950—2000》等作品的声名大噪而为大众所熟悉，也与当前的城市传记书写擦出了别样的火花。蒋蓝在写出《成都传》后曾邀请王笛阅读评价，王笛以历史学家的眼光敏锐地捕捉到了其特质，称《成都传》是"全面的传记"，"书写得生动活泼，政治一笔带过，对人物、史迹、风物却尽情地描述，几乎就是成都文化的一部'百科全书'"。[②] 这种犀利的观察恰是源于与其自身研究的对照，王笛的研究意在通过茶馆这样的城市公共空间来进入成都乃至中国城市史研究这个更宏大的语境，反思都市大众文化、中国城市下层民众和精英等议题，并不属于文类意义上的城市传记。但将二者对举比较便可以发现，《成都传》的"活泼""全面"虽非史学研究意图达成的效果，但也能在另一个侧面使历史学家"颇觉汗颜"，《茶馆》等意图阐释的是公共空间乃至政治问题，但其"以小见大""自下而上"的方法也能给城市传记以启发。此外，微观史学也特别强调从以事件、制度为中心的研究向以"人"为中心的研究转变，认为"人"是城市的主体，"人的城市化"才是城市化的终极目的。这种观点与当前的城市传记书写不谋而合，都反对过于强调历史发展过程中的客观因素，认为书写不能是"没有人的历史"。在这一点上，作为典范的《伦敦传》开门见山，做出了良好的表率："无论我们把伦敦看作刚睡醒的年轻人，一派神清气爽，还是悲叹他那畸

---

① 周兵：《显微镜下放大历史：微观史学》，《历史教学问题》2007年第2期。

② 《名家推荐》，见蒋蓝著《成都传》，四川人民出版社2022年版。

形巨怪的境况，我们都必须把它看作是一具人体，自有其生命和成长法则，那么这就是他的传记。”①这种“城与人同构”的写法引起了国内城市传记的共鸣，孔见《海南岛传》尤其注重对历史文化名人的描写与评述，通过对苏轼、白玉蟾、丘濬、海瑞等的人格风度品评来映射海南的文化精神；叶兆言《南京传》用闲话家常的口语化叙述方式来叙写金陵沧桑，这种有意为之的“说书人”腔调是为了与南京闲散朴实的“大萝卜”式城市性格相匹配；邱华栋《北京传》在开篇和结尾处强调，“一座城就像是一个人，也是慢慢生长起来的，城市是一个生命体”“人创造了城市，城市为人服务，城市本身也是第一个生命体，在不断生长”。② 写作者们意识到，城与人不但是相伴相随的，更是相生相长的；换言之，城与人彼此形塑、互为生命，城的性格即是人的性格。所以，苏州的传记能否写出“糯”的城市特性，武汉的传记是否能传达热腾腾的世俗味道，天津的传记可否体现华洋杂处、南北交融的人文风格，才是评判其高低得失的最终标准。对于城市而言，人本身即是其中的一道景观，从“城-人”结构重新出发的城市勘探方有可能抵达“苏州性”“武汉性”“天津性”们的城市性深处。

2024 年，被称为“1949 之后的‘南京传’”的《璩家花园》出版，叶兆言以小说的形式“想看看南京这棵‘秣陵的小树苗’在新的时代旋律里，将生长出怎样的风景”。同年，邱华栋推出历史小说《空城纪》，在龟兹、高昌、尼雅、楼兰、于阗、敦煌六座西域古城的穿梭间书写民族志，“用看似虚构的故事去创造更立体的历史”，“为远古的人和事做时间刻度上的记录”。③ 写作者在非虚构与虚构的两副笔墨间来回穿梭，促使他们对历史与记忆、真实与虚构之辩展开了新的思考：一方面，历史未及处，即是虚构展开时；另一方面，历史与虚构彼此角力，它们相互辩证、质疑、甚至彼此瓦解，而这本身也许就可以成为叙事的一种动力。

在某种意义上，无论是城市传记还是历史小说，都是写作者对叙述文体的相应探索，历史与当下、真实与虚构、城市与乡土的裂隙处意义丛生，召唤

---

① ［英］彼得·阿克罗伊德：《伦敦传》，翁海贞译，译林出版社 2016 年版，第 5 页。
② 邱华栋：《北京传》，北京十月文艺出版社 2020 年版，第 2 页，第 511 页。
③ 邱华栋：《空城纪》，译林出版社 2024 年版，第 682—683 页。

着写作者周而复始的缝合冲动。城市传记是文学反思现代性和文化寻根的载体，它在时间的流变与空间的挪移中寻求个人与世界的连结点，并重构自我与民族的文化身份，如鲍德里亚所说，“在以往的所有文明中，能够在一代一代人之后存在下来的是物，是经久不衰的工具或建筑物；而今天，看到物的产生、完善与消亡的却是我们自己。”[①]在对城市传记书写的考察中，我们也许可以期待一种在微观与宏观、虚构与非虚构之间不断切换的书写可能，打破对抽象“城市化”“现代化”“历史”“中国”的局部演绎，探寻出城市、个体乃至民族在历史/当下之间的位置、及其之于中国/世界的意义。

① ［法］让·鲍德里亚：《消费社会》，刘成富、全志刚译，南京大学出版社 2014 年版，第 2 页。

附　录

2024 年上海文学活动纪要[①]

虹口区作家协会成立　1 月 12 日，虹口区作家协会正式成立。第一届第一次会员大会召开，上海市作协党组书记、专职副主席马文运，虹口区委常委、宣传部部长吴强出席会议。本次大会选举产生了 27 位理事。选举刘炜（血红）为虹口区作协主席，袁兴金（沙柳）为常务副主席，胡建平（简平）、张栩、刘艳丽、傅亮、杜洪连、巫春玉（语伞）、孙玮为副主席，陈仲翰为秘书长，赵清好、毛其莹为副秘书长。该协会推出季刊《北外滩文学》杂志。

第二十六届全国新概念作文大赛颁奖　由中国福利会、上海市作家协会联合主办，萌芽杂志社承办的"新闻晨报 · 周到"杯第二十六届全国新概念作文大赛初赛于 2023 年 5 月 1 日正式启动，2024 年 1 月 26 日来自全国各地的 190 余位文学新人齐聚上海参加复赛，进行了统一命题、限时三小时的现场创作。大赛于 1 月 28 日举办颁奖活动，公布了第二十六届全国新概念作文大赛一等奖和二等奖的获奖名单。

第三届秦文君儿童文学创新奖颁奖　1 月 26 日，由上海市作家协会专业

① 由上海社会科学院文学研究所研究生魏明杉根据公开资料整理。

指导,少年儿童出版社、上海少儿读物促进会主办的第三届“秦文君儿童文学创新奖”颁奖仪式在上海世纪出版园隆重举行。上海市作家协会党组书记马文运,上海世纪出版集团副总裁彭卫国,著名儿童文学作家、上海市作家协会副主席秦文君,少年儿童出版社总编辑陆小新,儿童文学作家、《文学报》主编、中国作家协会文学理论批评委员会委员陆梅等出席了此次颁奖礼,少年儿童出版社副总编辑朱艳琴主持本次颁奖仪式。

首届 100 种“上海好书”评选揭晓 2 月 2 日,首届 100 种“上海好书”揭晓,并在春节期间通过本市多家实体书店集中展陈销售,让书香浸润春节文化市场,打造出版“大厦”的亲水“阳台”。本次“上海好书”评选推介活动由上海市新闻出版局与市出版协会、上海出版社经营管理协会、市书刊发行行业协会共同策划,让人们更全面地认识了上海出版的综合实力、上海城市的精神版图,也方便了人民群众对于好书的挑选,助推全民阅读。

诺奖作家古尔纳开启中国之行 3 月 6 日下午,诺贝尔文学奖得主阿卜杜勒拉扎克·古尔纳与作家、清华大学教授格非对谈,毛尖教授主持。对谈结束后,古尔纳和格非为慕名而来的读者们签名。3 月 7 日下午三点,思南文学之家,古尔纳与孙甘露就主题“离散的人,寻着故事回家”进行对谈,上海译文出版社副总编辑黄昱宁主持。

2024 年上海市儿童文学迎春座谈会 3 月 15 日下午,上海市儿童文学研究推广学会主办、上海少年儿童图书馆协办的“2024 年上海市儿童文学迎春座谈会”召开。会上,市作协创作研究室主任、本届评委杨斌华揭晓宣读入选第十二届“上海好作品”七篇:周润湫的儿童小说《冬天的早餐》、翟攀峰的童话《橡果的秘密》、云讷的儿童小说《永远的冬不拉琴》、宋颖杰的儿童小说《失踪的魔药》、郭静雯的幼儿童话《最暖最暖的冬天》、王倩玉的幼儿童话《小丑的红鼻子不见了》、唐池子的散文《我的蓝花草》。

“虚构集——上海译文出版社文学展” 3 月 30 日—5 月 6 日,由上海译文出版社主办的文学展“虚构集”在思南时区画廊开展。展览主题“虚构集”源自博尔赫斯的同名小说集。展览借助“虚构”与“想象”的力量,打破“时间”与“空间”的桎梏,带领读者亲身抵达了博尔赫斯、卡夫卡、村上春树等作家的文学世界。值思南文学读书会十周年之际,上海译文出版社以深度聚焦阅读,延伸至优质生活方式的文学展聚流线下、引流线上,打造为期多周的特别活动,服务读者。

“文学馆·学术青年工作坊”在沪举行 4月6日,由中国现代文学馆、上海交通大学人文学院主办的“重绘城市时代:新景观、新媒介与新经验——文学馆·学术青年工作坊”开幕式在上海举行。中国作协副主席、中国现代文学馆馆长李敬泽,上海交通大学党委书记杨振斌出席并致辞。上海交通大学人文学院党委书记齐红、院长吴俊、副院长汪云霞,中国现代文学馆副馆长李宏伟,以及来自上海本地及全国各地的学界代表30余人参加活动。开幕式由中国现代文学馆常务副馆长王军主持。本次学术工作坊是“文学批评新力量”系列在沪活动的重要组成部分。工作坊的三场活动“城市景观与文学地图”“跨媒介与城市文学研究”“城市文学研究前沿问题”于4月6日至7日陆续举行。

第十三届唐弢青年文学研究奖在沪颁奖 4月7日,由中国现代文学馆、上海文艺出版社主办,上海交通大学人文学院协办的第十三届唐弢青年文学研究奖颁奖仪式在上海举行。中国作协副主席、中国现代文学馆馆长李敬泽出席活动。上海市文联副主席、作协副主席孙甘露,上海世纪出版集团党委副书记、总裁阚宁辉,上海市作协党组书记、专职副主席马文运,上海交通大学人文学院院长吴俊,复旦大学教授郜元宝、倪伟,华东师范大学教授吕新雨、中文系主任文贵良,上海交通大学教授张全之、张先飞,中国现代文学馆副馆长李宏伟,上海市委宣传部出版处处长毛小曼,上海文艺出版社社长、总编辑毕胜以及30余位来自全国各地的学界代表参加活动。活动由中国现代文学馆常务副馆长王军主持。本届唐弢青年文学研究奖由徐刚、王秀涛、白惠元、曾攀、李哲五位青年评论者的论文摘得奖项。颁奖仪式后举行了以“文学、大地与乡村——书写新时代的山乡巨变”为主题的学术论坛,在场学者、评论家就当下乡村写作的相关议题展开探讨。

上海文学馆学术委员会成立 4月7日,上海文学馆学术委员会召开第一次全体会议,会上公布学术委员会组成名单,并颁授学术委员证书。中国作协副主席李敬泽担任上海文学馆学术委员会主任，中国作协副主席阎晶明，上海市作协副主席孙甘露，复旦大学文科资深教授陈思和，巴金故居馆长、巴金女儿李小林等 23 位专家和学者担任委员会委员。在学术委员会的建议与计划中，上海文学馆的展陈将通过文学作品、作家生平、文学活动等载体，呈现上海独特的城市文学景观，描绘传统文学、五四新文学、左翼文学、通俗文学存在于上海这个伟大母体的丰富性。

中国作协新时代文学研究中心(上海大学基地)揭牌 4 月 13 日上午，中国作家协会新时代文学研究中心（上海大学基地）揭牌仪式暨新时代文学论坛在上海举行。中国作家协会党组成员、副主席、书记处书记吴义勤，上海市作协党组书记马文运，上海大学党委书记成旦红出席会议并共同为中国作协新时代文学研究中心（上海大学基地）揭牌。揭牌仪式后，举办了《中国当代文学研究》2023 年度优秀论文颁奖仪式。随后举办以“小说中的地域性强化与中国精神的表达”为主题的“茅盾文学奖作家创作圆桌谈”，邀请陈彦、孙甘露、蒋述卓与主持人阎晶明围绕新时代乡土小说写作、地域性写作的现状与走向、长篇小说创作的虚与实等维度展开对话。当日下午，举行以“新时代文学的发生、发展及流变”为主题的新时代文学论坛，与会专家围绕“新时代文学的概念、内涵及特征”“新时代文学与中国式现代化”“媒介文化生态与新时代文学”展开研讨。

思南读书会十周年特别活动 4 月 19 日上午，思南读书会十周年特别活动暨“书香上海”进地铁阅读推广活动启动仪式，在复兴中路 505 号思南文学之家举行。上海市委宣传部副部长高韵斐，黄浦区委书记杲云等领导出席活动。活动上正式发布了《思南读书会十年发展报告》。在市委宣传部指导下，由市新闻出版局、市政府新闻办主办，上海图书馆、IP SHANGHAI、上海地铁承办，思南读书会、东方宣教中心协办的“书香上海”进地铁阅读推广活动，也在当天正式启动。思南读书会十周年特别活动期间，读者代表许树建和杜湘涛、嘉宾代表侧耳团队、工作人员代表李伟长等获颁思南读书会十周年荣誉读者证书。

华东师范大学-分众传媒第三届“未来文学家”大奖启动 4 月 20 日，华东师范大学-分众传媒第三届“未来文学家”大奖启动仪式暨“二级学科视野下的中文创意写作发展模式”学术研讨会在闵行校区举行。本次大会由华东师大中文系、分众传媒和中国大学创意写作联盟主办，华东师大中国创意写作研究院承办。来自中国作协、上海作协、分众传媒、出版社与全国各高校的专家齐聚一堂，共商二级学科视野下中文创意写作学科的未来。启动仪式由华东师大中文系系主任、中国创意写作研究院院长文贵良教授主持，作协领导及大赛主办方代表：李敬泽、马文运、雷启立、嵇海荣、孙甘露、文贵良共同拉开本次大赛序幕。随后举办“二级学科视野下的中文创意写作发展模式”学术研讨会。

上海2024第二届千校荐书“百部童书单”公布　4月23日，“2024第二届千校荐书‘百部童书单’公布暨《中国现当代文学大家儿童文学书系·王蒙卷》新书发布会”举行，由上海市儿童文学研究推广学会、华东师范大学出版社、新华传媒有限公司主办。作家、华东师范大学教授张锦江会长作了“童年阅读是最宝贵”主题演讲。华东师范大学出版社社长王焰作《中国现当代文学大家儿童文学书系·王蒙卷》新书发布讲话。她表示，王蒙卷之后，还会陆续出版儿童文学书系的茅盾卷、巴金卷、鲁迅卷、郭沫若卷、老舍卷、沈从文卷等。

中国网络文学影响力榜(2023年度)揭晓　4月28日，中国网络文学影响力榜(2023年度)发布活动暨网络文学新使命研讨会在沪举行。研讨会上发布的《2023中国网络文学蓝皮书》显示，截至2023年底，我国网络文学用户规模达5.2亿人，全国50家重点网络文学网站作品总量超3 000万部，年新增作品约200万部。中国网络文学影响力榜(2023年度)同期发布，《沪上烟火》《警察陆令》《金牌学徒》等30部网络文学作品和10位新人作家荣登网络小说榜、IP影响榜、海外传播榜、新人榜。影响力榜发布仪式上还举行了上榜网络文学作品入藏国家版本馆仪式，2019年至2023年荣登中国网络文学影响力榜的123部上榜作品，以数字典藏的形式入藏国家版本馆。

上海作协行走课堂系列培训活动第二季　继2023年第1季“溯源江南文化，传承中华文明”沪杭游学活动后，2024年5月6日至11日，上海作协行走课堂系列培训活动第二季走进徽州，主题为“融合江南文化，赓续中华文明”。本次活动以行、看、学、思、讲相结合的培训方式，丰富多彩的活动内容，紧凑充实的行程安排，为网络作家和自由写作者走出“大宅门”，走进现实生活，实地感悟中华优秀传统文化，真切感受时代脉搏提供机会。

第十二届新疆作家创意写作培训班 5 月 18 日下午，由上海市作家协会主办的第十二届新疆创意写作培训班开班仪式在上海陈云纪念馆举行。上海作协党组书记、专职副主席马文运对学员们的到来表示热烈欢迎，陈云纪念馆党委委员、副馆长范伟成致欢迎辞。新疆作协副秘书长艾布介绍了学员情况，新疆文联党组书记邓选斌讲话感谢上海作协对新疆文学发展的帮助。上海大学文学与创意写作研究中心教师代表也参加了开班仪式。上海大学文学与创意写作研究中心为本届新疆作家创意写作培训班度身定制了一系列课程。由上海知名作家、教授为学员们授课，这也是作协系统与高校系统资源互补，培育优秀文学人才的有益探索。

长三角青年作家创作大会在沪召开 6 月 22 日、23 日，由长三角文学发展联盟主办，上海市作家协会承办的 2024 长三角青年作家创作大会在沪举行，来自四省的青年作家、评论家以“新时代江南文化视域下的青年写作”为主题展开深入讨论。

上海文学戏剧影视创投沙龙 · 文学作品推介活动 6 月 26 日，上海文学戏剧影视创投沙龙 · 文学作品推介和圆桌沙龙讨论活动在上海展览中心成功举办。此次活动由上海市作家协会主办，本次推介的文学作品，共有“红色革命”“都市行业”“古装奇幻”三大板块十五部文学作品，作品类型涵盖传统出版物与现代网络文学，作品内容覆盖现代生活的各个维度。活动当天，以“双向奔赴：探索艺术的新可能——文学与戏剧影视融合发展”为主题的圆桌沙龙同步进行，作家路内、编剧喻荣军、网络文学作家陈朗、上海评弹团团长高博文、兴格传媒董事长杨文红、七猫中文网版权运营经理刘沐晗、影视编剧王丹卿、文学编辑姜婧婧展开对谈。

2024 上海文化发展系列蓝皮书发布 7 月 11 日，2024 上海文化发展系列蓝皮书新闻发布会在上海社会科学院举行。该系列蓝皮书全面分析了上海文化建设的新成果、新机遇和未来愿景,体现了主流价值、专业研究和对策建议的结合,荟萃了一系列具有现实性和前瞻性的研究亮点,成为把握上海文化建设的新颖视角和重要成果。

思南读书会青年作家 2024 专场 7 月 27 日,“盛夏的果实——思南读书会青年作家 2024 专场”在思南文学之家举办,活动分为上下半场,《当燃》作者周宏翔、《迟湖》作者黄昶、《岛屿的厝》作者龚万莹、《连枝苑》作者叶杨莉,评论家走走、项静及编辑叶梦瑶、余静如等参与活动。活动现场,“90 后”与“00 后”作家们一起与读者们分享他们的创作经验及对文学的理解。

2024 上海书展・上海国际文学周 8 月 13 日,第十一届上海书展・上海国际文学周主论坛暨开幕式在虹口北外滩举行。本届上海国际文学周由上海市新闻出版局、上海市作家协会、中共虹口区委宣传部主办。中国作家协会党组成员、副主席、书记处书记李敬泽,中国作家协会党组成员、副主席、书记处书记邱华栋,上海市作家协会党组书记、专职副主席、秘书长马文运,中共虹口区委常委、宣传部部长吴强出席了本次主论坛。主论坛围绕“故事的边界”展开,分上下半场,分别由复旦大学学者包慧怡、李双志担任学术主持。美国诗人弗罗斯特・甘德、法国作家克里斯蒂安・加尔桑、俄罗斯作家叶夫盖尼・沃多拉兹金、日本作家凑佳苗和辻村深月、西班牙作家安德烈斯・巴尔瓦、匈牙利作家巴尔提斯・阿蒂拉、美国漫画家丹・诺特、安哥拉作家若泽・爱德华多・阿瓜卢萨,以及中国作家李敬泽、邱华栋、尹学芸、吕新、薛舒、袁筱一、刘大先、范晔、赵松等 26 位嘉宾轮流上台,发表主题演讲。8 月 16 日晚,2024 上海书展・上海国际文学周“诗歌之夜”在虹口北外滩世界会客厅举行。

第 20 届上海书展暨“书香中国”上海周 8 月 14 日至 20 日,第 20 届上海书展暨“书香中国”上海周在上海展览中心举办。活动由国家新闻出版广电总局、上海市人民政府主办,中共上海市委宣传部和上海市新闻出版局承办,上海市静安区人民政府协办。本届书展以“书香中国”为主题,通过“1 + 1 + X + N”的办展模式,不仅在主会场内举办了众多新书发布、名家讲座和文化活动,还将文化气息延伸至上海商城的国际艺术图书专题展区以及遍布各区的特色分会场和阅读分会场，为市民朋友们带来了一场全方位、多层次的文化体验。

2024“上海写作计划” 9 月 3 日下午，2024“上海写作计划”以“纪实与虚构”为主题，在上海市作家协会正式启动。来自巴西、芬兰、土耳其、越南、奥地利、日本、保加利亚的七位作家受邀来沪，发表演讲、朗读作品、拜访作家家庭、与上海作家探讨文学的魅力与困惑、与读者分享创作感悟与文学经验。上海市作家协会党组书记、专职副主席马文运期待作家们用独特视角去观察感知异国他乡的生存百态、民族风情、历史文化，酝酿极具个人特色的文学作品。

上海市民诗歌节举行十周年研讨会 9 月 5 日下午，以“关注诗歌新人、推动诗社发展、助力城市文化建设”为主题的上海市民诗歌节十周年研讨会在华东师范大学(普陀校区)举行。华东师范大学副校长雷启立，上海教育报刊总社副总编徐建华，上海市教育委员会终身教育处副处长孙桂芳，上海市作协创作研究室主任杨斌华，华东师范大学中文系副教授徐燕婷，上海大学中文系钱文亮教授，上海浦东书院诗社蔡国荣等发表讲话、分享经验、研讨建议。未来，上海市民诗歌节将继续扎根市民，打造有温度有情怀的精神家园，设立更高规格奖项，提升品牌影响力，关注诗歌新人，推动诗社发展，助力城市文化建设。

“‘退后一步’与 1980 年代文学研究的未来”学术研讨会 9 月 21—22 日，上海大学中国现当代文学学科主办的“‘退后一步’与 1980 年代文学研究的未来”学术研讨会在上海大学宝山校区召开，来自全国各高校院所的 50 余位学者，围绕蔡翔新著《1980 年代：小说六记》共同探讨了 1980 年代文学研究的新动向和未来发展趋势，为推动中国现当代文学研究的深入发展提供了重要的学术交流平台。

上海作协“学习习近平文艺工作座谈会讲话精神座谈会” 10 月 18 日，“学习习近平文艺工作座谈会讲话精神座谈会”在上海作协举行。2024 年是习近平总书记主持召开文艺工作座谈会并发表重要讲话十周年，作家孙甘露、程小莹、马伯庸、匪迦、孙颙、管燕草、三三就文艺工作座谈会发表感悟。

上海作协党组书记、专职副主席马文运表示，回望这十年，在习近平文化思想的指引下，上海作协团结引领上海广大作家和文学工作者，不断推出精品力作，努力培养各类文学人才，精心组织各类文学活动，积极推动对外文学交流，推进网络文学健康有序发展，推动上海文学事业取得了崭新的业绩，并表示在新征程新起点上，在习近平文化思想特别是习近平总书记在文艺工作座谈会上的重要讲话精神的指引下继续凝心聚力，砥砺前行。

2024 上海-台北两岸文学营暨小说工作坊　10 月 24 日，由上海市作家协会、联经出版事业股份有限公司、《萌芽》杂志和《联合文学》杂志联合主办的 2024 上海-台北两岸文学营暨小说工作坊开幕，同时举办了十周年座谈会。上海市作协专职副主席高渊，上海市作协副主席、市作协创联室主任、《萌芽》杂志社长薛舒，上海市作协外联室主任胡佩华，联经出版事业股份有限公司总经理陈芝宇，《萌芽》杂志社副社长吕正，《萌芽》杂志社副主编桂传俍，《萌芽》杂志编辑部主任唐一斌等出席活动，参与沪台交流的作家代表有赵松、三三、张定浩、方岩、路内、小白、金理、黄德海等。本届两岸文学营暨小说工作坊安排了多场文学活动，包括主题研讨：《我们从“这里”出发》，赵松、三三、吴亿伟、吴纬婷四位嘉宾进行交流，由来颖燕担任主持；《时间的足迹：文学能抵达的地方》，刘梓洁、朱和之、黄平、方岩参与对谈，由杨宗翰担任主持。另外还有《从〈繁花〉到〈繁花〉》等文学营讲座。上海-台北，这份延续十年的文学感情带来了新的视角、体验和表达方式

“新时代文学研究：现状与反思”学术研讨会　10 月 27 日至 28 日，由中国作家出版集团、上海大学主办，中国作协新时代文学研究中心(上海大学基地)、上海大学文学院承办的“新时代文学研究：现状与反思”新时代文学论坛在上海大学延长校区举行。中国作协党组成员、副主席、书记处书记吴义勤，上海大学党委书记、中心主任成旦红，上海大学中文系主任张永禄出席开幕式并致辞。上海大学文学院院长、中心副主任刘旭光，上海大学中心副主任王光东，《中国当代文学研究》执行主编崔庆蕾、副主编钟媛，以及来自山东大学、江苏师范大学、中南大学、上海大学、山东政法学院等高校的 20 余位专家学者参加活动。开幕式由上海大学宣传部部长、中心常务副主任曾军主持。

张怡微《四合如意》《哀眠》研讨会　10月27日上午，复旦大学东辅楼205会议室就张怡微新近出版的两部中短篇小说集《四合如意》与《哀眠》举办研讨会，本次会议由复旦大学中国当代文学创作研究中心与人民文学出版社联合主办。研讨会以“冲出日常”为题，分上下半场进行，会议上半场由复旦大学中文系王宏图老师主持，下半场的会议由人民文学出版社编辑王昌改老师主持。专家们就张怡微小说中对于家庭生活、新青年、老年女性、女性友谊、对城市文学的回应等话题进行了深入的探讨。

长三角·大湾区文学周　11月13日，“长三角·大湾区”文学周在上海开幕。来自上海、浙江、江苏、安徽、广东、香港、澳门等地的近200位作家、评论家、学者、文学编辑参与活动，上海市作家协会党组成员、专职副主席高渊担任主持。上海市作家协会党组书记马文运代表主办方之一的长三角文学发展联盟致辞。广东省作家协会党组书记向欣代表粤港澳大湾区文学联盟致辞。“长三角·大湾区”文学周为首次举办，从11月13日到17日，共计10场面向广大读者的文学活动，包括以“文学技艺的创新与再造”“文学传统的接续与拓展”“地域文学的交流与融合”为主题的三场分场论坛。此外还举办《白貘夜行》《天空之城》《狮子的恩典》《草民》《南游记》《民国的腔调》《“文人”汪曾祺研究》《望海潮》《情绪指针》《松江异闻录》等文学新作的分享会。本次文学周由长三角文学发展联盟、粤港澳大湾区文学联盟共同主办，上海市作家协会承办，广东省作家协会、江苏省作家协会、浙江省作家协会、安徽省作家协会、香港作家联会和澳门笔会共同协办。

“文学传统的接续与拓展”讨论会　11月14日下午，魏微、雷默、汤成难、冯娜、杜峤、王占黑、廖子馨、朱婧、吴燕青、程皎旸、许冬林等十一位作家齐聚上海作协礼堂，围绕着“文学传统的接续与拓展”这一主题，分享对文学传统的理解和对待传统的方式。复旦大学中文系教授金理担任主持。

“纪念巴金先生诞辰120周年系列活动”在沪举行　2024年11月24日至2025年2月，由中国作家协会、上海市委宣传部主办，中国现代文学馆、上海市作家协会承办的“纪念巴金先生诞辰120周年系列活动”隆重举行。为纪念中国现代文学巨匠巴金先生诞辰120周年，11月25日，巴金图书馆正式对公众开放。由中国作协主办,上海市作协、中国现代文学馆承办的巴金图书馆暨巴金与上海文献图片展揭幕仪式在沪举行。中国作协党组书记、副主席、书记处书记张宏森出席揭幕仪式并致辞。中国作协原党组书记金炳华出席揭幕仪式。上海市委常委、宣传部部长赵嘉鸣出席揭幕仪式并致辞。作为上海文学馆(在建,位于虹口区武进路)的重要组成部分,巴金图书馆是以巴金先生命名的"馆中馆"和新型文化空间,坐落于上海文学馆整体区域的两栋历史建筑内。

作为纪念巴金先生诞辰 120 周年系列活动之一,11 月 24 日至 25 日,第十四届巴金学术研讨会在沪召开。本届研讨会以"二十一世纪如何读巴金——以巴金作品为中心"为主题,毛时安、刘勇、李存光、陈子善、文贵良、吴俊、张燕玲等国内外 80 余位学者与会研讨。研讨会由巴金故居常务副馆长、巴金研究会常务副会长周立民主持。会议论文涉及巴金作品的新认识和新解读,新史料的发掘和整理,巴金与同时代人研究,以及巴金编辑、出版、翻译活动研究等诸多方面。

同期还举办了"青年与文学的未来——青年作家创作座谈会""巴金在徐汇图片文献展"等活动。

2024 第九届上海国际诗歌节　11 月 30 日上午,第九届上海国际诗歌节在徐汇区的徐家汇书院开幕。开幕式上揭晓了第九届上海国际诗歌节"金玉兰"诗歌大奖评选结果,法国诗人让-皮埃尔·西梅翁荣获本届"金玉兰"诗歌大奖。当日下午,《上海文学》杂志社在上海市作家协会礼堂,举办"诗意天下　和而不同"中外诗人论坛,并为新出版的《上海文学》第九届上海国际诗歌节特刊举行首发式。与会诗人就本届国际诗歌节"诗意天下　和而不同"这一主题,各抒己见,发表了富有个性的精彩见解。本届论坛以诗歌为桥梁,从文学创作角度积极呼应时代的召唤,开拓国际间文学交流的新途径,传播中国文化历来崇尚的"和而不同"的文化精神,展现了中国当代文学与时俱进、走向大众、走向世界的时代盛景。

第三届上海国际网络文学周　12 月 16 日起,以"绘文化璀璨星河,助文化交融互鉴"为主题的 2024 第三届上海国际网络文学周在沪举行,来自全球近 20 个国家的网络文学作家、编辑、译者与国内作家、读者展开交流，共论网文全球化时代文化交流新风向。本届上海国际网络文学周发布了《2024 中国网络文学出海趋势报告》，组织举办了中外作家圆桌会、“从‘好内容’开始，C Drama 流行密码”主题沙龙、起点国际年度征文大赛颁奖以及“阅游上海”采风等活动。